JN001382

On Earth We're Briefly Gorgeous

Ocean Vuong

地上で僕らはつかの間きらめく

オーシャン・ヴオン
木原善彦 訳

CREST BOOKS
Shinchosha

地上で僕らはつかの間きらめく

ON EARTH WE'RE BRIEFLY GORGEOUS

by

Ocean Vuong

Copyright © Ocean Vuong 2019

Japanese translation and electronic rights arranged
with Ocean Vuong c/o The Marsh Agency Ltd., London
acting in conjunction with Aragi Inc., New York,
through Tuttle-Mori Agency, Inc., Tokyo

Photograph by Yu Liu/gettyimages

Design by Shinchosha Book Design Division

母に捧げる

でも私は確かめてみたい
——言葉を大地の小さな区画として
私の人生を礎として——
あなたのために中心を築くことができるかどうかを。
——邱妙津《きゅうみょうしん》

私があなたに伝えたいのは真実だ。でも、ここまで話してきたのは大きな川の話。
——ジョーン・ディディオン

I

もう一度、最初から始めよう。

母さんへ

僕は今、あなたに声を届けたくて手紙を書いています――ここに言葉を一つ記すたびに、あなたから遠ざかることになるのだけれど。僕が手紙を書いているのは、あの時に戻るためだ。バージニアで休憩所に立ち寄ったとき、トイレ前のソーダ販売機の上に掛かっている牡鹿の剝製《はくせい》を見て、母さんがぎょっとしたことがあった。母さんの顔に角《つの》の影が落ちていた。車に戻ってから、母さんは何度も首を横に振った。「何であんなことをするのか私には分からない。だって、あれって死骸でしょ？　死骸はどこかにやるべきよ。あんなふうにいつまでも置いておくのはおかしい」

僕は今、あの牡鹿のことを思い出す。母さんがあの黒いガラスの目をじっと覗いていたこと。そして、命のないあの鏡の中に自分の体全体がゆがんで映っているのを見ていたことを。母さんがぞっとしたのは、首から先だけの動物がグロテスクな形であそこに飾られていたからじゃなくて、剝製というものが終わりのない死を体現していたからだった。用を足しに行く僕らの横で、いつまでも死に続ける死骸。

僕がこうして書いているのは、〝だって〟を文の書き出しで使ってはいけないと教わったからだ。でも、僕は文を書こうとしていたわけじゃない——ただ自由になろうとしていたんだ。だって自由というのは要するに、狩人《ハンター》と獲物との間にある距離でしかないから。

秋。ミシガン州のどこか。一万五千を超えるオオカバマダラの群れが毎年、南に向かって渡りを始める。群れは羽ばたいては風に乗り、また羽ばたいては風に乗りして、九月から十一月、二か月をかけてカナダ南部とアメリカ合衆国からメキシコ中央部へと移動し、そこで冬を過ごす。蝶は途中、僕たちのそばで羽を休める。窓の桟、金網塀、洗濯したばかりの衣類でたわむ物干しロープ、色あせた青いシボレーのボンネット。蝶はまるで次の飛翔まで大事に片付けるみたいに、ゆっくりと羽をたたむ。

一度でも霜が降りる夜があれば、一つの世代が全滅する。だから、生存は時間の問題、タイミングの問題だ。

僕が五歳か六歳のとき、ふざけて、扉の陰から「バーン！」と言って母さんの前に飛び出したことがあった。母さんは表情をゆがめ、顔を手で覆って悲鳴を上げた。それからすすり泣きを始め、胸を押さえながら扉にもたれて、必死に息を整えていた。僕はおもちゃの軍用ヘルメットを斜めにかぶったまま、どうしていいか分からず、じっと立っていた。アメリカで暮らす男の子が、テレビで見たものをまねしただけのことだった。戦争がいまだに母さんの中に残っているなんて僕は知らなかった。そもそもそこに戦争があるのを忘れていた。一度でも経験した人間の中から戦争がなくなることはない――その反響はいつまでも続くのだということを。そしてその音が息子の顔に化ける。バーン。

小学三年生のとき、英語を第二言語とする生徒のための授業の中で、キャラハン先生が童話を使って、僕に本の読み方を初めて教えてくれた。僕の大好きな、パトリシア・ポラッコの『かみなりケーキ』という本だ。物語の中では、女の子とそのおばあちゃんが緑の地平線から嵐が近づいてくるのを見つけるのだけれど、二人は雨戸を閉めて扉を釘で打ち付ける代わりに、ケーキを焼き始める。僕はその行動に驚いた。常識を無視した、危険で大胆な行動に。キャラハン先生が僕の後ろに立って耳元で物語を読み、僕は言葉の流れにさらに深く引き込まれた。物語が進み、先生の声とともに嵐が近づいて、僕が復唱するのに合わせてもう一度、嵐が近づいた。嵐のど真ん中でケーキを焼くこと。危険の頂点で糖分を補給すること。

初めて母さんにぶたれたのは、四歳のときだった。手、閃光、埋め合わせ。僕の口は、手を触れると焼けるように痛んだ。

僕はキャラハン先生に教わったのと同じ方法で、母さんに文字を教えようとしていた。僕は母さんの手の上に手を重ね、耳元に口を近づけた。二人の影の下で言葉が動いた。でも、その行為（息子が母親にものを教える）によって上下関係がひっくり返り、同時に、既に弱まっていた、アメリカにおける二人のアイデンティティーも逆転した。母さんは言葉が出てこず、言い間違いをして、文章が喉の中でゆがみ、引っ掛かり、失敗ばかりで恥をかいた後、本を閉じた。そして「私は文字が読めなくてもいい」と苦々しい顔で言って机を離れた。「目はちゃんと見えるもの――それでここまでやってきたんだから。そうでしょ？」

僕はリモコンでぶたれた。そして手首にできた打ち身について、先生に嘘をついた。「鬼ごっこをしていて転びました」

四十六歳になった母さんは突然、塗り絵をやりたいと言いだした。「ウォルマートに行きましょう」とある朝、母さんは言った。「塗り絵帳が欲しいから」。それから数か月、母さんは目の前のスペースを自分では発音できないあらゆる色の色鉛筆で塗りつぶした。マゼンタ、バーミリオン、マリゴールド、ピューター、ジュニパー、シナモン。毎日何時間も、絵の上に身をかがめていた。農場、牧草地、パリ、風の舞う平原に二頭の馬がいる風景。黒い髪の少女の顔は、肌に色を塗らず空白のまま。できあがった作品をあちこちに貼った家の中は小学校の教室みたいになった。「どうして塗り絵を？　どうして今になって？」と僕が尋ねると、母さんはサファイア色の色鉛筆をテーブルの上に置いて、まだ完成していない庭をうっとりと見つめた。「こうしている間は絵の中に入ることができるから」と母さんは言った。「絵の中でいろいろなものを感じる。

ここにいるときと同じ。この部屋にいるときと」

母さんは僕の頭にレゴの入った箱を投げつけた。垂れた血が床に水玉模様を描いた。

「おまえは自分で描いた絵の中に、自分を置いてみたことがある？」と母さんはトマス・キンケードが描いた家の絵を塗りながら言った。「自分の姿を後ろから見て、どんどんその風景の中に入っていったことはある？　ここにいる自分から離れたことは？」

僕が文章を書くときには母さんが言っているのと同じことが起きているのだと、どうやったらうまく伝えられただろう？　やっぱり僕たちは似たもの同士だって。僕らの手の影は、違うページの上で溶け合っているって。

「ごめんね」と母さんは僕の額の傷にバンドエイドを貼りながら言った。「コートを着なさい。今日はマクドナルドをごちそうしてあげる」。僕は母さんが見ている前で、額に痛みを感じながらチキンナゲットをケチャップに浸けた。「おまえはもっと大きくなって、強くならなくちゃ駄目。分かった？」


僕はロラン・バルトの『喪の日記』を読み返した。バルトが母親の死後一年にわたって毎日綴った本だ。〝病んで死に向かう母の体を私は知っている〟と彼は書く。僕はそこで本を読むのをやめ、母さんに手紙を書くことにした。今でも生きているあなたに。

月末の土曜日、各種の支払いを終えた後にお金が残っていると、僕らはショッピングモールに出かけた。世間には、教会やディナーパーティーに出かけるためにいい服を着る人がいる。僕らは州間高速道路91号線の外れにあるショッピングモールに行くために精いっぱいのおしゃれをした。母さんは早起きして一時間かけて化粧をし、スパンコールの付いた黒の一張羅のドレスを着て、一組しか持っていない金のフープイヤリングを着けて、黒のラメの靴を履いた。それから膝をついて、僕の髪にたっぷりとポマードを塗り、櫛《くし》で整えた。

知らない人がモールで僕らの姿を見たら、きっと、普段はフランクリン通りの角にある食料品屋で買い物している親子だとは思わなかっただろう。入り口には食料切符《フードスタンプ》のレシートが散らばり、牛乳や卵のような必需食料品に郊外の三倍の値札が付いていて、しわと打ち身だらけのリンゴが置かれた段ボール箱は、豚の塊肉が詰め込まれた木箱——そこにあった氷はとうに溶けていた——から漏れた豚の血で底がずくずくになっている、そんな食料品屋。

「ファンシーチョコを買おう」と母さんは言って、ゴディバを指差した。そして適当に五個か六個の四角いチョコを選んで、小さな紙袋に詰めてもらった。買い物するのはそれだけということもしばしばだった。それから僕らは指が黒く甘くなるまで紙袋をやったり取ったりしながら、モールの中を散歩した。「これこそが人生の正しい楽しみ方ね」と母さんは指をしゃぶりつつ言った。一週間、人の足の爪にペディキュアを塗ることで、自分の爪に塗ったピンク色のマニキュアはあちこちが欠けていた。

あの日は駐車場で大声を出しながら、げんこつで殴られた。母さんの髪は背後からの夕日で真っ赤に染まって見えた。母さんの拳が降り注ぐ中、僕は両腕で頭を守った。

そんな土曜日には、店が一軒また一軒とシャッターを下ろすまで、僕らは通路を歩いた。その後、少し先にあるバス停まで歩いた。白い息が頭を包み、母さんのメークも浮き始めていた。僕らの手は空《から》っぽで、そこに握られているのは互いの手だけだった。

今朝、夜が明ける直前、霧の中に立つ鹿の姿が僕の部屋の窓から見えた。霧がとても深く、白かったので、すぐ近くにいたもう一頭の鹿が、最初の鹿の影——未完成の影——みたいに見えた。母さんならあの鹿を塗り絵で完成させることができる。そして、〝記憶の歴史〟というタイトルをつけるだろう。

蝶の渡りのきっかけとなるのは太陽の角度だ。季節、気温、植生、食料供給の変化を日差しが告げる。雌のオオカバマダラは渡りの途中で卵を産む。すべての歴史は二つ以上の筋道《スレッド》を持つ。その一つ一つが分裂の物語だ。蝶が旅するのは七千七百七十キロ。アメリカという国の南北よりも長い。南へ向かうオオカバマダラが北へ戻ってくることはない。だからそれはいつも、戻ってくることのない旅だ。ただ、子供が戻ってくるというだけ。ただ、未来が過去を再訪するというだけ。

国なんて所詮、境目のない文章《ボーダーレス・センテンス》、そして人生《ライフ》でなくて何だというのか？

中国系の肉屋で、母さんはフックからぶら下げられた焼き豚を指差して言った。「この肋骨《リブ》、人間を焼いたときとそっくり」。母さんは短く笑った後、黙り込んで、こわばった表情で財布を出して、お金を数えた。

国なんて所詮、終身刑《ライフ・センテンス》でなくて何だというのか？

一ガロン入りの牛乳を買ったときのこと。プラスチックの容器が僕の肩の上で破裂して、キッチンの床に白い雨が降った。

シックスフラッグズの遊園地では、スーパーマンジェットコースターが怖くて僕が一人で乗れなかったから、母さんも一緒に乗ってくれた。乗り終わった後で、母さんはゴミ箱に頭を突っ込んで吐いた。僕はうれしい悲鳴を上げるばかりで、母さんに〝ありがとう〟と言わなかった。

グッドウィル［古い衣服や家具を売るなどして、就労困難者を支援する組織］の店に行って、半額を示す黄色いタグの付いた品をカートに山積みしたときのこと。僕はカートを押して、手前のバーに足を乗せ、捨てられた宝を手に入れたリッチな気分で通路を滑走した。その日は母さんの誕生日で、気が大きくなっていた。「どう、本物のアメリカ人に見える？」と母さんは白いドレスを体に当てながら言った。それは少しフォーマルすぎて着る機会がなさそうに見えたけど、着る可能性がゼロではない程度にはカジュアルだった。可能性。僕は笑顔でうなずいた。そのときにはもうカートがいっぱいで、僕には前が全然見えていなかった。

あのときは包丁。母さんは包丁を手に取って、震えながらそれを下に置いて、静かに言った。「出てって。出てって」。僕は玄関から飛び出して、真っ暗な夏の通りを走った。走っている間に、自分が十歳だということも忘れ、耳には心臓の鼓動しか聞こえなくなった。

いとこのプーオンが自動車事故で亡くなった一週間後、僕はニューヨークのアップタウン2番の地下鉄に乗ったとき、彼の顔を見た。扉が開いたとき、生きている彼のあの明るく丸い顔が、僕を正面から見ていた。僕は息をのんだ——でも、僕だって馬鹿じゃない。それはプーオンに似た男にすぎなかった。でも、二度と見られないと思っていたものを見た衝撃は僕を動揺させた。そっくりの目鼻立ち、がっしりした顎、広い額。彼の名前が思わず口から出ていた。僕は地上に出て消火栓に腰を下ろし、母さんに電話をかけた。「母さん、さっき彼に会ったよ」と僕は言った。「母さん、本当に会ったんだ。馬鹿みたいだと思うだろうけど、地下鉄でプーオンに会った」。僕はパニック発作を起こしていた。そして母さんにはそれが分かっていた。母さんは少しの間黙った後、「ハッピー・バースデー」のメロディーをハミングしだした。その日が僕の誕生日だったわけじゃないけれど、母さんが知っている英語の歌はそれだけだった。母さんはハミングし続け、僕は携帯電話を耳に強く当ててそれを聞いていた。そのせいで、数時間経ってからも、僕の頬にはまだ四角い跡がピンク色に残っていた。

僕は二十八歳。身長は一メートル六十三センチ。体重は五十一キロ。真正面か真横から見るとハンサムだが、それ以外の角度だと絶望的。僕は以前母さんのものだった体の内側から、母さんに手紙を書いている。それはつまり、息子として書いているということ。

もしも運がよければ、センテンスの終わりからまた、新しいセンテンスが始まるかもしれない。もしも運がよければ、何かが受け継がれ、新たなアルファベットが血、腱《けん》、神経細胞《ニューロン》に書き込まれるかも。祖先から静かな推進力を与えられた者たちは南へと飛び、物語の中で誰も全体を知ることがない場所へと向かう。


最近身内を亡くしたと言うお客さんを母さんが慰めるのを、ネイルサロンの隅で聞いたことがある。そのお客さんは母さんにネイルを塗ってもらいながら、涙の合間にしゃべっていた。「私のベイビー、かわいい子、ジュリーが死んじゃったの。信じられない。丈夫な子だったのに。年もいちばん上だったのに」

マスクを着けた母さんは、真剣な目でうなずいていた。「オーケー、オーケー」と英語で繰り返し、「泣かないで。そのジュリーちゃんは」と続けて言った。「どうして死んだ？」

「がん」と女性は言った。「しかも裏庭で！　何とうちの裏庭で死んだのよ」

母さんは手を下ろし、マスクを外した。がん。母さんは女性に顔を近づけた。「うちの母もがんで死んだ」。部屋が静まりかえった。母さんの同僚はそれぞれ椅子の上で姿勢を直した。「でも、裏庭で何があった？　どうして庭で死んだ？」

女性は涙を拭った。「裏庭が普段の居場所だから。ジュリーは私の馬なの」

母さんはうなずき、マスクを戻して、ネイルを塗る作業を再開した。そのお客さんが店を出ると、母さんは部屋の反対までマスクを放り投げた。「馬だって？」とベトナム語で言った。「くそったれ。本気で娘さんの墓に花を持って行こうとさえ思ってたのに！」。その日の母さんは店を閉めるまで、別のお客さんのネイルを次々に手入れしながら時々顔を上げ「馬だって！」と大きな声で言って、僕らはみんなで笑った。

十三歳のとき、僕はついに「やめて」と言った。母さんは手を上げ、僕の頬骨は最初の一撃でずきずき痛んでいた。「やめて、母さん。やめてよ。お願いだから」。その頃には僕はいじめっ子をにらみ返すようになっていたから、それと同じ顔でじっと母さんの目を見た。すると母さんは何も言わずに視線を逸らし、茶色のコートを羽織って、買い物に出た。そして何事もなかったかのように、「卵を買ってくる」と後ろを振り返らずに言った。でも、もう二度とぶたないことは、母さんにも僕にも分かっていた。

渡りを生き延びたオオカバマダラは子供たちにメッセージを伝えた。最初の冬に失われた家族の思い出は蝶の遺伝子に編み込まれていた。

戦争はいつ終わるのか？　いつになったら母さんの名前が、ベトナムに置いてきたものを意味するのではなく、純粋に母さんの名前になるのか？

濃い藍色の時刻に目を覚ましたら、頭の中が――いや、家の中が――静かな音楽でいっぱいだったことがある。僕は冷たい床に足を下ろして、母さんの部屋まで行った。ベッドは空っぽだった。僕は音楽の上に添えられた切り花のようにそこに立って、「母さん」と言った。曲はショパン。クローゼットの中から聞こえていた。扉の四辺が、まるで燃えさかる場所への入り口みたいに、赤い光に縁取られていた。僕はその脇に腰を下ろして、前奏曲と、それより小さな音でかすかに聞こえる母さんの息づかいに耳を傾けた。どれだけの時間、そうしていたか分からない。でも、ある時点で僕はベッドに戻り、毛布で顎まで体を覆った。しばらくするとそれは止まった。音楽ではなく、体の震えが。「母さん」と僕は誰にともなく再び言った。「戻ってきて。出てきてよ」

人間の目は最も孤独な創造物だと母さんはかつて僕に教えてくれた。外の世界がどれだけ瞳から入ってきても、中はいつも空っぽ。眼窩の中にぽつんとある目は、わずか三センチ隣に自分とそっくりな、空虚で飢えた仲間がいることさえ知らない。母さんは玄関を開けて、人生初の雪を僕に見せながらささやいた。「ごらん」と。

流し台の前で、籠に入ったサヤインゲンの筋を取っていた母さんがいきなり、「私は怪物《モンスター》じゃない。私は母親《マザー》」と言いだしたことがあるよね。

生存者と僕らが言うのはどういう意味だろう？　ひょっとすると生存者というのは、最後に帰ってきた者のことかもしれない。既に仲間の幽霊がたくさん止まっている枝に、最後にやって来るオオカバマダラなのかも。

朝の光が僕らを包んだ。

僕は手に持っていた本を置いた。サヤインゲンのへたはぱきぱきと音を立て続けた。指のようなさやがシンクに落ちるたびにぽとりぽとりと音がした。「母さんは怪物《モンスター》じゃないよ」と僕は言った。

でも、それは嘘だった。

僕が本当に言いたかったのは、怪物《モンスター》であったとしてもそれは恐ろしくはないということ。元の語源はラテン語のモンストルム、「災厄を告げる神の使い」。そこから古フランス語に入って、複数のものが組み合わさった動物を意味するようになった。半人半馬のケンタウロス、半獣半鳥のグリフィン、半人半獣のサテュロス。怪物というのはいろいろなものが混ざり合った信号、灯台であるということ。避難場所であると同時に警告でもある。

心的外傷後ストレス障害《PTSD》に苦しむ親は子供に暴力を振るうことが多いという話を読んだことがある。ひょっとすると、やっぱりこれにも怪物《モンスター》的な起源があるのかもしれない。子供に手を上げるのは、戦争に備えさせるためなのかも。生きた子供を抱えているというのは、体に向かって「そうだ、そうだ、そうだ」と言うだけの心臓ほど簡単な仕事ではない。

僕には分からない。

分かるのはただ、グッドウィルの店にいたとき、母さんがうつろな目で白いドレスを僕に手渡したということだけ。「おまえにはこれが読める?」と母さんは言った。「不燃性って書いてある?」。僕は縁《ふち》を探り、タグの表示を見て、僕自身もまだ文字が読めなかったので、「うん」と言った。とりあえず。「うん」と僕は嘘をついて、ドレスを母さんに返した。「不燃性だよ」

数日後、母さんが仕事に行っている間に、僕が庭でそのドレスを着ている——それを着れば母さんみたいになれると思ったんだ——のを、自転車に乗った近所の子供が見た。翌日、学校の休憩時間に、みんなが僕を「おかま」「変態」「ホモ」と呼んだ。ずっと後になって、それらの言葉が怪物と同じ意味だと僕は知った。

僕は時々、冬の寒さから逃げ出すオオカバマダラではなく、母さんがベトナムで子供だった時代の、ナパーム弾から逃げるオオカバマダラを想像することがある。蝶たちは無傷で爆撃を逃れる。赤と黒の小さな羽を羽ばたかす様子はまるで、小さな爆発が続いているみたいだ。そんな列が数千キロ、空に続いている。だから、人が空を見上げたときにも、最初にあった爆発のことには決して考えが及ばない。澄んだ、冷たい空気の中を漂う蝶の一族が見えるだけ。いくつもの炎をくぐったその羽はついに、不燃性を獲得している。

「それならいいわ、ベイビー」。母さんは無表情によそを見て、自分の胸にドレスを当てた。「それならいい」

母さんは母親だ。でも、同時に怪物でもある。僕も同じだ。だから僕は、母さんから目を離すことはできない。だから僕は、最も孤独な神の創造物の中に母さんを入れた。見て。

もう削除してしまったけれど、この手紙の前のバージョンには、僕が作家になった理由が書いてあった。一族で初めて大学に行った僕が、せっかくの機会を無駄にして、英語で学位を取ることになったいきさつが。僕は糞みたいな高校を卒業した後、ニューヨークに行って、図書館で毎日を過ごし、死んだ人が書いたよく分からない文章を読んだ。その作者の多くはきっと、僕みたいな顔をした人間が自分の文章を読むことになるとは——ましてや、それが僕を救うことになるとは——思っていなかっただろう。でも、今ではそんなことはどうでもいい。大事なのは、当時の僕にも分かっていなかったけれど、そうしたことのおかげで今の僕、このページがあるということ。おかげで、母さんが決して知ることのないすべてをこうして語っているということ。

僕はかつて、体に傷のない子供だった。八歳の僕は、寝室が一つしかないハートフォードのアパートで、ランおばあちゃんの寝顔を見ながら立っていた。おばあちゃんは母さんの母親だけど、全然似ていない。肌の色は三段階くらい黒くて、嵐の後の土の色。やせこけた顔の中で、目だけが割れたガラスみたいに輝いていた。理由は分からないけれど僕は緑色の兵隊のフィギュアの山を放り出し、床の上で眠っているおばあちゃんのところへ行った。おばあちゃんは毛布をかぶり、胸の上で腕を組んでいた。眠っている間、まぶたの奥で目が動いていた。深いしわの寄った額には五十六年の歳月が刻まれていた。蠅が一匹、口の脇に止まり、紫色の唇の端まですっと進んだ。左の頬が数秒間、痙攣《けいれん》した。大きな黒い毛穴が目立つ肌が日の光の中で波打った。僕はそのときまで、眠っている人がこれほど動くものだとは知らなかった。ただし犬なら、眠ったままで激しく動くのを見たことがある。おそらく走っている夢を見ていたのだろう。

でも、そのとき僕が求めていたのは静けさだったと今では思う。寝ている間もピクピクと動く体ではなく、おばあちゃんの心の静けさ。目が覚めている長い時間、爆発的な活動を続けてきた脳は、そんなふうに痙攣する静けさの中で初めて、クールダウンすることができる。今、目の前にいるのは知らない人だ、と僕は思った。目が覚めているときのランおばあちゃんでは見かけたことのない表情で唇にしわが寄って、何かに集中している様子だ。普段のおばあちゃんは、戦争が終わった今もひどくなるばかりの統合失調症で、支離滅裂な言葉をいつも発している。僕の知るおばあちゃんは昔から狂気じみていた。記憶にある限り、おばあちゃんは僕の目の前で何度も正気と狂気の間を行き来していた。だから今、午後の光の中で穏やかに眠っているその顔を見ていると、まるで時間を遡っているみたいに感じられた。

片方の目が開いた。少し寝ぼけた目が徐々に開いて僕の姿をとらえた。窓から差し込む光で釘付けにされた僕は、その場から動けなかった。するともう片方の目が開いた。その目は少し充血していたけれども、最初のよりも澄んでいた。「お腹が空いたの、リトル・ドッグ?」。おばあちゃんはまるでまだ眠っているかのように無表情でそう尋ねた。

僕はうなずいた。

「こんな時間に何を食べようかね?」。おばあちゃんは部屋をぐるりと指し示すようなしぐさをした。

答える必要のない修辞疑問だ、と僕は思って、口をつぐんだ。

でもそれは間違いだった。「〝何を食べようか?〟ってあたしは訊いたんだよ」。おばあちゃんが体を起こすと、肩まである髪が、爆弾で吹き飛ばされた漫画のキャラクターみたいに寝癖で広がっていた。おばあちゃんは四つん這いで僕の方まで来て、兵隊のフィギュアの山の前でしゃがんで一体を手に取り、じっと見た。おばあちゃんの身の回りできれいに整えられていたのは、母さんがいつものように正確に、完璧な技でマニキュアを塗った爪だけだった。兵隊――通信兵――を持ち、まるで新たに発掘された人工物みたいに詳しく調べているおばあちゃんの手にはたこができ、ひびだらけだったが、装飾を施されたルビー色の爪がそこで際立っていた。

無線装置を背負った兵士は片方の膝を地面について、受信機に向かって永遠に叫び続けていた。服装からすると、第二次世界大戦時の兵士らしい。「フー・ユー・アー、ムッシュ?」。おばあちゃんはつたない英語とフランス語をまぜこぜにしてそのフィギュアに尋ねた。そして無線装置を自分の耳に当てて、僕の方を見ながらじっと聞き耳を立てた。「連中が何て言ってるか分かるかい、リトル・ドッグ?」とおばあちゃんはベトナム語でささやいた。「連中が言ってるのはね――」。おばあちゃんは少し首をかしげて僕の方へ身を乗り出した。その息は、リコラの咳止めドロップと寝起きの渇いた口の臭いがした。緑色をした小さな兵士の頭はおばあちゃんの耳にのみ込まれていた。「おばあちゃんがちゃんとご飯を食べさせないと、いい兵隊でも戦に勝てないんだってさ」。おばあちゃんは一度短く笑い声を上げただけで静かになり、顔も急に無表情に変わった。そして通信兵を僕に渡し、手で握らせて、つと立ち上がり、サンダルをパタパタ言わせながらキッチンへ向かった。僕がそのメッセージをぎゅっと握ると、プラスチックのアンテナが手のひらに食い込み、隣の部屋からは壁越しにレゲエが漏れ聞こえた。

僕には今も昔も、たくさんの名前がある。おばあちゃんは僕を子犬《リトル・ドッグ》と呼んだ。自分と娘に花と同じ名前を付けておきながら、孫を犬と呼ぶのはどういうことか？　それはおばあちゃんが孫を大事に思っているからだ。母さんも知っているように、ランおばあちゃんが育った村では、僕みたいに特に弱い子供や末っ子にできるだけひどい名前を付ける習慣があった。悪魔、幽霊の子、豚の鼻、猿の子、水牛の頭、みなしご――子犬《リトル・ドッグ》というのはまだましな方だ。食卓で醜くて恐ろしいものの名前が呼ばれるのを耳にすると、健康的で美しい子供を探してうろつき回っている邪悪な霊がその家を通り過ぎるので、子供が助かるというわけだ。だから、何かを愛するというのは、それが悪いものに触れられないように――そして生き延びられるように――つまらない名前を付けることを意味する。空気のように希薄な名前というものが、時に盾となることもある。リトル・ドッグという盾に。

僕はキッチンの床に座って、ランおばあちゃんが湯気の立つご飯を二杯、藍色の唐草模様で縁取られたどんぶりに盛るのを見た。おばあちゃんは茶瓶を手に取って、そこにジャスミンティーを注いだ――淡い琥珀《こはく》色の湯からご飯粒が少しだけ覗くぎりぎりのところまで。僕たちは床に腰を下ろして、いい匂いのする熱々の茶漬けを交代交代に食べた。それは、花を潰して食べたらこんな味がするだろうと想像するのと同じ味がした。食べたときは苦くて干からびた感じ、そして後味はさっぱりして甘い。「本物の農家の味」。ランおばあちゃんはにやりと笑った。「これがあたしたちのファストフードだよ、リトル・ドッグ。これがあたしたちのマクドナルド！」。おばあちゃんは片方のお尻を浮かして大きなおならをした。僕も同じようにおならをして、二人で目をつぶって大笑いした。その後、おばあちゃんは笑うのをやめた。「最後、きれいに食べて」。そう言って、顎でどんぶりを指した。「残したご飯粒と同じ数のウジ虫を地獄で食べることになるんだからね」。おばあちゃんは手首にはめていた輪ゴムを外して、髪を丸く束ねた。

心的外傷《トラウマ》は脳だけじゃなく、体――筋肉組織、関節、姿勢――にも影響を与えるらしい。ランおばあちゃんはいつも背中が曲がっていた。流し台で洗い物をしている姿を後ろから見ると、頭が隠れてしまい、ぴょこぴょこと上下する束髪だけが見えた。

おばあちゃんは、瓶に半分だけ残ったピーナツバター以外には何も置かれていない食料品の棚に目をやった。「パンをまた買わないと」

独立記念日の一日か二日前のある夜、近所の人たちが屋根に上って花火を上げていた。光害に侵された紫色の空を燐光の筋が走り、僕らのアパートに大きな爆発音を響かせた。リビングの床で母さんとランおばあちゃんの間に挟まれるように寝ていた僕は、一晩中背中に感じていた体のぬくもりが突然消えたのを感じた。後ろを振り向くと、おばあちゃんが膝立ちになって、必死に毛布を引き寄せていた。「どうしたの？」と僕が訊く前に、おばあちゃんが冷たく湿った手で僕の口をふさいだ。そして反対の手の指を自分の口に当てた。

「しーっ。大きな声を出したら」とおばあちゃんの声が聞こえた。「迫撃砲に狙われる」

おばあちゃんの目に街灯の光が反射して、浅黒い顔との対比で、黄みがかった水たまりのように見えた。おばあちゃんが僕の手首をつかんで窓際に引き寄せ、僕らはそこにしゃがんで身を隠し、頭上で爆発音が反響するのを聞いた。おばあちゃんはゆっくりと僕を膝の上に抱きかかえて、二人で時を待った。

おばあちゃんはささやき声で迫撃砲の話を続けた。時々その手が僕の口を押さえると、にんにくとタイガーバームの匂いがした。僕たちはその状態で二時間座っていたに違いない。その間、おばあちゃんの鼓動がずっと僕の背中に響いていた。部屋が灰色に変わり、藍色に洗われると、二人の人間が毛布にくるまって床で寝ている姿が見えてきた。母さんとマイ伯母さんだ。二人の姿はツンドラ地帯の雪の積もった柔らかい山脈に似ていた。うちの家族はまさに、砲火の夜が明けて静かになった後の、この極寒の静かな風景だ。僕の肩に載ったランおばあちゃんの顎が重くなって、耳元の息づかいがすっかり落ち着くと、ようやくおばあちゃんも二人の娘と同じように眠りに就いたことが分かった。そして僕の目に映るのは、七月の雪――滑らかで、完全で、名前を持たない雪の風景――だけになった。

僕はリトル・ドッグになる前、別の名前を持っていた――生まれたときに付けられた名前を。十月のある日の午後、サイゴン［現在のホーチミン］の郊外、母さんが育ったのと同じ田んぼに囲まれた場所にある、バナナの葉で屋根を葺いた小屋で僕は母さんの息子になった。ランおばあちゃんの話によると、地元の呪術師《シャーマン》と二人の助手が小屋の外に座って産声を待っていたらしい。ランおばあちゃんと産婆がへその緒を切った後、すぐに呪術師と助手が小屋に入って、生まれたてで体がべとべとの僕を白い布でくるみ、最寄りの川まで走って行って、香とセージの煙の下で沐浴をさせた。呪術師は、額に魔除けの灰を塗りつけられて泣き叫ぶ僕を父の腕に預けながら、考えた名前を父の耳元でささやいた。それは〝愛国的な国の指導者〟という意味だ、と呪術師は説明した。父に雇われた呪術師はきっと、ぶっきらぼうなその態度や、百五十七センチの体を精いっぱい大きく見せようとする歩き方や、殴るようなしぐさをしながらしゃべる様子を見て、金を支払う男を満足させる名前を選んだのだろう。その勘は当たった。ランおばあちゃんの話では、父は戸口前に立って、うれしそうな顔で僕を頭の上に持ち上げたのだそうだ。「俺の息子はベトナムの指導者になるんだ」と彼は叫んだ。そしてその二年後、戦争が終わって十三年が経ってもなおみじめな状態にあったベトナムはさらにひどい状態に陥って、そのとき父が立っていた場所——そこから数十センチ離れたところで母さんの股から出た血が地面に丸い染みを付け、そこの土を泥に変えた——から逃げ出すことになる。そして僕は生き延びた。

ランおばあちゃんの物音に対する反応が矛盾して見えたときもある。夕食の後、みんなでランおばあちゃんを囲んで話を聞かせてもらっていたら、突然、すぐ近所で銃声が聞こえたときのことを覚えてる？　ハートフォードで銃声が響くのは珍しいことではなかったけれど、僕はどうしても慣れることができなかった。耳を裂くような、でもなぜか、思っていたより平凡な音。夜の公園から次々に聞こえる、少年野球《リトルリーグ》のホームランみたいな音。僕ら——母さんとマイ伯母さんと僕——はみんな悲鳴を上げて身を伏せて、頬と鼻を床に付けた。「誰か明かりを消して」と母さんは叫んだ。

部屋が真っ暗になって二、三秒が経ったとき、ランおばあちゃんがこう言った。「何よ？　たった三発じゃないの」。おばあちゃんの声は座っていたときとまったく同じ場所から聞こえた。少しもひるんだ様子はなかった。「でしょ？　おまえたち死んじゃったのかい？　それとも息してる？」

おばあちゃんが僕らを手招きすると、服が肌にこすれる音がした。「戦争のときは、何が何だか分からない間に村が丸ごとやられたものさ」。そう言って鼻をかんだ。「さあ、話がどこまで進んだか忘れないうちに明かりを点けておくれ」

ランおばあちゃんに関して言えば、その頭から白髪を一本一本、毛抜きを使って抜くのが僕の務めだった。「あたしの髪に混じった雪」とおばあちゃんは言った。「そのせいで頭がかゆいんだ。かゆい毛を抜いてくれないかい、リトル・ドッグ？　雪があたしの体に根を下ろそうとしてるのさ」。おばあちゃんは僕の手に毛抜きを握らせて、にやりとしながら「おばあちゃんを若返らせておくれよ、ね？」と本当に静かな声で言った。

僕はその褒美に、話を聞かせてもらった。窓からの光が当たる場所に頭が来るようにおばあちゃんを横向きに寝かせて、僕はその背中側で枕の上に膝をついて、毛抜きを手に握った。おばあちゃんは声のトーンを一オクターブ下げて話を始め、徐々に深く物語に入り込んだ。大半はいつもの調子で、とりとめもなく、次から次に話が続いた。おばあちゃんの頭から紡ぎ出された話は、次の週に、まったく同じ前置きとともに舞い戻ってきた。「さあ、次の話だよ、リトル・ドッグ、これは本当に傑作。聞く用意はできた？　そもそもあたしの話に興味があるのかい？　よし。だって、あたしは嘘なんかつかないんだからね」。そうして始まるのは聞き覚えのある話。ところどころで、いつもと同じように間《ま》を取ったり、抑揚を付けたりして、緊張感を高めたり、大事な展開に注目させたりする。僕は何度目か分からない映画――ランおばあちゃんの言葉で作られて、僕の想像力で動画化された映画――を観ているかのように、台詞と一緒に口を動かす。僕たちはそんなふうに共同作業《コラボ》した。

僕が白髪を抜く間、何の飾り気もない周りの壁に変化が起きた。幻想的な風景が壁に映し出されるというより、壁の漆喰が崩れ落ちて、その向こうにある過去が丸見えになるみたいな感じ。戦争の光景、人間みたいな猿の神話。大昔、ダラット［ベトナム中部高原の観光地］の山々に住んでいた幽霊退治人が謝礼を酒で受け取り、野犬の群れを連れて村々を回って、邪悪な霊を払うためにヤシの葉に呪文を記していた話。

　個人的な話もあった。例えば、母さんを産んだときのこと。カムラン湾に寄港したアメリカ海軍駆逐艦に乗務する白人の軍人の話。紫色の民族服《アオザイ》の裾を颯爽となびかせながら現れたランおばあちゃんがバーの明かりの下でその軍人と出会った話。おばあちゃんはそのとき既に、取り決めで結婚させられていた一人目の夫のところから逃げ出していたこと。初めて戦時の都会で一人暮らしをしていた若い娘には、生活費を稼ぐ手段は自身の体と紫色のドレス以外になかったこと。僕の手はおばあちゃんの話を聞きながら、徐々に動きがゆっくりになり、やがて止まった。僕はアパートの壁に映し出される映画に夢中になっていた。そんなふうに、われを忘れて話に聞き入り、自ら進んで迷子になっていると、おばあちゃんが手を後ろに回して、僕の太ももを叩いた。「ちょっと、そんなところで寝るんじゃないよ！」。でも、僕は寝ていたわけじゃない。僕はたばこの煙が充満するバーで紫色のドレスを揺らすおばあちゃんの隣に立っていた。自動車オイルと葉巻、軍服に付いた硝煙とウオッカのにおいの中で、グラスを合わせる音。

「頼むよ、リトル・ドッグ」。おばあちゃんは僕の両手を胸に引き寄せた。「あたしをいつまでも若くいさせておくれ。この雪をあたしの人生から取り除いてね——きれいさっぱりあたしの人生から取り除くんだ」。僕はそんな日の午後、狂気は時に発見に結びつくのだということを知った。断片化し、短絡《ショート》した心は完全に狂っているわけじゃない。僕らの声が繰り返し部屋を満たす中、おばあちゃんの頭から雪が降り、僕らの周りで過去が繰り広げられるにつれて、僕の膝を囲む床は白くなっていった。

そしてあのスクールバス。あの朝は、いつものように、誰も僕の隣に座らなかった。僕は精いっぱい窓に身を寄せて、夜が明けたばかりでまだ藤色をしている外だけを見ていた。モーテル6［格安のモーテルチェーン］、まだ開いていないクラインコインランドリー、ボンネットを外したまま庭に放置されたベージュ色のトヨタ。同じ庭にはタイヤで作ったブランコがあるけれど、壊れて半分泥に浸かっている。バスが速度を上げると、街の風景が洗濯機の中の衣服みたいにぐるぐると回った。僕の周囲では、男の子たちがじゃれ合っていた。すぐ後ろで何人かが暴れ回り、最初は彼らが起こした風が、次いでその腕や拳が首筋に当たるのを僕は感じた。僕は自分がこのあたりでは珍しい顔をしているのを知っていたので、彼らを避けるため、さらに必死に頭を窓に寄せた。とそのとき、外の駐車場の真ん中に火花が飛ぶのが見えた。後ろにいる男の子たちの声が聞こえるまで、火花の出所が自分の頭の中だとは気が付かなかった。誰かが後ろから小突いたせいで、僕はガラスに顔をぶつけていた。

「英語をしゃべれ」と、黄色い髪をマッシュルームカットにした男の子が言った。その顎は赤らみ、波打っていた。

母さん、最も残酷な壁はガラスでできているんだよ。僕は窓ガラスをぶち破って、外に飛び出したかった。

「おい」。顎少年が身を乗り出し、酸っぱい臭いのする口を僕の頬に近づけた。「口が利けないのか？　英語がしゃべれないのか？」。彼は僕の肩をつかんで、自分の方を向かせた。「俺がしゃべってるときはこっちを見ろ」

彼は九歳にしてアメリカ人駄目親父の言葉遣いをマスターしていた。面白いことが起きそうだと察知して、男の子たちが周りに集まると、洗濯したての衣服の匂い、柔軟剤のラベンダーとライラックの匂いがした。

次に何が起きるのかをみんなが心待ちにしていた。僕が何もせずに目を閉じると、男の子が僕に平手打ちを食らわせた。

「何か言え」。彼は団子鼻を僕の頬に押しつけた。「何にも言えないのか？」

二発目の平手打ちは上から来た。それは別の少年だった。

マッシュルームカットが僕の顎に手を当て、彼の方を向かせた。「俺の名前を言ってみろ」。彼がまばたきをすると、ほとんど目に見えないブロンドの長いまつげが震えた。「昨日の晩、おまえの母さんが言ってたみたいに」

窓の外では木の葉が落ちていた。汚れたお金のように太って湿った落ち葉。僕はおとなしく従って、彼の名前を言った。

彼らの笑い声が僕の中に入ってきた。

「もう一回」と彼は言った。

「カイル」

「もっと大きな声で」

「カイル」。僕はまだ目をつぶっていた。

「いい子だ、糞野郎」

そのとき、急に雲の間から日が差したみたいに、ラジオから一つの歌が聞こえてきた。「なあ、俺のいとこはこいつらのコンサートに行ったんだぜ！」。すると、出し抜けにことは終わった。僕を覆っていた少年たちの影は一気に晴れた。僕は洟が垂れても気にせず、自分の足元を見ていた。母さんが買ってくれた靴。歩くと底が赤く光る靴。

僕は前の座席に額を押しつけて、最初は優しく、徐々に勢いを付けて靴で床を蹴った。僕のスニーカーは静かに光を放った。どこへも向かうことのない、世界で最も小さな救急車。


その夜、母さんはシャワーの後で、火の点いたマルボロレッドを手に、頭にタオルを巻いてソファーに座っていた。僕はじっとその前に立っていた。

「どうして？」。母さんはテレビの画面から目を逸らさずにそう言った。

そしてたばこをティーカップに押しつけて消した。僕は母さんに話したことをすぐに後悔した。

「どうしてそんなことをされて黙ってたの？　目を閉じるのはやめなさい。眠いわけじゃないでしょ」

母さんは漂う青い煙の向こうから僕に目を向けた。

「男の子なのにそんなことをされて黙ってるってどういうこと？」。母さんの口の端から煙が漏れた。「おまえは何もしなかった」。母さんは肩をすくめた。「やられっぱなし」

僕はまた窓のことを考えた。すべてが――僕らの間にある空気さえ――窓みたいに感じられた。母さんは僕の肩をつかんで、額を僕のおでこに押しつけた。「泣くのはやめなさい。おまえはいつも泣いてばかり！」。母さんの顔がすぐそばにあったから、歯の隙間から、灰と歯磨き粉の匂いがした。「今はまだ何もされてないでしょ。泣くのはやめなさい――泣くんじゃないよ、畜生！」

その日、三度目の平手打ちで一瞬、テレビの画面が光って見えたけれど、僕はすぐにまた母さんをまっすぐに見た。母さんの目が僕の顔の上を素早く行ったり来たりした。

それから母さんは僕を抱き寄せた。僕は母さんの肩に顎を載せた。

「リトル・ドッグ、おまえは自分でどうにかしないといけない」と母さんは耳元で言った。「私には英語でおまえを助けてやることができないから。そいつらを止めたくても、私には何も言えない。おまえが自分でどうにかするの。自分でどうにかしなさい、それが無理でも、二度とそんな話を母さんに聞かせないで。分かった？」。母さんはまた僕の顔を見た。「おまえは男らしく、そして強くならないといけない。おまえが強くならないと、向こうはどんどんつけあがる。おまえのお腹には英語がいっぱい詰まってる」。母さんは僕のお腹に手を当てて、ほとんどささやくように言った。「それを使うのよ、分かった?」

「うん、分かった」

母さんは僕の髪を整えて、額にキスをした。そして少し長すぎるくらい僕の顔をじっと見てからソファーに戻って手を振った。「新しいたばこを持ってきて」

僕がマルボロとジッポーのライターを持って戻ったときには、テレビは消えていた。母さんはソファーに座って、青い窓の外をじっと見ていた。

翌朝、僕はキッチンで、母さんが僕の頭ほどもある背の高いグラスに牛乳を注いでいるのを見た。

「飲みなさい」。母さんは誇らしげに唇を尖らせてそう言った。「これはアメリカの牛乳だから、飲めばきっと大きくなれる。間違いない」

僕は冷たい牛乳を大量に飲んだから、しまいに舌が麻痺して味が分からなくなった。それから毎朝、同じ儀式を繰り返した。太くて白い三つ編みみたいな軌道を描いてグラスに注がれた牛乳を母さんの前で飲み干して、僕の中に消えた白いものが黄色い少年を大きくすることを二人で願う儀式。

今、飲んでいるのは光だ、と僕は考えた。僕は体を光で満たしている。牛乳は光の洪水で僕の中の闇を消し去るだろう。「もう少し」と母さんは言って、指先でカウンターを叩いた。「量が多いと思うだろうけど、その値打ちはある」

僕はカウンターにグラスを置いて微笑んだ。「ね？」と母さんは腕組みして言った。「おまえはもう、スーパーマンみたいに見える！」

僕は唇の間から牛乳の泡を覗かせて、にやりと笑った。

歴史は直線的に進むと思われがちだけれど、実際にはらせんを描くという理論を唱える人がいる。僕たちは円みたいな軌道を描きながら時間の中を進むから、中心からの距離は徐々に遠ざかるけど、しばらくすると同じ場所に戻ってくる——一回り外の円周上で。

ランおばあちゃんも物語を通じて、らせんを描いている。おばあちゃんの話を聞いていると、物語が変わる瞬間がある——大きなことじゃない。ごく小さな細部だ。何かが起きた時間とか、誰かのシャツの色とか、空襲が三度じゃなく二度だったとか、拳銃じゃなくAK-47だったとか、娘が泣くのでなく笑っていたとか。語りの変化が時々起こる——過去は出来上がった風景として眠っているのではなく、再び目撃されるのだ。僕らは望もうと望むまいとらせんを描き、過去から新たなものを作り出している。「あたしを若返らせておくれ」とランおばあちゃんは言った。「こんな雪は嫌だよ、また黒くしておくれ、リトル・ドッグ。雪は嫌だ」

でも、母さん、本当のところは僕にも分からない。僕は考えた理論を紙に記して、またそれを消して、机を離れる。やかんを火にかけて、湯が沸く音を聞いていると、考えが変わる。母さんはどんな理論を持っているだろうか――何に関してでもいい。もしも僕が尋ねたら、母さんはきっと口に手を当てて笑うだろう。母さんが子供時代を過ごした村では女の子はそうやって笑うんだよね。母さんは今でもそのしぐさを続けてる。生まれつき、歯並びはきれいなのに。母さんはきっと知らないと言うだろう。理論なんて、決断力がないくせに時間ばかり持て余している人間が考えるものだ、と。でも、僕は母さんが持っている理論を一つ知っている。

僕らはカリフォルニア行きの飛行機に乗っていた――覚えてるかな？ 母さんは父さんにもう一度チャンスをやるんだって言っていた。数え切れないくらい逆手でぶたれて、いまだに鼻が曲がっているというのに。僕は六歳で、ランおばあちゃんはマイ伯母さんと一緒にハートフォードに置いてきていた。フライトの途中、乱気流が激しくなって、僕の小さな体が揺られた挙げ句、座席からすっかり浮き上がって、シートベルトで引き戻された。僕は泣きだした。母さんは僕の肩に腕を回して身を寄せ、自分の体重で飛行機の揺れを吸収した。それから窓の外に見える厚い雲を指差してこう言った。「ここまで高いところに来ると雲が岩に変わるんだよ――硬い岩にね――だから、こんなふうにガタガタするんだ」。母さんの唇が僕の耳に触れ、その声が僕の心を落ち着かせた。僕は空の果てまで広がる花崗岩色の山並みを見渡した。そう、当然、飛行機は揺れた。僕らは岩の間を突き進んでいたから。フライトには超自然的な忍耐が必要だ。あの男のところに戻るには、その種《しゅ》の魔法が必要とされていた。飛行機が揺れるのは当然。飛行機が壊れそうになるのが当たり前。新たな宇宙の法則を知った僕は再び深く座席に腰掛けて、飛行機が次々に山を突き抜けていくのを見ていた。

言葉の問題になると、母さんが持っている単語の数は、キッチンキャビネットの下に置いた大きな牛乳ボトルに貯めているコイン——ネイルサロンでもらったチップだ——の数よりも少ない。母さんはいつも鳥や花、ウォルマートで買ったレースのカーテンを見て、ただきれいとだけ言う——物が何であれ。母さんはいつか、隣の庭のクリーム色のランに飛んできたハチドリ《ハミングバード》を指差して「デップワー！」と叫んだことがある。「きれい！」と。母さんは鳥の名前を僕に尋ねて、僕は英語でそれに答えた——英語の呼び名しか知らなかったから。母さんは無表情でうなずいた。

次の日、母さんはもうその名前を忘れていた。英語の音は母さんの舌からすぐに滑り落ちてしまう。でもその後、僕が町から戻ってくると、うちの前の庭にハチドリ用給水器《フィーダー》が置かれていた。透明な甘い花蜜《ネクター》が入った丸いガラス瓶の周りをプラスチック製のカラフルな花びらが囲み、ハチドリがくちばしを差し込むための小さな穴が開いていた。僕がそのことを尋ねると、母さんはゴミの中からくしゃくしゃの段ボール箱を出してきて、ハチドリ——針のようなくちばしと高速で羽ばたく翼——を指差した。母さんは名前を発音できないけれど、それでもその鳥を認識することができた。「デップワー」と言って母さんは微笑んだ。「デップワー」

ランおばあちゃんと一緒にお茶漬けを食べたあの日の夜、母さんが家に帰ってきた後、僕らは三人で四十分歩いて、ニューブリテン通りにあるCタウン・スーパーマーケットに行った。閉店時間が近かったので、店の中はがらんとしていた。母さんは寒くなりそうな冬の一週間に備えてブンボーフエ［米粉の麺と牛肉を用いたベトナム料理］を作るため、牛の尻尾《オックステール》を買うつもりだった。

ランおばあちゃんと僕は肉屋のカウンターの前に手をつないで立ち、母さんがガラスケースの中から大理石模様の肉の塊を選ぶのを待っていた。結局、テールがそこになかったので、母さんはカウンターの奥にいた男に向かって手を振った。男が「いらっしゃい」と言うと、母さんは長すぎる間《ま》を置いてから、ベトナム語で「ドゥイボー、アン・コ・ドゥイボー・ホン？」と言った。

男は僕たち一人一人の顔をチラチラと見てから、さらに体を乗り出して「何です？」と訊いた。ランおばあちゃんの手が僕の手の中でピクリと動いた。困った母さんは男から背中が見えるように少し体を横に向けて、人差し指を腰のところで立てて、「モー」と言いながら指先を動かし、反対の手で頭の上に二本の角《つの》を作った。一つ一つのしぐさの意味が男に分かるように、母さんはゆっくりと体を回しながら動いた。角、尻尾、牛。でも、男は笑うばかりだった。最初は口を手で押さえていたが、徐々に大きな声で、ゲラゲラと笑いだした。蛍光灯の光が母さんの額の汗を照らした。ラッキーチャーム［マシュマロの入った子供向けのシリアル］の箱を持った中年女が笑いをこらえながら、僕らの横を通り過ぎた。母さんは舌で奥歯を押さえ、頬を突き出した。その様子はまるで溺れかけた人間みたいだった。母さんは子供の頃に覚えた——断片しか残っていない——フランス語も試した。「牛の尻《デリエール・デ・ヴァシュ》！」と叫んだときには、首の血管が浮き出ていた。男は返事をする代わりに、店の奥に向かって呼びかけた。すると、色の浅黒い小柄な男が出てきて、スペイン語で母さんに話しかけた。ランおばあちゃんは僕とつないでいた手を放して、母さんに加勢した。「モー」と言いながら指をピクピク動かして同じところをぐるぐる回る母と娘。ランおばあちゃんはずっと笑っていた。

男たちは大きな白い歯を見せて大声で笑い、カウンターを叩いた。母さんは汗まみれの顔で僕の方を振り向いて言った。「おまえが説明しなさい。私たちが何を欲しいのか、さっさと言ってやって」。牛の尻尾は英語でオックステールと言うのだと僕はそのとき知らなかった。だから、恥ずかしさを覚えながら首を横に振った。僕らを見つめる男たちの馬鹿笑いは、当惑と不安に変わり始めた。閉店時刻になった。男の一人がもう一度、真面目な顔で頭を下げて「何です？」と尋ねた。でも、僕らはきびすを返した。牛の尻尾《オックステール》、ブンボーフエは諦めていた。母さんは棚から食パン《ワンダーブレッド》とマヨネーズを取った。レジを通るときも、僕らは誰一人口を開かなかった。僕らの言葉は突然、どこに行っても——自分たちにとっても——場違いに感じられたからだ。

レジの前には、キャンディーバーや雑誌と一緒に、ムードリング［気分に応じて色が変わるとされる安価な指輪］がまとめてトレーに載せられていた。母さんは一つを手に取り、値段を確かめてから三つ——おばあちゃんと僕にも一つずつ——取った。「デップワー」。母さんはしばらくしてから、ほとんど聞き取れない声で言った。「デップワー」

〝常に変わることのない快楽をもたらすものは存在しない〟とバルトは書いた。〝しかし作家にとって、母語はそのような存在だ〟。でも、もしも母語の成長が妨げられていたらどうだろう？

もしも母語が虚無の象徴であるばかりでなく、虚無そのものだったら？　人が母語から切り離されていたら？　自身を完全に失うことなく、失われた母語に快楽を覚えることができるだろうか？　僕の持っているベトナム語は母さんに与えられたもので、語彙も文法も小学校二年生レベルでしかない。

母さんは子供の頃、アメリカ軍のナパーム弾による空襲で学校が焼かれるのをバナナの森の中から目撃した。そして五歳のときから、二度と学校には行っていない。だから僕たちの母語は、実は全然〝母親〟ではない——むしろ、孤児だ。僕らのベトナム語はタイムカプセル。どこで教育が終わったか、灰になったかを記す標識だ。母さん、僕らが母語でしゃべるということは、ベトナム語をしゃべるというより、戦争を語るということなんだ。

その夜、僕は自分に誓った。代わりにしゃべってほしいと母さんに言われたのに言葉に窮するなんて、今後は絶対にないようにしよう、と。こうして僕は、家族の気持ちを伝える公式通訳となった。そしてそのときから、僕らの空白、僕らの沈黙、困惑を可能な限り埋めた。僕はコードを切り替えた。他の人たちに僕の顔——それを通じて母さんたちの顔——が見えるように、僕らの言葉という仮面を脱ぎ、英語という仮面を身につけた。

母さんが時計工場で一年働いたとき、僕は母さんの上司に電話をして、母さんの労働時間を短くしてくださいと、この上なく丁寧な言葉で伝えた。なぜだ？　母がとても疲れているからです。仕事から帰った後、疲れすぎて湯船の中で眠ってしまって、いつか溺れるのではないかと心配だからです。一週間後、労働時間は短くなった。また別のときには、ビクトリアシークレットのカタログショッピングに電話をして、母さんのブラジャー、下着、レギンスを注文したことが何度もある。受付の女性たちは、思春期前の子供から電話がかかってきたことに少し戸惑った後、男の子が母親のために下着を買っていることを面白がった。そして電話口で「へえ」と言った後、しばしば送料をおまけしてくれた。彼女たちは僕に学校のことやどんなアニメを見ているかを尋ねたり、自分の息子の話をしたりして、「お母さんは幸せな人ね」と言った。

母さんが幸せかどうか、僕には分からない。そんな質問はしたことがないから。


僕たちがアパートに戻ったとき、牛の尻尾《オックステール》はなかった。でも、三つのムードリングは、三人それぞれの指で光っていた。母さんは床に広げた毛布にうつ伏せになって、ランおばあちゃんがその背中に乗り、凝った肩の筋肉と腱をもんでいた。テレビ画面が放つ緑色の光のせいで、部屋全体が海の中みたいに見えた。ランおばあちゃんは時々手を止めてどこが凝っているのかを母さんに尋ねる以外にはずっと、また独り言のように昔話——前回の話のリミックス——をしていた。

二つの言語は互いを打ち消し合い、第三の言語を呼び込む、とバルトは言う。僕たちは時々口数が減り、あるいはまったく無言になる。そんなとき、手が——皮膚と軟骨という境界が妨げにはなるけれども——第三の言語になって、言葉の代役を務めることがある。

僕らはベトナム語ではめったに「私はあなたを愛している《アイ・ラブ・ユー》」と言わないけれど、そう言うときはほぼ必ず英語で言う。僕たちにとって、気遣いと愛情を最もはっきり表現するのは触れ合いを通じてだ。白髪を抜いたり、飛行機の揺れを吸収して、怖がっている息子を安心させるために抱き寄せたりする行為。あるいは今みたいに――ランおばあちゃんが僕を呼んで、「リトル・ドッグ、こっちに来て、お母さんを楽にする手伝いをしなさい」と言うとき。僕たちは母さんの右と左にひざまずいて、母さんの凝った二の腕から手首、そして指までをもんだ。短すぎて意味がないくらいの一瞬だけ、その行為に意味があるように感じられた。三人の人間が床の上で寄り集まっている状態は、〝家族〟という言葉に似た何かを成していた。

僕らが自分の体重だけを使って筋肉をほぐすと、母さんは気持ちよさそうになった。そして指を一本立てて、毛布に向かって言った。「私は幸せ？」

僕はムードリングが目に入るまで、母さんがまたアメリカの雑貨について通訳を求めているのだとは気がつかなかった。僕がまだ何も言わないうちに、ランおばあちゃんも僕の鼻先に手を突き出した。「あたしのも頼むよ、リトル・ドッグ――あたしは幸せかい？」。こうして母さんに手紙を書いているとき、実は僕はみんなに向かって書いているのかもしれない。だって、安全な空間がどこにもないのなら――もしも子供の名前が盾になると同時に、子供を動物に変えられるのなら――プライベートな場所なんてありえないから。

「うん《イエス》。母さんもおばあちゃんも幸せだ」。僕は何も知らないのにそう答えた。「二人とも幸せだよ、母さん。うん《イエス》」と僕は繰り返した。だって、発砲音も嘘も牛の尻尾《オックステール》も――あるいは名前は何であれ、母さんが信じる神様も――ただ自分の存在を確かめるだけのために、らせんを描くように繰り返し何度でも〝うん《イエス》〟と言わなければならないから。だって最上の愛は繰り返すものだから。違うかな？

「あたしは幸せだ！」とランおばあちゃんは両手を宙に挙げて言った。「あたしはボートに乗った幸せ者。これがあたしのボート、ね？」。おばあちゃんはオールのように左右に——僕のいる側とおばあちゃんのいる側に——広げられた母さんの腕を指差してそう言った。床に視線を落とすと、薄茶色の床板が泥の川に変わるのが僕にも見えた。油と枯れ草が混じる弱い流れ。僕たちは漕いでいなかったので、ボートはただ漂っていた。僕たちが筏サイズの母にしがみついていると、やがて、眠りに落ちた母の体が硬くなった。しばらくすると僕らは黙り込み、僕らを乗せた筏がアメリカという名の茶色い大河を下っていった。ついに手に入れた幸せを味わいながら。

目を向ける場所次第で、そこは美しい国だ。目を向ける場所次第では、未舗装道路の路肩で、一人の女が空色のショールにくるんだ幼い女の子を両腕で抱えている姿が見えるかもしれない。女は子供の頭を手で支えながら体を揺らす。**おまえがこの世に生まれたのは**、と女は考える。**他には誰も来てくれなかったからだ**。他には誰も来ないので、女は鼻歌を歌い始める。

まだ三十歳にならない女が美しい国の未舗装道路の路肩で娘を抱えていると、M-16自動小銃を持った二人の男が近づいてくる。そこは検問所だ。銃を後ろ盾にした通行許可と蛇腹式の柵とが二つの世界を区切っている。女の背後に広がる野原に風が吹き始める。真っ白な空にひと筋の煙が見える。男の一人は髪が黒く、もう一人は太陽の光を傷痕に変えたような黄色い口髭を生やしている。二人の軍服からガソリンの臭いが漂う。二人が女に近づいてくるとき、ライフルが揺れ、金属でできた遊底《ボルト》が午後の陽光の中でウィンクをする。

女、少女、銃。よくある話だ。誰でも知っている。もしも既にここで起きたことでなければ——既に物語として記されていなければ——特に気に留めることもない、お決まりの映画的なパターン。

雨が降り始める。靴を履いていない女の足元に、赤茶色の引用符がちりばめられる——女の体が言葉になる。女が汗をかき、やせた肩に白いシャツが張り付く。周囲の草が平たく押し潰される。まるで神がそこを手で押さえ、八日目を過ごす場所を予約しているみたいに。見る人次第で、ここは美しい国だ。女はそう聞かされていた。

それは神ではない。もちろん違う。それはヘリコプターだ。ヒューイ［米陸軍のUH-1］。神とは別の主《しゅ》。それが起こす風は強烈なので、一メートルほど先にいる亜麻色のムシクイが背の高い草の中で体をコントロールできずにばたばたと暴れている。

空を舞うヘリコプターが少女の目を満たし、その顔が地面に落ちた桃に変わる。少女の青いショールがついに黒いインクで可視化される。この文字のように。

この美しい国の奥深く、伝説によると、一列に並ぶ蛍光灯に照らされたガレージの奥で、五人の男がテーブルを囲んでいた。サンダルを履いた彼らの足のそばに溜まった自動車オイルの表面には何も映っていない。テーブルの一端には、ガラス瓶がまとめて置かれている。男たちが落ち着かない様子で肘を動かしながらしゃべる間、瓶のウオッカがまばゆい光の中でチラチラと光る。一人が扉の方に目をやるたびに、男たちは黙る。扉はいつ開いてもおかしくない。蛍光灯が一度まばたきし、再びともる。

ウオッカが注がれるショットグラスのいくつかは、前の戦争以来、金属の弾薬包と一緒にしまわれていたので、底に錆の輪ができている。重いグラスがテーブルの上でドンと音を立て、渇きによって作られた闇に焼けるような酒が飲み込まれる。

もしも僕が。もしも僕がその女は人工的に作られた嵐の中で身をかがめながら奮闘していると言ったら、母さんにはその姿が見えるだろうか？ 母さんが今立っている場所——つまりこのページから数センチの場所、そして長い歳月を隔てた場所——から、首元ではためく青いショールの端が見える？ そして男たちを横目で見る彼女の、左の目尻にあるほくろも？ 彼女はそばまで来た二人が男というより、まだ子供であることに気づく。十八歳か、せいぜい二十歳？ ヘリコプターの音が聞こえるだろうか？ そして空気を切り刻むその音がとても大きいせいで、下で叫んでいる声が聞こえないのが分かる？ 煙の混じる風。煙だけでなく他にも、汗のしみた炭の臭いも。鼻につんとくる奇妙な臭いが野原の端にある小屋から漂っている。ついさっきまで人間の声に満たされていた小屋から。

女の子は、扉の向こうの音に聞き耳を立てるように、母親の胸に耳を当てる。母親の中では何かが起きている。新しい統語法、あるいはむしろ、新たに並べ替えられた統語法。女は目を閉じて探る。その舌先は今にも文を発しようとしている。

青年は青い血管の走る手でM-16を構える。ブロンドの毛が汗で茶色くなって腕に貼り付いている。男たちは酒を飲んで笑っている。隙間のある歯は、口の中に詰め込まれたサイコロのようだ。こちらの青年は唇をゆがめ、緑色の目を充血させている。この上等兵。男たちは忘れかけているが、数人の指先にはまだ、妻の化粧の匂いが残っている。青年の口が素早く開け閉めされ、何かの質問をしている。質問が一つなのか、複数なのかは分からない。青年は言葉を囲む空気を嵐に変える。言葉の世界からこぼれ落ちたときのための言語というものはあるのか？　光る歯。引き金に掛けた指。青年は「駄目《ノー》、駄目《ノー》、後ろに下がれ《ステップ・バック》」と言っている。

　青年の胸に縫い付けられたオリーブ色のタブには言葉が書かれている。女はそれを読むことができないが、それが名前であることは知っている。母親か父親によって与えられたもの。重さはないけれども、鼓動のように、永遠にその人が携えていくもの。名前の最初の文字がCだということは分かる。二日前に訪れた青空市場の名前、ゴーコン《Go Cong》——入り口のひさしにネオンサインが光っている——にも入っている文字だから。娘に新しいショールを買うために行った市場。予定していたよりもたくさんのお金を使ってしまったが、灰色と茶色の生地ばかりの中で燦然と輝くその布を見たとき、既に暗くなっていたにもかかわらず彼女は思わず空を見上げ、食費が残らないと分かっていながら代金を支払っていた。空の青。

　扉が開くと、男たちは残っていた酒を急いで飲み干してグラスを置いた。白髪をきれいに櫛で整えた腰の曲がった男が、首輪と縄を付けた犬ほどの大きさのアカゲザルを連れて入ってくる。誰も口をきかない。十個の目が見つめる中、サルが近づく。褐色の毛からアルコールと汚物の臭いが漂う。朝からずっと檻《おり》の中でウオッカとモルヒネを強制的に与えられていたせいだ。

蛍光灯が頭上でずっと低い音を立てる。まるでこの場面が、光の見ている夢であるかのように。

未舗装道路の路肩に立つ女は砲火によって過去のものに変えられた言語を使って、自宅のある村――何十年も前から自宅があった村――に行きたいと懇願している。人間的な物語だ。誰にでも分かる。母さんは気づいただろうか？　さっきから雨が激しくなって、青いショールを斑点で黒く染め始めているのが分かる？

兵士の声に気圧されて、女は下がる。体がよろけ、片腕を大きく振り回してバランスを取り直して、娘をしっかりと抱く。

母親と娘。母さんと僕みたいな。よくある話。

腰の曲がった男がサルを連れてテーブルの下に入り、サルの頭を中央の穴から出す。新たなウオッカが開けられる。ネジになった蓋がカチリと音を立てると、みんなが自分のグラスに手を伸ばす。

サルはテーブルの下の横木につながれて、手足をばたつかせる。口は革紐で覆われているので、その悲鳴は、池で遠くに釣りの仕掛けを投げたときのリールの音のようにしか聞こえない。

青年の胸にある文字を見て、女は自分の名前を思い出す。結局のところ、二人に共通するのは名前を持っているということだけだから。

「ラン」と女は言う。「テン・トイ・ラー・ラン」。私の名前はラン。

ランは百合《リリー》という意味だ。生まれたときには名前がなかったので、ランは自分で付けた名前。母親は単純に〝七〟と呼んでいた。きょうだいの中で七番目の子供だったから。

女が自分をランと名付けたのは十七のとき――取り決めで結婚させられた、三倍の年齢の男のもとから逃げ出した後――だった。ある夜、彼女は夫に、眠りを深くする蓮の茎をひとつまみ加えてお茶を淹れ、ヤシの葉の壁がいびきで震えだすのを待った。そして陰影のない暗がりの中、低い枝を手探りしながら木々の間を歩いた。

数時間後、女は母親の家の扉をノックした。「七」と母親は扉を細く開けて、その隙間から言った。「夫の家から出て行く女は畑で腐らせた作物と同じだよ。おまえも知ってるだろ。知らないはずがない」。そして扉は閉じられた。しかしその前に、木のように節くれだった手が、揃いの真珠のイヤリングをランの手に握らせていた。扉が閉まると同時に母親の青白い顔が見えなくなり、鍵の掛かる音がした。

うるさすぎるほどに鳴くコオロギの声を聞きながら、ランはおぼつかない足取りでいちばん近い街灯の下まで行った。そして薄暗い明かりを一つ、また一つとたどっていると、夜が明ける頃には霧に包まれた街の姿が現れていた。

餅《もち》を売っている男が、襟が破れて汚れたナイトガウンを着ている女の姿を見て、バナナの葉にくるまれた湯気の出る甘い餅を差し出した。彼女はそのましゃがみ込んでそれを食べた。目は石炭色の足に囲まれた地面をじっと見ていた。

「どこから来たんだい?」と男が訊いた。「あんたみたいな若い女がこの時間に外を歩いているなんて。名前は？」

女の口はあのみずみずしい音でいっぱいになった。餅を嚙む口の中で音が形作られて、その後に続いた母音が「アー」と引き伸ばされて、「ラーン」と発音。百合《リリー》。特に理由もなく、そう決めたのだった。「ラン」と彼女が言ったとき、欠けた光みたいな餅のかけらがその唇から落ちた。

「テン・トイ・ラー・ラン」

大地の緑が青年兵と女と少女を囲んでいる。しかし、それはどこの大地なのか？ どこの境界が越えられ、消され、どこの大地が分割され、整理し直されたのか？

二十八になった女は、晴れた空から盗んだ布に娘をくるんでいる。

ランは夜、娘が眠っているとき、暗闇を見つめてもう一つの世界について考えることがある。親指の爪ほどの大きさの月が澄んだ空にかかり、女が路肩で娘を抱いている世界。兵士もヘリコプターも存在せず、暖かな春の夕べに女がただ散歩に出たというだけの世界。そこでは女がとても静かな声で娘に語りかけ、一人の若い女が顔のない青春時代から逃げ出して、引き裂かれたものみたいに開く花にちなんで自らに名前を付けた物語を聞かせている。


アカゲザルはどこにでもいて、扱いやすいサイズであることから、東南アジアではサルの中で最も多く捕まえられている種類だ。

白髪頭の男がグラスを掲げ、「乾杯」と言って、にやりと笑う。他の五つのグラスが掲げられて、それに加わる。物理法則でそう決まっている通りに、どのグラスにも光が差している。グラスを掲げている男たちはまもなくメスを使ってアカゲザルの頭を切り、瓶の蓋みたいにそこを開けるだろう。そして一人一人順番に、脳をアルコールに浸すか、陶器の皿に載せたにんにくと合わせるかして口に運ぶ。サルはその間、テーブルの下で足をばたつかせる。釣りの仕掛けは何度投げても、池には落ちない。それを食べれば性的不能《インポテンツ》が治ると、男たちは信じている。サルが暴れれば暴れるほど、治療としてはよく効く、と。男たちは自分の遺伝子の未来のために——娘や息子のために——こんなことをしている。

彼らはひまわりが印刷された紙ナプキンで口を拭う。紙ナプキンはまもなく色が茶色く変わり、水気を含んで破れ始める。

その夜、男たちは腹をいっぱいにして、新鮮な気分で家に帰る。そして妻や恋人と体を寄せ合う。花のような化粧の匂い——頬と頬。

しずくの垂れる音。女の黒いズボンの縁を温かい液体が伝う。鼻をつくアンモニアの臭い。ランは二人の青年の前で小便を漏らす。そして娘をさらに強く抱く。足元に濡れた熱の円ができる。アカゲザルの脳は哺乳類の中で、最も人間のものに近い。

雨粒が、土埃にまみれたブロンドの兵士の頬を伝いながら徐々に黒く染まり、顎に沿っていくつもの楕円に変わる。

「ユー・エト・アイ・ナンバー・ワン」と女は言う。足首からはまだ小便が垂れている。それからもう一度、さらに大きな声で。「ユー・エト・アイ・ナンバー・ワン」

「ノー・バンバン」。女はまるで誰かに吊り上げてもらおうとするように、空《あ》いた手を空に向かって上げる。「ノー・バンバン。ユー・エト・アイ・ナンバー・ワン」

青年の左目がピクリとする。緑の葉が緑の池に落ちる。

男はピンク色の肌をした女の子をじっと見る。少女の名前は「ホン」。つまり薔薇《ローズ》だ。娘にも花の名前がふさわしいから。ホン――一口で丸呑みしなければならない音節。息のように白い道に並んで立つリリーとローズ。娘を抱く母親。百合《リリー》の茎から生え出た薔薇《ローズ》。

青年はローズの髪を見る。母親とは違い、全体がシナモン色でこめかみのあたりがブロンドだ。ランは兵士が娘を見ているのに気づき、かばうようにその顔を胸に引き寄せる。青年は黄色い体から白さがにじみ出ている子供を見る。父親は俺かもしれない、と彼は悟る。この子の父親は俺の知り合いかもしれない――軍曹、分隊長、小隊の仲間、マイケル、ジョージ、トマス、レイモンド、ジャクソン。青年はライフルをしっかりと持ったまま、その一人一人について考える。その間、青年の目はアメリカ軍の銃の前で母親に抱かれている、アメリカ人の血が流れる少女を見ている。

「ノー・バンバン……ユー・エト・アイ……」。ランの声は今、ささやくようだ。「ユー・エト・アイ……」

アカゲザルは自分を疑い、内省することができる――それはかつて、人間にしかできないと考えられていたことだ。だが、いくつかの動物種《しゅ》は判断力、創造力、そして言語を使う能力さえ持っていると思わせる行動を見せる。彼らには過去の映像《イメージ》を呼び起こし、それを現在の課題解決に用いる能力がある。つまり、アカゲザルは生存のために記憶を使うのだ。

男たちは獣の頭が空《から》になるまで食べ続ける。スプーンが動くたび、サルの体から力が抜け、四肢が重くなり、動きが緩慢になる。中が空になり、その記憶のすべてが男たちの血の中に溶け込むとき、サルは死ぬ。そして新たな瓶が開けられる。

私たちが自分に語る物語の中では誰が失われるのだろう？　私たちの中で誰が消えるのか？　つまるところ、物語を語るのはものを食べるのと同じことだ。しゃべるときに口を開くのは、骨だけを残す――それは語られることがない――ということ。母さんはいまだに息をしている。だから、そこは美しい国だ。

ユー・エト・アイ・ナンバー・ワン。ハンズ・アップ。ドント・シュート。ユー・エト・アイ・ナンバー・ワン。ハンズ・アップ。ノー・バンバン。

雨は降り続ける。栄養も力だからだ。兵士の一人が後ろに下がる。もう一人の兵士が木製の柵を動かし、女を手招きする。女の背後にある家はもう、かがり火みたいになっている。ヘリコプターが上昇すると、稲がまたまっすぐに立つ――少しだけ乱れているけれども。ショールは汗と雨で紺色に濡れている。

ガレージでは、ペンキが剝がれて下のレンガが覗く壁に棚が設けられて、間に合わせの祭壇になっている。そこに置かれた額の中からは聖人、独裁者、殉教者、死者――母と父――がまばたきすることなくこちらを見つめている。額に入ったガラスには、椅子にもたれる息子たちの姿が映る。ベタベタするテーブルに置かれた瓶に残された最後のウオッカを一人がグラスに注ぎ、テーブルをきれいに拭く。空《から》になったアカゲザルの頭に白い布が掛けられる。ガレージの明かりが一度まばたきしてから、再びともる。

女は小便が描いた丸い跡の真ん中に立っている。いいや。彼女は自身の存在という文に添えられた等身大の句点《ピリオド》の上に、生きて立っている。青年が振り向き、検問所の持ち場に戻る。もう一人が指先で自分のヘルメットをコツコツと叩いて、顎で女を促す。男の指がまだ引き金に掛かっていることに女は気づく。そこは美しい国だ――母さんはまだそこにいるから。あなたの名前はローズで、あなたは僕の母親だから。そして、それは一九六八年、申年《さるどし》のことだった。

女は歩きだす。警備兵の前を通り過ぎるとき、彼女はもう一度、ライフルに目をやる。その銃口の奥は娘の口の中ほど暗くない。光が一度まばたきをしてから、再びともる。

動物が苦しんでいる声で僕は目を覚ます。部屋は真っ暗なので、自分の目が開いているのかどうかさえ分からない。割れた窓から隙間風が吹き込むのと一緒に、八月の夜が部屋に入る。芝生用薬剤の漂白剤っぽいにおい――手入れの行き届いた郊外の庭のにおい――の混じる甘い風。それを嗅ぐと、そこが自分の家ではないことに気づく。

僕は起き上がってベッドの端に腰掛け、耳を澄ます。アライグマとの喧嘩で猫がけがをしたのかもしれない。僕は黒い空気の中でバランスを取り、廊下に向かう。廊下の先にある、ひびの入った扉の向こうから赤い光が差している。動物がいるのはその部屋の中だ。僕は手のひらで壁を探る。湿度が高いせいで、壁には濡れた肌のような感触がある。扉の前まで進むと、悲しそうな声の合間にその動物が息をするのが聞こえる。激しい息づかい。大きな肺を持つ生き物。猫よりもずっと大きな動物だ。僕は赤い光が漏れるひびから中を覗く。するとそこに男が見える。読書用の椅子に座って前屈みになっている男。肌は白く、それよりさらに白い髪は、赤い笠に覆われた電球の下でピンク色に染まっている。そのとき僕は思い出す。ここはバージニアだ。今は夏休み。僕は九歳。男の名はポール。僕の祖父だ。祖父は今泣いている。指の間で反った印画紙が震える。

僕は扉を押す。赤い光の刃が太くなる。祖父が当惑した様子で僕を見る。目を潤ませた白人の男。ここには僕ら以外の動物はいない。

アメリカ海軍にいたポールは一九六七年、カムラン湾に駐屯していたとき、ランに出会った。二人はサイゴンのバーで出会い、デートをし、恋に落ち、一年後、同じ町の中央裁判所で結婚した。僕の子供時代はずっと、二人の結婚写真がリビングの壁に掛かっていた。写真の中では、バージニアの農家で育った、まだ二十三歳にもならない若者——目は薄茶色で、やせぎすな男——が五歳年上の新婦の後ろに立って微笑んでいる。偶然にも、新婦もゴーコンの農家の娘だ。そして取り決めによる一度目の結婚でできた十二歳の娘、マイがいる。人形やおもちゃの兵隊で遊ぶ僕の頭の上に、ずっとその写真があった。僕の人生へとつながる震源の聖像《アイコン》。希望に満ちた二人の笑顔からは、それがベトナム戦争の最も厳しい時期に撮られたものだとは想像できない。真珠の結婚指輪が光るランの手がポールの胸に置かれているその写真が撮られたとき、母さんは既に一歳になっていた——そして、フラッシュを焚くカメラマンの一メートルほど後ろに置かれたベビーカーで撮影が終わるのを待っていた。

ランおばあちゃんはある日、白髪抜きをしているときに僕に教えてくれた。一度目の悲惨な結婚から逃げ出して初めてサイゴンに行ったとき、どうしても仕事が見つからず、結局、休暇中のアメリカ兵を相手にする性労働者《セックス・ワーカー》になった、と。おばあちゃんはまるで陪審団の前で自己弁護をしているみたいに、とげのある誇りを持ってこう言った。「あたしはどこの母親でもすることをしただけ。食べていくために仕事をした。誰があたしを裁けるというんだい？　あたしを裁ける人間がいるのかい？」。おばあちゃんは顎を突き出して、部屋の反対側にいる目に見えない人に向かって頭を高く上げた。僕はその続きを耳にするまで、おばあちゃんが本当に誰かに――自分の母親に――向かってしゃべっているのだとは思わなかった。「あたしだってやりたくなかったんだよ、母さん。あたしは母さんのいる家に戻りたかった――」。おばあちゃんは体を前に乗り出した。毛抜きが僕の手から落ちて、床でチンと音を立てた。「あたしは売春婦になんてなりたくなかった」とおばあちゃんはすすり泣いた。「夫の家から出て行く女は畑で腐らせた作物と同じ」とおばあちゃんは母親に聞かされたことわざを繰り返した。「夫の家から出て行く女は……」。彼女は目を閉じて体を揺らし、まるで十七歳に戻ったみたいに天井を仰いだ。

　僕は最初、おばあちゃんがいつものようにまた、半分作った話をしているのだろうと思った。でも、細部がはっきりするにつれて、切れ切れだったおばあちゃんの声の焦点が徐々に合ってきて、奇妙で風変わりな物語が見えてきた。兵士からタールと煙とミントガムの匂いがしていたこと――しっかりシャワーを浴びた後でも取れないくらい、戦闘のにおいが体の奥までしみこんでいること。ランおばあちゃんは村で暮らす姉にマイを預け、川縁の漁師から窓のない部屋を借りて、兵士を客に取っていたこと。階下《した》に暮らしていた漁師がしばしば壁の隙間から部屋を覗いていたこと。兵士のブーツはとても重くて、ベッドに入ろうとして脱ぎ捨てるときに体が丸ごと床に落ちるみたいな大きな音がしたので、おばあちゃんは男たちに体をまさぐられながらいつもギクッとしていたこと。

ランおばあちゃんは話をしながら体を硬くした。もう一つの記憶の世界に踏み込むとき、声にも緊張が感じられた。おばあちゃんは後で僕の方を向いて、唇に指を当てた。「シーッだよ。あんたの母さんに話しちゃ駄目だからね」。それから狂気を感じさせる笑みで目を輝かせて、僕の鼻をつまんだ。

でも、いつも膝に手を置いて話をする、内気でおとなしいポールおじいちゃんは、おばあちゃんの客ではなかった——だからこそ二人はうまくいった。ランおばあちゃんによると、実際、二人が出会ったのはバーだった。深夜に近い、遅い時間にランおばあちゃんは店に入っていった。一日の仕事が終わって、寝酒を飲みに行ったところで、「迷子」——おばあちゃんはそう呼んでいた——が一人でカウンターに座っているのを見つけた。その夜は、ある高級ホテルで兵士たちの親睦会が開かれて、ポールはそこで誘った女——結局、姿を見せなかったのだが——を店で待っていた。

二人は酒を飲みながら話をして、同じように子供時代を田舎で過ごしたことを知った。二人とも、育ったのはそれぞれの国の〝僻地〟だった。そんな不似合いな二人の田舎者だが、大きく異なる言語のギャップを埋めるだけの、心やすい方言が見つかったに違いない。歩んできた人生は大きく異なっていたけれども、空襲に包囲された街——退廃的で混乱した街——で自分の存在を場違いに感じている点は同じだった。二人が互いに慰めを見いだしたのは、たまたま感じたそんな親しみの結果だった。

出会ってから二か月が経ったある夜、ランおばあちゃんとポールはサイゴンのワンルームアパートで一緒に寝ていた。街はちょうど、後に悪名高きテト攻勢［一九六八年一月三十日に開始された大規模な一斉攻撃］として知られることになる北ベトナム人民軍による襲撃を受けていた。街がサイレンと迫撃砲の音で引き裂かれる中、ランおばあちゃんは一晩中、背中を壁に付けて、胎児の姿勢で横になっていた。ポールはその横で、標準装備の九ミリ拳銃を扉に向けていた。


時刻はまだ早朝三時だが、ランプの笠のせいで部屋は不気味な夕焼けの最後の瞬間みたいだ。電球が立てるブーンという電気的な音の下で、ポールと僕は部屋の入り口越しに互いを見つける。おじいちゃんは片方の手のひらで涙を拭い、反対の手で僕を部屋に招き入れる。そして写真を胸のポケットにしまい、眼鏡を掛けて、しっかりとまばたきをする。僕はおじいちゃんの脇に置かれた桜材の肘掛け椅子に座る。

「大丈夫、おじいちゃん?」と僕は言う。まだ寝ぼけて頭がぼうっとしている。おじいちゃんの微笑みは、すぐ下にあるしかめ面を隠している。僕がまだ朝早いからベッドに戻ると言うと、おじいちゃんは首を横に振る。

「いいんだよ」。おじいちゃんは洟をすすり、椅子に座ったまま姿勢を正して真顔に戻る。「私はただ——実は、昨日おまえが歌っていた歌がずっと頭から離れなくてね。例の、ええと……」。おじいちゃんは目を細めて床を見る。

「カーチュー」と僕が言う。「ベトナムの民謡。おばあちゃんがよく歌ってた」

「そう、それだ」。おじいちゃんは大きくうなずく。「カーチュー。寝ようと思って真っ暗な中で横になっていたら、カーチューがずっと聞こえている気がしたんだ。あの歌を最後に聞いたのはずいぶん昔なんだが」。おじいちゃんは僕を探るように見てから、また床に視線を戻した。「きっと頭がおかしくなりかけているのだろうな」

僕は前の晩、夕食後に、民謡を何曲かポールおじいちゃんに歌ってあげていた。この一年、学校で何を習ったかをおじいちゃんに訊かれた僕は、夏休みぼけで何も思い出せず、ランおばあちゃんに教わった歌を歌うことにした。そして僕なりに頑張って、ランおばあちゃんが昔よく歌っていた子守歌を歌った。その歌は元々、かの有名なカイン・リーが歌っていたもので、緑の丘のあちこちに散らばる死体の間をさまよう女を描く内容になっている。歌い手はリフレインの中で、死体の顔を一つずつ確かめながらこう問いかける。〝この中のどれが、どれが私のお姉さんなの?〟

母さんは覚えている? ランおばあちゃんが突然その歌を歌いだしたときのことを。僕の友達のジュニアの誕生日パーティーで、たった一杯のハイネケンで牛ミンチ肉みたいに顔を真っ赤にしたおばあちゃんがこの歌を歌ったときのこと。母さんはおばあちゃんの肩を揺すったり、口で言ったりしてやめさせようとしたけど、おばあちゃんは目を閉じたまま体でリズムを取って歌い続けた。ジュニアとその家族はベトナム語を分かっていなかった――ありがたいことに。彼らにとっては、頭のおかしなおばあちゃんがまた意味の分からないことを口走っているというだけ。でも、母さんと僕には意味が分かった。母さんは結局、自分の分のパイナップルケーキを皿に戻した――口を付けずに。グラスがカチカチ鳴る中、ランおばあちゃんの歌で出現した遺体が僕たちの周りに積まれていた。

ベイクト・ズィーティ［マカロニの入ったイタリア風の蒸し焼き鍋料理］で汚れた空《から》の皿を前に、僕は同じ歌を歌い、ポールはそれを聴いた。歌が終わると、おじいちゃんは何も言わずに拍手をして、その後、一緒に皿洗いをした。僕は、戦争のときにベトナム語を少しかじったポールおじいちゃんにも歌詞の意味が通じていることを忘れていた。

「ごめんなさい」。僕は今、赤い光がおじいちゃんの目の下に溜まるのを見ながらそう言う。「どっちにしても、くだらない歌だよ」

外では、カエデの間を風が吹き抜け、雨に洗われた葉が壁の羽目板を叩いている。「おじいちゃん、コーヒーか何かを淹れよう」

「そうだね」。おじいちゃんは何かを考えて間《ま》を取ってから立ち上がる。「とりあえずスリッパを履かせてくれ。朝はいつも体が冷えるんだ。きっと体のどこかがおかしいんだろう。年かな。熱はだんだんと体の中心に逃げていくから、いつか足の先は氷みたいに冷たくなってしまうのさ」。おじいちゃんは笑いそうになるけど、笑わずに顎を手でこすり、目の前の何かを叩こうとするみたいに腕を上げる――そしてパチン。明かりが消え、部屋が紫色の静寂で満たされる。その暗がりの中からおじいちゃんの声が聞こえる。「おまえがここにいてくれてうれしいよ、リトル・ドッグ」

「どうしてみんな、この人を〝黒人《ブラック》〟って言うんだい?」。ポールおじいちゃんの家に行く数週間前、母さんはハートフォードの家で、テレビに映るタイガー・ウッズを指差してそう訊いた。ティーに置かれた白いゴルフボールを横目で見ながら。「この人のお母さんは台湾人。私は顔を見たことがある。でも、テレビではみんな、この人は黒人だって言う。少なくとも、半分は黄色人種だって言うべきじゃないの?」。母さんはドリトスの袋を畳んで、脇の下にしまった。「何でなの?」。母さんは首をかしげて僕の返事を待った。

僕が「分からない」と言うと、母さんは眉を上げた。「それはどういう意味?」。母さんはリモコンをつかんでテレビの音量を上げた。「よく聞きなさいよ。そして、どうしてこの人を台湾人って言わないのか、私に説明して」と母さんは言って、指で髪をとかした。母さんの目は時々しゃがんで距離を目測しながら、画面の中を行ったり来たりするウッズを追った。彼が人種的にどういう立場にあるのか、そのタイミングでの説明はなく、母さんが求めていた答えは出なかった。母さんは一房の髪を顔の前に持ってきて、じっと見ていた。「カーラーが足りないわね」

僕たちの横で床に座っていたランおばあちゃんは、むいていたリンゴから顔も上げずに言った。「あたしには、あの若者は台湾人に見えないね。プエルトリコ人に見える」

母さんは僕の方を見て、後ろにもたれかかり、ため息をついた。「いいものはいつも、どこかよそにある」と母さんはしばらくしてから言って、チャンネルを変えた。

僕らは一九九〇年に初めてアメリカに来たとき、肌の色という問題についてはまだ何も知らなかった。その冬、中南米系の住民が多いフランクリン通りにある、寝室一つのアパートに暮らし始めると、肌の色のルールが変わり、それとともに僕らの顔の色も変わった。ベトナムで色黒と言われていたランおばあちゃんは、こちらでは色白とされた。そして母さん——母さんはとても色が白いので白人で〝通用《パス》〟した。シアーズ百貨店に行ったときも、ブロンドの店員が腰をかがめて僕の頭を撫で、「こちらは実のお子さんですか、それともご養子?」と尋ねたのだった。母さんがうつむきながらしどろもどろの英語をしゃべったときようやく、店員は間違いに気づいた。母さんは姿形で白人に見えても、しゃべると素性が分かってしまう。

アメリカでは英語をしゃべらないと〝通用《パス》〟しないらしい。

「違います、店員さん」と僕は移民向けの授業で習った英語でその女性に言った。「そこにいるのは僕のお母さんです。僕はその尻の穴から生まれました。僕はお母さんのことをとても愛しています。今、七歳です。来年には八歳になります。学校の勉強はちゃんとしています。今日はいい気分です。あなたはどうですか? メリー・クリスマス。ハッピー・ニュー・イヤー」。僕からあふれ出したその言葉の洪水は、当時知っていた表現のちょうど八〇パーセントに相当していた。僕はそれらの言葉が自分の口から滑らかに出た純粋な喜びに震えた。

ベトナム人の母親の多くがそうだけど、母さんも、女性器のことを口に出すのは——特に母子の間では——タブーだと考えている。だから、母さんが出産の話をするときはいつも、「おまえは私の尻の穴から生まれた」と言っていた。そしてふざけて僕の頭を叩いて、「このデカ頭のせいで私の尻の穴が裂けそうだった」と言った。

店員はぞっとしてきびすを返し、パーマのかかった髪を揺らしながら離れていった。母さんは僕の顔を見て言った。「一体今、何て言ったの？」


アメリカ陸軍中佐としてベトナム戦争に二度参加したアール・デニソン・ウッズはその二回に挟まれた一九六六年、タイに駐屯し、バンコクのアメリカ陸軍事務所で秘書として働いていたタイ人のクルティダ・プンサワドと出会った。アールとクルティダは一年間の交際の後、ニューヨークのブルックリンに引っ越し、一九六九年に結婚した。アールは一九七〇年から一九七一年にかけて——アメリカが戦争から手を引き始める直前——再びベトナム戦争に従軍した。サイゴンが陥落する頃には、アールは公式に軍の仕事を辞め、新しい人生を始めていた。特に重要なのが、新しく生まれた息子——サイゴンのアメリカ大使館から最後の米軍ヘリコプターが飛び立ってからわずか六か月後に生まれた子供——の子育てだった。

少年の名前は、少し前に僕が目にしたＥＳＰＮ［スポーツ番組専門のテレビ局］のプロフィールによると、エルドリック（Eldrick）・トント・ウッズ。ファーストネームはアール（Earl）のEとクルティダ（Kultida）のKを取ったという独特なパターン。異人種間結婚ということでしばしばブルックリンの家にいたずらをされた両親は、息子の名前を両端で柱のように支えることにした。エルドリックのミドルネーム、トントは、母親が与えた伝統的なタイの名前だ。しかし、少年は生まれてすぐにニックネームを付けられて、それが後に世界中で知られることになる。

エルドリック・〝タイガー〟・ウッズ――世界で最も有名なゴルフ選手の一人――は、母さんと同じように、ベトナム戦争から直接生まれた存在だ。

ポールおじいちゃんと僕は庭で、レシピを教えると約束してくれたペスト［バジル、松の実、にんにく、パルメザンチーズなどで作るパスタ用のソース］を作るためにフレッシュバジルを収穫する。僕らはその日の未明に軽く過去の話をしたが、以後はうまくその話題を避けている。僕たちはその代わりに、平飼い卵の話をする。おじいちゃんはバジルを摘む手を止め、帽子のひさしを下げて、熱のこもった説明をする。大量飼育されている雌鶏は抗生物質のせいで病気にかかりやすい。ミツバチがいなくなりかけている。ミツバチがいないと、三か月も経たないうちにアメリカの食料が足りなくなる。オリーブオイルは低温で調理しないと発がん性のある遊離基ができてしまう。

僕たちは前に進むために、一歩横に寄る。

隣の庭で、隣人がブロワーを使い始める。落ち葉が宙に舞って、カサカサと音を立てながら通りに着地する。ブタクサを抜こうとポールがしゃがむと、ポケットに入っていた写真が表を上に向けて芝の上に落ちる。マッチ箱よりも少しだけ大きな白黒のポラロイド写真には、大笑いする若者の一団が写っている。ポールは落ちた写真を素早くポケットに戻すけれども、僕はそこに、よく知る二人の顔があることに気づく。ポールとラン。二人は互いの体に腕を回し、わざとらしく思えるくらいうれしそうに目を輝かせている。

キッチンに戻ると、ポールおじいちゃんがレーズンブランを鉢に入れて上から水をかけて——僕の好きな食べ方だ——出してくれる。おじいちゃんはテーブルの前にどかっと座り、帽子を脱いで、細いスティックシュガーみたいなマリファナたばこ——まとめて作り置きして、磁器のティーカップの中に立ててある——に手を伸ばす。三年前、ポールおじいちゃんはがんと診断された。戦争中に枯れ葉剤に触れたことが原因だとおじいちゃんは考えている。腫瘍はうなじの、ちょうど脊髄の上にある。幸運にも、腫瘍は脳を冒す前に見つかった。一年間、化学療法を続けたがうまくいかず、手術することになった。診断から緩解まで、一連の治療は二年近くかかった。

ポールは今、椅子の背にもたれ、両手で炎を囲って、マリファナたばこに火を点ける。おじいちゃんが息を吸うと、先の炎が真っ赤に燃える。その様子はまるで、葬式が終わった後の一服のようだ。おじいちゃんの後ろのキッチンの壁には、僕が学校の課題として色鉛筆で描いた南北戦争の将軍たちの絵が飾られている。その何か月か前に、母さんからポールおじいちゃんに送ってあった絵だ。原色で描かれたストーンウォール・ジャクソン将軍の横顔を煙が覆い、また煙が消える。

母さんはポールおじいちゃんの家に来る前に、ハートフォードでベッドの上に僕を座らせて、たばこの煙を一つ大きく吸ってから、あっさり切り出した。

「よく聞きなさい。違う。ちゃんとこっちを見て。真面目な話だから。よく聞いて」。母さんは両方の手を僕の肩に置いた。僕らの周りで煙が濃くなった。「あの人はおまえのおじいちゃんじゃない。分かった？」

その言葉はまるで血管を流れるように、僕の中に入ってきた。

「つまり、私のお父さんでもないってこと。分かる？　こっちを見て」。人は九歳にもなると、余計なことを言ってはいけないタイミングが分かる。だから僕は、きっと母さんは怒っているだけだ、どこの娘でもいつか父親に反発したくなるものなのだと思って黙っていた。でも、母さんは話を続けた。長い塀の上に石を一つずつ並べるように、落ち着いた静かな声で。サイゴンのバーでポールおじいちゃんに会ったとき、ランおばあちゃんのお腹には既に四か月の赤ちゃんがいたのだ、と母さんは言った。本物の父親は、これもまたアメリカ人の誰かさん。顔も、名前も、何もない男。母さんを除いては。男の最後の名残が母さんであり、僕だ。「おまえのおじいちゃんは誰でもない」。母さんは乗り出していた体を後ろに戻し、再びたばこを口にくわえた。

その時点まで僕は、自分をこの国につなぎ止めるものが、他にはないとしても、一つはあると思っていた。祖父という存在。顔と身分証明書を持つ人間。読み書きのできる人。僕の誕生日に電話をくれる人。僕はその人の一部であって、そのアメリカ人らしい名前が僕の血管を流れている。ところが今、その綱が断ち切られた。母さんは顔と髪をくしゃくしゃにして立ち上がり、マルボロを流し台に捨てた。「いいものはすべて、どこかよそにあるのよ。本当に。いいものはすべて」
ポールおじいちゃんは写真をシャツのポケットにしまい、テーブルの上に身を乗り出して、既に僕が知っている話を始めた。「あのな」とおじいちゃんはマリファナでぼうっとした目で言った。「私は私じゃない。つまりその……」。おじいちゃんは半分まで水の入ったグラスにマリファナたばこを浸ける。シュッという音。僕のレーズンブランは、手を付けないまま、赤い鉢の中でカリカリと音を立てる。「私とおまえとの関係は、おまえの母さんが言っているようなものじゃない」。おじいちゃんはそう言って視線を落とした。言葉の途中には妙な間《ま》があって、時々、ささやくような声になった。まるで、夜明けとともにライフルの掃除を始め、独り言を言っている男のように。僕はおじいちゃんが空《から》になるまで、その告白を黙って聞いた。僕は話を遮らなかった。九歳の子供は決してそんなことはしないものだから。

ベトナム戦争に最後に従軍した際のある夜、アール・ウッズは敵の砲火に囲まれて動けなくなった。彼が属していたアメリカ軍の重砲基地は北ベトナム人民軍とベトコンの大きな軍勢に制圧されそうな状態にあった。アメリカ軍兵士の大半は既に撤退していた。ウッズは一人ではなかった――ジープ二台から成る車列で、隣の座席で伏せていたのはヴォン・ダン・フォン中佐だ。ウッズによれば、フォンは勇猛なパイロット兼司令官で、細部を見逃さない冷徹な目を持っていた。

そしてウッズの親友でもあった。放棄された基地に敵がなだれ込んだとき、フォンはウッズに向かって、「大丈夫、何とか切り抜けられる」と請け合った。

それから四時間、この二人の友人はオリーブ色の軍服を汗まみれにして、ジープに乗っていた。ウッズはM‐79擲弾発射器を握り、フォンはジープのマシンガン銃架で構えた。二人はそうして夜を生き延びた。その後は基地に戻り、フォンの部屋で一緒に酒を飲み、野球とジャズと哲学の話をして笑った。

フォンはベトナム時代を通して、ウッズの腹心の友だった。ひょっとすると、互いに命を預ける人間の間では、このような強い絆が必ず生まれるものなのかもしれない。あるいは二人の中にある他者性が互いを惹き付け合ったのかも。ウッズは黒人とアメリカ先住民の血を引き、人種の壁のあるアメリカ南部で育った。フォンは自国民の半分を敵に回し、実質的にアメリカ軍の白人司令官に率いられた軍にいる人間だ。どちらにしても、ウッズがベトナムを離れる前に二人は、ヘリコプター、爆撃機、ナパーム弾などが落ち着いたらまた必ず会おうと約束していた。二人とも、会うのはそれが最後になるとは思っていなかった。

高い階級にあったフォンは、サイゴン陥落から三十九日後に北ベトナム当局にとらえられた。そして再教育キャンプに送られて、拷問に遭い、食料もろくに与えられず、強制労働に従事させられた。

一年後、拘留施設の中、四十七歳でフォンは亡くなった。墓が見つかったのは十年後だ。彼の子供たちは遺骨を掘り出し、郷里の近くに埋葬し直した。墓石には、ヴオン・ダン・フォンと記されていた。

でも、アール・ウッズが知る友人の名は、他でもない「タイガー・フォン」だ――あるいは単に「タイガー」。それは戦闘中の勇猛さを評して、ウッズが与えたニックネームだった。

一九七五年十二月三十日、アールはカリフォルニア州サイプレスの町で――タイガー・フォンが亡くなる一年前、そしてフォンのいる独房から地球を半分回ったところで――生まれたばかりの赤ん坊を両腕に抱いていた。男の子には既にエルドリックという名があったが、アールはその目を見て、親友と同じ名前――タイガー――を与えなければならないと思った。「いつか親友がこの子をテレビで観て、こう言うだろう。『あれはきっとウッズの子だ』と。そうすれば俺たちはまた会うことができる」。アールは後のインタビューでそう答えている。

タイガー・フォンは心不全で亡くなった。おそらく、キャンプでの栄養不足と疲労が原因だ。しかし、短いけれども一九七五年から一九七六年にかけての八か月間、アール・ウッズの人生で最も大切な二人のタイガーが同じ惑星で同時に生きていた――一人は野蛮な歴史に振り回された儚《はかな》い末端で、もう一人は自らが築く蓄積《レガシー》の端緒で。タイガーという名と、アールという人間が二人を結ぶ橋となった。

アールがようやくタイガー・フォンの死を知ったときには、タイガー・ウッズは既にマスターズでの初優勝を収めていた。「まったく、これほどつらいことはない」とアールは言った。「昔のあの感覚が腹の中によみがえってくるよ。戦闘のときの感覚が」

僕は母さんが初めて教会に行って、礼拝に参加した日のことを覚えている。ジュニアのお父さんは色の白いドミニカ人、お母さんは肌の黒いキューバ人で、一家はプロスペクト通りにある浸礼派《バプテスト》教会に通っていた。そこなら誰も、「どうしてあなたはRを巻き舌で発音するのか？」とか、「本当の出身地はどこなのか？」みたいなことを尋ねたりしないからだ。僕はそれより前にも何度か、ラミレス一家と教会に行ったことがあった。土曜日から家に泊まりに行って、朝起きたら、ジュニアの一張羅を借りて礼拝に出かけたのだった。あの日は、ディオンヌに誘われて、母さんは教会に行く決心をした——断ったら失礼だというのもあったけれども、地元のスーパーが寄付した賞味期限の近い食料品が教会で配られていたという理由もあった。

教会の中で黄色い顔をしているのは母さんと僕だけだった。でも、ディオンヌとミゲルが友人たちに僕らを紹介すると、みんなが温かい笑顔で受け入れてくれた。会う人会う人が「父の家にようこそ」と言った。この人たちの血縁関係はどうなっているのだろう、こんなにたくさんの人が同じ父親から生まれたなんてありうるのだろうか、と僕は不思議に思った記憶がある。

僕は牧師の声の気迫、勢い、抑揚に魅了された。ノアの方舟《はこぶね》に関する説教はところどころにためらいを挟み、長い沈黙で強調された修辞疑問が物語の効果を高めた。牧師の手の滑らかな動きもよかった——まるで僕らの方へ手を差し伸べるために自分の体から言葉を振り落とさなければならないかのようなしぐさ。僕にとってそれは魔法に似た、新しい種類の肉体表現、ランおばあちゃんが昔話をするときに少しだけ垣間見たことのある表現方法だった。

でもその日、新しい世界の見方を僕に与えてくれたもの——つまり、見たことのない母さんの姿を僕に見せてくれたもの——は歌だった。ピアノとオルガンが「一羽の雀《すずめ》」［有名なゴスペル賛美歌］の厚みのある最初の和音を響かせると、会衆が全員立ち上がり、すり足で小刻みにステップを踏み、両腕を頭の上まで振り上げ、中にはその場でぐるぐる回る人もいた。数百のブーツとヒールが木の床を叩いた。コートやスカーフを広げながら体を回す人々の中で、僕は手首がつねられるのを感じた。僕の手首を握る母さんの手に力が入り、爪が僕の肌に食い込んでいた。母さんは目を閉じて上を仰ぎ、天井のフレスコ画に描かれた天使に向かって何かを言っていた。

最初は手拍子や歌声に掻き消されて、母さんが何を言っているのか分からなかった。オルガンとトランペットの野太い音がブラスバンド席から響く教会の中は、色と動きの万華鏡のようだった。僕は母さんの手を振り払おうとした。母さんの方へ体を近づけると、みんなの歌声の中で母さんの声を聞き分けることができた——母さんは自分の父親に向かって語りかけていた。本物の父親に向かって。頬を涙で濡らした母さんの声は悲鳴に近かった。母さんは体を揺らしながらベトナム語で「どこにいるの、お父さん?」と訊いた。「ねえ、どこにいるの? 私を迎えに来て! ここに私を迎えに来てよ」。あの教会で誰かがベトナム語をしゃべったのはあのときが初めてだったかもしれない。でも、誰も怪訝な目で母さんをにらみつけたりしなかった。黄色と白が混じった女が聞いたこともない言葉でしゃべっていても、振り向く人はいなかった。会衆席に並ぶ他の人たちもみんな、興奮し、歓喜し、怒り、いらだって大声で歌っていた。そこでは——その歌の中では——人がどれだけわれを失ってもとがめられることはなかった。

僕は説教壇の横に掛かっているイエス・キリストの石膏像――よちよち歩きをする子供くらいの大きさだ――を見た。床が揺れているせいで、その肌が動悸を打っているように見えた。イエスは疲れ、当惑した表情で、石に変わった足先を見ていた。それはまるで、深い眠りから覚めたら、釘を打たれてこの世から離れられなくなっていたとでも言いたげな様子だった。僕はその姿を長い間見ていたので、振り向いて母さんの白いスニーカーを見たときには、その足元に血溜まりができているんじゃないかと思っていた。

数日後、キッチンから響く「一羽の雀」を僕は聞いた。母さんはテーブルで、ゴム製のマネキンの手で新しいマニキュアの技法を練習していた。ディオンヌにもらったゴスペル曲のカセットテープに合わせて鼻歌を歌いながらの作業だ。体を持たないマネキンの手、キャンディー色のつやつやした爪がある手、教会で見たのと同じように広げられた手がキッチンカウンターに並んでいた。でも、ラミレス家と一緒に行った教会で見た黒い手とは違って、キッチンに並ぶ手はピンク色とベージュ。マネキンの色の種類はそれしかなかった。

一九六四年。北ベトナムでの大規模空爆作戦を始めるにあたって、当時アメリカ空軍参謀総長だったカーティス・ルメイ将軍はベトナムを爆撃して「石器時代に戻してやる」と言った。つまり、一国民を滅ぼすことはその国の時間を過去に戻すことと同義だ。アメリカ軍は結局、カリフォルニアと変わらない面積の国に一万トンを超える爆弾を落とした。それは第二次世界大戦のすべての局面で使用された爆弾の量を超えていた。

一九九七年。タイガー・ウッズがマスターズ・トーナメントで優勝した。それがプロゴルフの大きな大会での初優勝となった。

一九九八年。ベトナムで初のプロゴルフコースが開設された。その場所は以前、アメリカ空軍によって爆撃された田んぼだった。ホールの一つは、爆撃でできた穴を埋めて作られた。


ポールおじいちゃんは、おじいちゃんの側から見た話を語り終える。僕はおじいちゃんに言いたい。おじいちゃんの娘ではない娘は、ゴーコンでは白人とのハーフということで周りの子供たちに「お化け女」と呼ばれたのだと教えたい。ランおばあちゃんは敵と寝たということで裏切り者、売女《ばいた》と呼ばれたという話も。母さんはバナナとカボチャがたくさん入ったかごを両腕で抱えて市場から帰る途中で、鳶《とび》色の髪を切られて、家に帰ったときにはおでこの上に少しの房しか残っていなかったという話も。髪がなくなると、〝もう一度茶色に戻す〟ために水牛の糞を顔や肩にぶつけられたという話も。まるで、白い肌に生まれたことが巻き戻し可能な過ちであるかのように。ひょっとすると、テレビでタイガー・ウッズを黒人と呼んでいることを母さんが気にしたのもそのせいなのかもしれない。母さんは肌の色を確固として侵すべからざる事実だと考えずにはいられないのかも。

「今後は私をおじいちゃんと呼ぶのをやめてもいいんだよ」。ポールは頬をくぼませて二本目のマリファナたばこを吸い終わり、消す。その顔は魚のようだ。「こうなると、〝おじいちゃん〟というのはちょっと気まずいかもしれないからね」

僕は少しの間、考える。クレヨンで描いたユリシーズ・グラント将軍の肖像が、暗くなってきた窓から吹き込む風に震える。

「ううん」と僕はしばらく考えてから言う。「僕には他におじいちゃんはいないもん。だから、おじいちゃんはおじいちゃんのままがいい」

おじいちゃんはうなずく。その青白い額と白い髪が夕日に染まる。「もちろんそれでもいい。もちろんだ」。おじいちゃんがそう言って、吸い殻をグラスの中に落とすと、シュッという音とともに、幽霊の血管のような煙が腕に沿って渦を巻く。僕の前に置かれたシリアルはすっかりふやけ、ドロドロした茶色い塊に変わっている。


母さん、僕はあなたに話したいことがたくさんある。僕は以前愚かにも、知識は物事を明瞭にするのだと信じていた。でも時には、何重にもなった文法や意味、そして年月――忘れられたり、救われたり、捨てられたりした名前――が包帯のように傷を覆っていて、傷がそこにあることは分かるのだけど、どうしてもそれが目に見えないこともある。

僕は今、自分が何を言っているのか分からない。たぶん僕が言いたいのは、時々僕たちが何ものなのか、どういう存在なのかが分からなくなるということだ。僕は自分が人間だと感じるときもあれば、むしろ自分が音みたいだと思うときもある。自分の体が世界と触れているのではなくて、かつての僕のこだまが世界に触れている。母さんにはまだ僕の声が聞こえる？　僕の書いている文章が読める？

初めて文章を書きだした頃、僕は何にも自信が持てない自分が嫌だった。イメージについても、文章についても、アイデアについても、果ては使っているペンや日記帳にも自信がなかった。何を書いても必ず、「ひょっとすると」や「たぶん」で始まって、「だと思う」とか「だろう」で終わった。今ではね、母さん、僕はすべてを疑っている。何かが間違いなく真実だと知っているときでも、その知識が溶けてなくなってしまうんじゃないかと不安になる。たとえそれを書き記しても、ずっと本当であり続けるわけではないんじゃないか、と。僕はまた二人でどこか別のところに行くために、母さんとの関係を壊そうとしている。それが正確にはどこなのか、僕には分からない。母さんをどう呼べばいいのか分からないのと同じように。白人なのか、アジア人なのか、孤児なのか、アメリカ人なのか、母なのか？

選択肢が二つしか与えられないこともある。僕はリサーチをしているときに、一八八四年のエルパソの「デイリー・タイムズ」紙の記事を読んだ。白人の鉄道労働者が名前のない中国人を殺した事件で裁判にかけられたという記事だ。訴えは最終的に棄却された。ロイ・ビーン判事が引用したテキサス州法は、殺人を禁じる一方で、人間を〝白人、アフリカ系アメリカ人、メキシコ人〟と定義していた。名前のない黄色い身体は、紙切れに記されたどの枠にも当てはまらないので、人間ではないと考えられた。自分が何ものかを述べる選択肢を与えられる前に、人は時に存在自体を消されてしまう。

存在するのかしないのか。それが問題だ。

母さんがベトナムで子供時代を送っていた頃、近所の子供がよく母さんの腕にスプーンを押し当てて、「こいつの白い色をすくい取ってやろうぜ、こいつの白をすくい取ってやろう！」と言っていた。そうしているうちに母さんは泳ぎを覚えた。泥水の流れる川に入ると、誰の手も届かず、誰のスプーンにもすくわれることがない。母さんは一度川に入ると何時間も島になりきった。家に帰ったときには寒さで顎がカタカタ鳴り、腕はふやけてしわしわになった――それでも白さは変わらなかった。

自分のルーツをどう定義するかと尋ねられた、タイガー・ウッズは自分は「カブリナジアン」だと答えた。中国人、タイ人、黒人、オランダ人、アメリカ先住民という人種構成を包含するために彼が考えた合成語だ。

存在するのかしないのか。それが問題だ。たしかにそれは問題だけれども、そこに選択の余地はない。


「私がハートフォードの家を訪ねたことがあっただろ――おまえたちがベトナムから移住してから一年か二年経った頃だ――」。ポールおじいちゃんは顎を手に載せて窓の外を見ている。外ではハチドリがプラスチック製の給水器《フィーダー》の前で羽ばたいている。「私がアパートに入ると、おまえはテーブルの下で泣いていた。家には誰もいなかった。おまえの母さんはいたのかもしれないが、バスルームかどこかに行っていた」。おじいちゃんは話を止めて、記憶がよみがえるのを待った。「私は床にしゃがんで、何があったのかを訊いた。あのとき、何と答えたか覚えてるか？」。おじいちゃんはにやりと笑った。「〝よその子は僕よりたくさん生きてる〟っておまえは言ったんだ。すごいだろ」。おじいちゃんは首を横に振る。「面白いことを言うよな！　あの言葉は忘れられんよ」。金をかぶせた奥歯がキラリと光った。「〝みんなはたくさん生きてる、みんなの方がたくさん生きてる！〟っておまえは叫んだ。どこでそんな言葉を聞いてきたんだろう？　まったく、あのときおまえはまだ五歳だったんだぞ」

外から聞こえるハチドリの羽音は誰かの息づかいのようだ。くちばしの先が時折、給水器《フィーダー》の底にある砂糖水に伸びる。同じ場所にとどまるためにあれだけ素早く羽ばたかなければならないとは何て大変なんだろう、と僕は今にして思う。

その後、僕たちは散歩に出かける。ポールおじいちゃんが飼っている、茶色いぶちのあるビーグル犬が僕たちの間で鎖をカチャカチャいわせる。日が暮れた直後で、整えられた芝生を白や赤紫に縁取る遅咲きのライラックやコウボウの匂いが風に混じる。ちょうど最後のカーブにさしかかったところで、ブロンドの髪をポニーテールにした、器量のよくない中年女性が前からやって来る。その人がポールおじいちゃんの方だけを見てこう言う。「犬の世話係《ドッグ・ボーイ》が見つかったんですか。よかったですね、ポールさん！」

ポールおじいちゃんは立ち止まって、ずれていた眼鏡をいったん押し上げてから、もう一度下にずらす。女は僕の方を向いて、言葉を句切りながらしゃべる。「ようこそ。この。町へ」。一言言うたびに女の頭が上下する。

僕は犬の綱を強く握り、笑顔を浮かべて一歩下がる。

「違います」とポールは言って、蜘蛛の巣を払うようにぎこちなく手を上げる。「この子は私の孫です」。おじいちゃんがしばらくその一言を宙に浮かせておくと、それは固まって、一つの証書に変わる。それからもう一度――自分に向かってなのか、女に向かってなのかは分からないけれど――うなずきながら繰り返す。「私の孫です」

女は間を置かずに笑顔を見せる。あまりにわざとらしい笑顔を。

「覚えておいてください」

女は笑って、〝今のは忘れて〟というしぐさをしてから、手を差し出す。ようやく僕の体が目に見えたらしい。

僕はその手を取って握手をする。

「こんにちは。私はキャロル。ようこそこの町へ」。そう言って去って行く。

僕たちは家に向かう。何も言わない。道に沿って並ぶ白いテラスハウスの背後に一列に植えられたトウヒは赤く染まった空を背景に、じっと立っている。先頭を歩くビーグルの爪がコンクリートを引っ掻き、鎖がカチャカチャという。でも、僕に聞こえるのは、頭の中に響くポールおじいちゃんの声だけだ。〝私の孫です。この子は私の孫です〟。

僕は二人の女の手で、周りの夜よりも暗い穴に引きずり込まれる。その一人が悲鳴を上げたときに初めて、僕は自分が誰なのかを思い出す。二人の頭が見える。黒い髪は、床で寝ていたせいでぺしゃんこになっている。バタバタと乗り込んだ車の中には、猛烈に化学的な臭いが充満している。寝ぼけ眼《まなこ》に少しずつものが見えてくる。ヘッドレスト、ルームミラーからぶら下がる親指大の猿のマスコット、キラリと光ってすぐに見えなくなった金属の塊。車が走り出す。アセトンとマニキュアのにおいで、それが母さんのトヨタだと分かる。黄褐色と錆色のツートンだ。母さんとランおばあちゃんは前の座席で何かを叫んでいるが、何の話なのかは分からない。街灯が飛ぶように後方に過ぎ去るとき、光が拳のような力で母さんの顔を打つ。

「あの男、きっと今回は殺すわよ、お母さん。今回はきっと殺す」と母さんは息を切らして言う。

「気をつけて。ヘリコプターみたいにスピードが出てる」。ランおばあちゃんの頭は別の何かに取り憑かれている。「どこへ向かってるんだい?」。おばあちゃんは両手で車内の鏡をつかんでいる。おばあちゃんが笑っているか、少なくとも歯を食いしばっているのが、声の調子で分かる。

「姉さんがあいつに殺されるわ、お母さん」。母さんの声はまるで、川で溺れかけているかのようだ。「カールはそういう男。今回は本気よ。聞いてるの？　お母さん！」

ランおばあちゃんは「ビューン」と言いながら、鏡から左右に体を揺らす。「ここから出て行くのかい？　さあ、遠くまで行くよ、リトル・ドッグ！」。まるで後ろ向きに重力が働いているかのように、外の暗闇が後方へ飛ぶ。ダッシュボードには緑色の文字で三時四分と表示されている。僕の手で僕の顔を覆ったのは誰だろう？　車が角を曲がるたびにタイヤがきしむ。通りに人影はなく、そこは万物が暗黒の中を流れる宇宙空間みたいだ。一方、前の座席では、僕を育ててくれた二人の女が正気を失いかけている。指の間から見る夜は、黒の画用紙だ。前の座席に座る二人の乱れた髪の毛が揺れるのだけがくっきりと見える。

「心配しないで、マイ姉さん」。母さんは今、独り言を言っている。母さんが体を前に乗り出しているせいで、フロントガラスが丸く曇り、それが言葉に合わせて広がる。「今行くから。みんなでそっちに向かってるから」

しばらくすると、車はリンカーン・コンチネンタルが並ぶ通りに入る。車は速度を落とし、壁を灰色に塗った羽目板張りのテラスハウスの前に停まる。「マイ姉さん」と母さんは言って、サイドブレーキをかける。「マイ姉さんが殺されるわ」

ずっと首を横に振っていたランおばあちゃんが、まるで母さんの言葉が体の中の小さなボタンに触れたかのように、首を振るのをやめる。「え？　誰が誰を殺すって？　今回死ぬのは誰？」

「お母さんたちは車の中にいて！」。母さんはシートベルトを外して車から飛び出し、家へと急ぐ。車のドアは開けっぱなしだ。

ランおばあちゃんがよく話してくれた物語の中に、趙氏貞《ちょうしてい》の話がある。大昔、男たちの軍勢を率いて、ベトナムを侵略しようとした中国の軍隊を追い払ったという神話的な女兵士だ。僕は母さんを見て、その人のことを思い出す。伝説によると、二本の剣を持ち、三尺もある乳房を肩に回して、侵略者どもを十人単位で切り倒したという。僕らを救ったのは一人の女だったという物語。

「今回死ぬのは誰?」。ランおばあちゃんが後ろを向く。わびしい車内灯に照らされたその顔が新たな知識で小さく波打っている。「今回死ぬのは誰だい、リトル・ドッグ?」。おばあちゃんは鍵の掛かった扉を開けて中が空《から》であるのを見せるみたいに、手を前後にひらひらと揺らす。「おまえが誰かに殺されたのかい? どういう理由で?」

でも僕は、もう話を聞いていない。窓のガラスを下ろす腕が、取っ手を一度回すごとに燃えるように熱くなる。冷たい十一月の空気が入ってくる。二十センチほどの鉈《マチェーテ》を握って玄関のステップを上がる母さんを見ていると、胃が締め付けられる気がする。母さんは扉をノックして叫ぶ。「出てきなさい、カール」とベトナム語で。「出てきなさい、ろくでなし! 姉さんは連れて帰る。あんたのところには二度と返さない。車はくれてやるわ。でも、姉さんだけは返してもらう」。母さんは〝姉さん〟と言う瞬間、短くすすり泣いて、それからまた立ち直る。そして鉈の持ち手部分で扉を叩く。

ポーチの蛍光灯が点くと、母さんが着ているピンクのナイトガウンが突然、緑色に変わる。扉が開く。

母さんは一歩下がる。

男が姿を見せ、玄関から勢いよく出てくると、母さんがステップの上を後ずさりする。鉈はまるでそこに固定されているかのように、母さんの腰に貼り付く。

「その男、銃を持ってるよ」。正気に戻ったランが車から声を抑えて叫ぶ。「ローズ！　ショットガンだよ。一度に二発、弾が出る。おまえの肺なんか簡単に吹っ飛んでしまう。リトル・ドッグ、母さんに教えてやってくれ」

母さんが刃物を手から放して両手を上げる。グレーのヤンキースのトレーナーを着て、背中を丸めた大柄な男が母さんに近づいて、激しい口調で二言、三言、何かを言う。そして鉈を脇へ蹴る。すると鉈は一瞬で草むらに消える。母さんは何かをつぶやき、体を小さくして、顎の下で手を合わせる。ネイルサロンでチップをもらった後にするのと同じしぐさだ。母さんが震えながら後ろに下がり、車の方へ歩きだすと、男は銃口を下げる。

「仕方ないよ、ローズ」とランおばあちゃんが両手で口を押さえて言う。「銃には勝てない。仕方ない。戻っておいで。ヘリコプターに乗って戻っておいで」

「母さん」。僕は自分が乾いた声でそう言うのを聞く。「母さん、早く」

母さんはゆっくりと運転席に乗り込み、後ろを振り向いて嫌な目で僕をじっと見る。沈黙が長く続く。母さんが笑いだすのかと僕は思ったけど、逆に目に涙がいっぱいになる。だから僕は目を逸らして、慎重に僕らを見ている男を見る。男は銃を――銃口を下に向けて――脇に挟み、腰に手を置いて、家族を守っている。

話を始めた母さんの声はかすれていて、僕にはところどころしか聞き取れない。あそこはマイの家じゃなかった、と母さんは震える手で車の鍵を操作しながら説明する。というか、もうマイはあそこにはいなかった。いつもマイの頭を壁にぶつけていた恋人のカールはもう、あそこにはいない。さっきのは別人。ショットガンを持つ、頭のはげた白人。勘違いだった、と母さんはランおばあちゃんに説明する。事故だ、と。

「でも、マイがここを出て行ったのは五年前だよ」とランおばあちゃんが急に優しい口調で言う。「ローズ……」。僕のいる場所からは見えないけれども、おばあちゃんが母さんの髪を撫でて、耳にかけているのが分かる。「マイはフロリダに引っ越したんだ、覚えてるかい？　自分でネイルサロンを開くんだって言っててね」。ランおばあちゃんの手が止まり、肩の力が抜ける。誰か別人がおばあちゃんの中に入って、その手足、唇を動かし始める。「帰ろう。あんたも寝ないとね、ローズ」

エンジンがかかり、車が勢いよくUターンする。車が離れていくとき、僕くらいの年の男の子がポーチからおもちゃのピストルを僕らに向ける。ピストルが反動で跳ね返り、少年の口が「バン」という音を発する。父親が後ろを振り返り、少年に向かって大きな声を出す。少年はもう一発撃つ。そしてもう一発。僕はヘリコプターの窓から少年を振り返る。そしてその目をにらみつけながら、母さんと同じことをする。つまり、僕は死ぬことを拒む。

Ⅱ

記憶は選択。母さんは僕に背中を向けたまま、神様みたいな口ぶりで、かつてそう言った。でも神様なら、きっとその二人の姿が見えるだろう。梢の若枝が輝き、晩秋の紅葉の中でしっとりと濡れた松の森の向こう。枝の間を抜け、茨《いばら》をくぐった錆色の日差しの中、一本一本地面に落ちる針葉の間から、母さんは神の目で彼らを見る。低い枝をくぐり、ひんやりした林床に体を投げ出す二人を母さんの目が追う。二人の少年はそこに並んで寝転がる。その頬に付いた血は既に乾いている。

二人の顔に付いているのは、背の高い方の少年の血だ。誰かの影が映った川面みたいな、濃い灰色の目を持っている方の少年。十一月の名残が二人のジーンズ、そして薄いニットのセーターから染み込む。もしも母さんが空にいる神様なら、少年たちの目が自分に向けられていることに気づくだろう。二人は手拍子をしながら歌っている。その日の午後、背の高い少年のステレオで聞いたラルフ・スタンレー版の「私のこの小さな光《ディス・リトル・ライト・オブ・マイン》」だ。俺の親父が大好きな曲なんだ、と長身の少年は言っていた。そして今、二人は頭を揺らしている。歌の合間には歯が光り、白い息とともに歌声が口から出ていくたびに、固まった血が顎からぽろぽろと落ちて青白い喉に斑点を描く。「**この小さな光、私はそれを輝かせる。この小さな光、私はそれを輝かせる……。私の家の隅から隅まで、私はそれを輝かせる**」。二人の手足が作るかすかな風で周囲の松葉が舞い踊る。歌を歌ったせいで、背の高い少年の目の下にある切り傷が再び開き、赤黒い線が左耳の方へ延びて、首のところでカーブし、地面に消える。小柄な方の少年が友達の顔、そして目の周りのひどい傷に目をやり、事故のことを忘れようとする。

もしも母さんが神様なら、二人に手拍子をやめろと言うだろう。空っぽの手を意味のあることに使いたいなら、何かにしがみつくのがいちばんだと言うだろう。でも、母さんは神様じゃない。母さんは女だ。そして母親。あなたの息子は松の下に寝転がり、あなたは町の反対側にある家のキッチンでテーブルに向かい、再び待っている。ついさっき、フォーとエシャロットを合わせて炒めた料理を三度目、温め直したところだ。外を見つめる母さんの息がガラスを曇らせる。母さんは少年が着ているニューヨークニックス〔全米プロバスケットボールのチームの一つ〕のオレンジ色のセーターがそこに現れるのを待っている。時間も遅いので、少年は走って帰ってくるはずだ。

でもあなたの息子はまだ木の下で、母さんが会うことのない少年の横にいる。二人から数メートル離れたところでは高架道の下が封鎖されていて、飲みきりの酒瓶数百本に囲まれた金網フェンスの前でポリ袋がバサバサと音を立てている。少年たちは震え始める。手拍子の勢いが衰え、音も聞こえなくなる。二人の声が収まるのにつれて、風はますます強くなる――壊れた時計の針のように、針葉が音を立てて降る。

あなたの息子は時々夜遅くに、体の中に銃弾があると確信して目を覚ますことがある。銃弾が胸の右側の、ちょうどあばら骨の間にとどまっているような感覚。〝銃弾は昔からずっとここにあった〟と少年は思う。銃弾の方が自分よりも古い。その金属の破片を包むように骨と筋と血管が作られた結果、体の中にそれが閉じ込められたのだ、と。**母さんの子宮の中にあったのは僕じゃないと**少年は思う。**先に銃弾があって、その種を囲むように僕が生まれたんだ。**少年は今も、冷気に包まれながら、銃弾がこぶのように胸から突き出て、セーターを少し持ち上げているのを感じる。しかし、出っ張りを指先で確かめようとすると、いつものようにそこには何もない。**引っ込んだ、**と彼は思う。**僕の体から出たくないんだ。僕なしに銃弾は意味を持たないから。**だって、体を持たない銃弾は、誰にも聴いてもらえない歌と同じだから。

町の反対側で、母さんは窓の方を向きながら、もう一度フォーを温め直すことを考えている。そしてさっきまで破いていた紙ナプキンの断片を手に集め、ゴミ箱に捨てるために立ち上がる。それからまた椅子に戻り、待つ。その窓は、かつて少年が家に入る前にその前で立ち止まったのと同じ窓だ。四角い光の中に現れた少年は、外を見るあなたの顔を見つめ返したのだった。暗くなっていたせいでガラスが鏡に変わって、あなたの側から少年の顔は見えていなかった。そこに映っていたのは、頬と額に刻まれたしわ、なぜか静寂によって痛めつけられた顔だけだった。少年は母が無を見つめているのを見る。少年の体は丸ごと楕円形の幻――母の顔――の内側に隠れて、目に見えない。

歌はとうに終わって、冷たい空気が二人を鞘《さや》のように覆い、神経を麻痺させる。服の下で鳥肌が立ち、起き上がった透明な薄い体毛がシャツの下で折れ曲がる。

「ねえ、トレヴ」とあなたの息子は言う。友達の血がその頬で完全に固まっている。「何か秘密を教えて」。風、松葉、秒針。

「どんな秘密？」

「何か——例えば……普通の秘密。変なのでなくていい」

「普通の秘密」。ものを考える静寂。乱れない呼吸。二人の上に広がる星空は、慌てて消した黒板に残された汚れのようだ。「おまえが先に言ってくれ」

町の反対側にあるテーブルをコツコツと叩いていた母さんの指が止まる。

「オーケー。言うよ。いい？」

「ああ」

母さんは椅子を下げ、鍵を取り、玄関を出る。

「僕はもう、死ぬのが怖くない」

（一瞬の間《ま》があって、その後に笑い）

冷気が川の水のように二人の喉元まで満ちてくる。

母さん。母さんは昔、記憶は選択だと言った。でも、もしも母さんが神様なら、記憶は洪水だと知っているだろう。

僕は母さんの息子だから、仕事について知っているのと同じだけ、喪失についても知っている。そしてその両方について知っているのと同じだけ、母さんの手についても知っている。僕の知らない、かつては柔らかだったその輪郭。僕が生まれるずっと前に、母さんの手にはもう、まめとたこができていた。その後、工場とネイルサロンでの三十年でさらにひどいことになった。母さんの手は醜い――そして僕は、母さんの手をそんなふうにしたすべてのものを憎む。夢の残骸、夢の精算としてそうなっているのが憎らしい。毎晩、家に帰ってきた母さんはソファーにどさっと腰を下ろして、一分も経たないうちに眠っていた。僕がグラスに水を入れて部屋に戻ったときにはもう、いびきをかいていた。膝に置かれた手は、中途半端にうろこを取った二匹の魚のようだった。

僕が知っているのは、ネイルサロンがただの仕事場、美を磨く作業場にはとどまらないということ。そこは同時に、子育ての場でもある。そうした子供の中には、いとこのヴィクターみたいに、未発達の肺に有毒な気体を何年間も吸い込んだせいでぜんそくになった者もいる。サロンはキッチンでもある。奥の部屋では、働き手の女たちが床に座り、大きな中華鍋を囲んでいた。中華鍋は電気コンロの上でジュージューと音を立て、フォーから立ち上る湯気が窮屈な部屋に充満していた。クローブ、シナモン、ジンジャー、ミント、カルダモンの芳香と混じる、ホルムアルデヒド、トルエン、アセトン、パインソル〔強力液体洗剤〕、漂白剤の臭い。郷里の民話、噂、ほら話、ジョークが語られ、誇張される場所。裕福な家のクローゼットほどしかない奥の部屋では時々どっと笑い声が起きては、あっという間に不気味にしんと静まりかえった。そこは臨時の教室だった。船や飛行機を降り、奥まった場所から到着した人間は、ネイルサロンを一時的な停留所だと思う——自分の足で立てるようになるまでの。あるいは、英語の発音が少し滑らかになるまでの。そして、マニキュア作業用のデスクにワークブックを広げ、夜の移民向け英語授業——授業料は賃金の四分の一だ——の宿題を済ませる。

ここに長居をするつもりはない、と僕たちは言う。**遠からず、ちゃんとした仕事を見つける**、と。でも実際は、何か月もしないうちに、時には数週間のうちに、マニキュア用ドリルの入った紙袋を脇に抱え、もう一度仕事をさせてくださいと頭を下げて、また店に戻ってくることの方が多かった。そしてオーナーは、哀れみからなのか、物分かりがいいからなのか、その両方なのか、何も言わずに空いた机を顎で指す——空いた机がいつもそこにはあるから。だって、ここに長居する人はいなくて、常に、誰かが出て行ったばかりという状況だから。決まった給料も、健康保険も、契約もなくて、体を相手に体一つで働く仕事だから。何も持っていないことがそのまま契約書、存在証明になる。僕たちはその仕事を何十年も続ける——肺が呼吸するたびに苦しくなったり、化学物質で肝臓が硬くなったり、節々が弱って関節炎を起こしたりする体をだましだまし使いながら。ネイルサロンは結局のところ夢が硬化した知識に変わる場所だと、新しい移民は二年以内に知る。骨の髄までアメリカ人になる——市民権があろうがなかろうが——ことはすなわち、毒があって、痛くて、低賃金で働かされることを意味するのだという知識。

僕は母さんがなれないもののことを思い、そのぼろぼろになった手を憎むと同時に愛している。

日曜日。僕は十歳。母さんがサロンの扉を開けると、前日のマニキュアのアセトンが直ちに僕の鼻をつく。でも、鼻はすぐに慣れる。いつものように。店は母さんのものじゃないけど、日曜——一週間でいちばん暇な日——の営業は母さんに任されている。母さんは店に入り、明かりを点ける。ペディキュア用電動チェアーの電源を入れると、水が音を立てて座席の下のパイプを流れる。僕はその脇を通って休憩室に向かい、インスタントコーヒーを淹れる。

母さんが顔も上げずに僕の名前を呼ぶと、それ以上何も言われなくても僕は扉のところまで行き、鍵を開け、サインボードの〝営業中〟を外に向ける。

そのとき、女の姿が目に入る。七十歳くらいで、風に乱れた白髪がやせた顔にかかっている。青い目は眼窩の奥にあって、そのまなざしは、行く必要のない場所まで足を踏み入れてしまったけれどもとにかく前へ進み続けた人間のものだ。女性は赤ワイン色のワニ革ハンドバッグを両手でしっかり持って店を覗く。僕が扉を開けると、女性は少し足を引きずるようにして中に入る。

首に巻いていたオリーブ色のスカーフが風でずれて肩からぶら下がり、床にこすれている。母さんは立ち上がり、笑顔を見せる。そして「いらしゃいませ。今日はどしましょ？」と英語で訊く。

「ペディキュアをお願い」。その声は、雑音の混じるラジオみたいにか細い。僕はコートを脱ぐのに手を貸して、それをラックに掛け、ペディキュア用チェアーまで案内する。その間に母さんはフットバスのジェット水流のスイッチを入れ、泡立つお湯に塩と溶剤を入れる。店の中に人工的なラベンダーの匂いが満ちる。僕は女性の腕を取って椅子に座らせる。女性の体からは安物の香水の甘ったるい香りと乾いた汗が混じったにおいが漂う。座席に腰を下ろすときには、僕の手の中でその手首が震える。見かけよりもさらに弱々しい感じだ。女性は革の椅子に完全に落ち着くと、僕の方を見る。ジェット水流のせいで声は聞き取れないけれど、何を言っているのかは唇の動きで分かる。「ありがとう」

ジェット水流が安定して、白い泡の混じるエメラルドグリーンのお湯の温度が整うと、母さんは女性に、足をフットバスに浸けるように言う。

女性は動かない。目は閉じたままだ。

「奥様」と母さんは言う。普段は人の声や音楽、オプラ・ウィンフリーのトーク番組かニュースをやっているテレビで騒がしい店が今は静かだ。頭の上の蛍光灯だけがブーンという音を立てている。一瞬の後、女性が目を開ける。青い瞳の、充血した目が潤んでいる。女性は体を前に倒して、右のズボンを触る。僕は一歩下がる。母さんが女性の指を見つめたまま体勢を変えると、椅子がきしむ。女性がズボンの裾をめくるとき、手の青い血管が震える。足の皮膚には、まるで窯《かま》で焼いたみたいなつやがある。女性はさらに下に手を伸ばし、足首をつかんでぐいっと力を入れ、膝から先の下腿《かたい》全体を外す。

義足。

脛骨が途中で、フランスパンの端のような丸くて滑らかな茶色い突起になっている——それは実際には切断された脚だ。僕は答えを求めて母さんを見る。母さんは一瞬の間《ま》も置かずにやすりを取り出して、片方だけの足をこすり始める。その振動が伝わって、横にあるすぼんだこぶも揺れる。女性は義足を脇に置いて、ふくらはぎをかばうように腕をそこに載せてから後ろにもたれ、息を吐く。「ありがとう」。女性は先ほどよりも大きな声で、母さんの頭頂に向かって再び言う。

僕はカーペットに腰を下ろし、温かいタオルを保温器から持ってくるように母さんが言うのを待つ。ペディキュアを塗る間ずっと、女性は目を半分閉じて、頭を左右に揺らしている。そして母さんが片方のふくらはぎをもむと気持ちよさそうな声を出す。

マッサージが終わって母さんが僕の方を向き、タオルを持ってくるように言おうとすると、女性は身を乗り出して右脚を指すようなしぐさをする。こぶは最初からずっと濡れることなく、フットバスの上を漂っている。

女性は「悪いんだけど」と言ってから、腕で咳を抑える。「こっちもお願い。お手間じゃなければ」。女性はそこで間を置き、窓の外を見てから、また膝に視線を戻す。

母さんはこのときもまた、何も言わない——でも、いつの間にか右脚の方へ向き直り、こぶの先までを規則的にもんでから、手で汲んだ湯をかける。すると、細い水流が硬くなった皮膚でジグザグを描く。水の滴。母さんが石鹸をほぼ流し終わったとき、女性が穏やかな口調で、ほとんど嘆願するように、もっと下の方までマッサージをしてほしいと言う。「追加料金が要らないようならお願い」と女性は言う。「今でもまだ、足の先の感覚があるのよ。馬鹿げているけど本当の話。感じるの」

　母さんの手が止まる——顔が一瞬、ぴくりとする。

　それから目尻のしわがわずかに深くなり、母さんはふくらはぎがあるはずの場所の空気を指でつかみ、本当にそこに足があるかのようにマッサージを始める。そして目に見えない足に沿って作業を進めて、足の甲をもんでから、反対の手で踵《かかと》を包み、アキレス腱をもみほぐし、足首の関節の下側に沿って凝った筋を伸ばしていく。

　母さんが再び僕の方を向くと、僕は急いでタオルを取りに行く。母さんは何も言わずに幻肢の下までタオルを回し、空気を叩く。筋肉記憶がいつものように母さんの手を無駄なく動かし、そこに存在しないものの形を浮き彫りにする。ちょうど指揮者の動きによって音楽がなぜかよりリアルになるのと同じように。

　女性は足が乾くとまた義足をはめ、ズボンの裾を下ろし、椅子から下りる。僕はコートをラックから外して、女性が着るのを手伝う。母さんがレジに向かおうとすると、女性が声をかけて、折り畳んだ百ドル札を母さんの手に握らせる。

「主《しゅ》があなたを守られますように」と女性が視線を下げて言う——そして足を引きずりながら外へ出る。扉が閉まるとき、上に取り付けられているベルが二度鳴る。母さんはそこに立ったまま、無を見つめている。

まだ濡れている手に握られた百ドル札のベンジャミン・フランクリンの色が濃くなる。母さんはそれをレジでなく、ブラの下にしまい、髪の毛をくくり直す。


その夜、母さんは枕に頭を置き、床に腹ばいになって、背中をこするように僕に言った。僕は母さんの横で膝をついて、黒いTシャツを肩までめくり、ブラのホックを外した。既に何百回もやったことのある作業なので、僕の手は自動的に動いた。母さんは外れたブラをつかんで体の下から抜き、脇へ投げた。一日の汗が染み込んだブラはドサッと、膝保護帯のような音を立てて床に落ちた。

ネイルサロンから付いてきた化学物質の臭いが肌から立ち上った。僕はポケットから取り出した二十五セント硬貨をヴィックスヴェポラップの中に突っ込んだ。爽やかなユーカリの匂いが部屋に充満し、母さんの体から力が抜ける。僕は硬貨の全面に軟膏を付けて、親指の先ほどの量を母さんの首から腰にかけて背中全体に塗り広げる。肌が光りだすと、僕は母さんの首の付け根に硬貨を当て、肩甲骨の上を外向きにこする。母さんに教えられた通り、一定の力でしっかりと何度もこすっていると、白い肌の下から赤褐色の筋が浮かび上がる。あざは徐々に紫色に変わり、新しい肋骨のようなものが黒々と背中に現れ、体から悪い気《き》を出す。こうして丁寧にあざを付けることで、体は癒やされる［これは〝かっさ〟と呼ばれるマッサージの一種］。

僕は再びバルトを思い出す。作家とは母親の身体で遊ぶ人間のことだと彼は自身の母親が亡くなった後に言う。**母親の身体を賛美し、潤色するために。**

僕はこの言葉が本当であってほしいと思う。

でも、こうして手紙を書いている間も、母さんの体の肉体的事実が僕の力に抵抗する。今綴っている文章の中でも、僕が母さんの背中に手を置くと、母さんの白い肌を背景にして僕の手の黒さが鮮明になる。僕は今も、段になった母さんの腰と尻を見ながら、筋肉をもみ、小さな骨が並ぶ背骨——どんな沈黙にも翻訳できない省略記号（……）——に沿ってこりをほぐしている。これだけ長い歳月が経っても、母さんとの肌の色の違いは僕を驚かす。ペンを握る僕の手が広い空間の中を動き回り、生命を傷つけることなくそこに働きかけようとするとき、白紙のページが僕を驚かすのと同じように。でも、言葉を記すことはそれを傷つける。僕は母さんを変え、潤色すると同時に、保存する。

母さんが枕に顔を埋めたまままうなり声を上げるのを聞きながら、僕は肩をもみ、しつこいこりを順にほぐす。「気持ちいい……とても気持ちいい」。しばらくすると母さんの息が深くなり、そのリズムも安定し、腕の力が抜け、母さんは眠っている。

十四歳になった夏、僕はハートフォード郊外のたばこ農場で初めてアルバイトをした。多くの人はコネチカットみたいな北の州でたばこが育つことを知らない——でも、何でも水のそばに植えさえすれば、小さな軍隊ほどの背丈に青々と育つものだ。とはいえ、たばこ栽培に関しては不思議な事実がいくつかある。広葉たばこは最初、先住民のアガワム族によって栽培されていたのだけれど、まもなく彼らを土地から追い出した白人の移住者たちが換金作物として植えるようになった。そして今では、収穫をしている者の大半は不法移民だ。

　僕が自転車で十四キロ先の農場まで行くと言ったら母さんは許してくれないだろうから、街の外れにある教会で庭掃除のアルバイトをするということにしておいた。地元のキリスト教青年団《YMCA》の外に置かれたチラシによると、農場でのバイト代は時給九ドル。当時の最低賃金よりも二ドル近く高い時給だった。でも、僕はまだ合法的に働ける年齢ではなかったので、こっそり現金払いで働かせてもらった。

　それは二〇〇三年の夏だった。つまりそのときには既に、ブッシュが大量破壊兵器の存在——結局、見つかることはなかった——を口実にして、イラクに対して宣戦布告していた。そしてあらゆるラジオ局——特にPWR九八・六——でブラック・アイド・ピーズの「愛はどこに？《ホエア・イズ・ザ・ラブ》」が流れていて、部屋の窓を開けて寝ていたらすべての車の中からその曲が聞こえた頃。道の向こうにあるバスケットボールのコートからは時々、ビール瓶が割れる音が聞こえた。街灯に照らされて魔法がかけられたみたいにきれいに光るガラスの破片を見るだけのために、クラック常用者が空き瓶を宙に投げていたからだ。翌朝には、舗装面に散らばったガラスがキラキラと光っていた。それはタイガー・ウッズが五年連続でプロゴルフ協会の年間最優秀選手に選ばれることになった年。ワールドシリーズでフロリダ・マーリンズがニューヨーク・ヤンキースを負かした年

（僕はあまり関心もないし、野球もよく分からないけど）。Facebookが登場する二年前。最初のiPhoneが現れる四年前。スティーヴ・ジョブズはまだ生きていた。母さんの悪夢はまだひどくなり始めたばかりで、とんでもない時間に母さんがキッチンテーブルに向かっているのを僕が見つけた頃。母さんはお尻を半分覗かせて、汗をかきながら、店でもらったチップを数えていた。ハートフォードでテロが起きたときに備えて、念のために「秘密の地下シェルター」を買うんだと言っていた。パイオニア10号が地球から百二十億キロメートルの場所で最後の信号をＮＡＳＡに送ってきた年。

僕は週に五日、朝六時に起き、一時間自転車を漕いで農場まで行った。コネチカット川を渡り、自殺的にきれいに整えられた芝生のある郊外の住宅地を通り過ぎて、辺地へ。農場が近づくにつれて、周囲が畑ばかりになって、点々と止まっているカラスのせいで電話線がたるみ、ところどころにある白いアーモンドの花は満開になっていた。灌漑用水路では夏の終わりまでに一ダース以上のウサギが溺れ、熱い空気に死骸の臭いが混じるのだった。僕の肩まであるたばこの葉がはるか遠くまで青々と生えているので、農場の端にある木々が灌木に見えるほどだった。その真ん中に、ペンキの塗られていない納屋が三棟、並んで立っていた。

僕は未舗装の道路を走って手前の納屋まで行き、自転車を押しながら、開いた扉から中に入った。ひんやりした暗がりに目が慣れると、壁沿いに座っている男たちが見えた。浅黒い顔が紙の皿から柔らかい目玉焼きを食べながら、スペイン語で仲間とおしゃべりをしていた。その一人が僕を見て手招きをし、何かを言ったが、僕には聞き取れなかった。スペイン語は分かりませんと僕が言うと、男は驚いた様子だった。それから何かがひらめいたみたいに顔が明るくなった。「ああ！」。男は僕を指差してうなずいた。「中国人ちゃん《チニート》。中国人ちゃん《チニート》か！」。それが初日だったので、訂正することはしなかった。僕は親指を立てた。「はい《シー》」と僕は笑顔で言った。

「中国人ちゃん《チニート》です」

俺はマニーだ、と男は言って、テーブルの方を指差した。コンロの上には大きなフライパンが置かれ、片側だけ焼いた目玉焼きが出来上がっていた。その横にあるガラスのポットには、ぬるくなったコーヒーが入っていた。僕は男たちに混じって座り、黙って食事をした。働き手は、僕を除いて二十二人。ほとんどはメキシコや中央アメリカからの不法移民で、例外はドミニカ共和国出身のニコ一人だけだ。そしてコルチェスターから来たリックという二十代の白人青年は、噂では、性犯罪の前歴があるために、たばこ農場くらいしか雇ってくれるところがないらしい。多くは季節労働者で、作物の実りとともに国内を移動していた。このたばこ農場で男たちが寝泊まりしているのは、道路から見えないよう、敷地の縁に沿って生えている木立の数メートル奥に並べられた四台のトレーラーから成る簡易宿泊所だった。

収穫したたばこを干すために吊しておく納屋の梁《はり》はまだ空《から》っぽだ。九月の終わりにはそれぞれの納屋が二度、約二トンのたばこでいっぱいになる。僕は柔らかい目玉焼きを食べながら、建物の構造を詳しく見た。風通しをよくして葉の乾燥を促すために、納屋のサイドパネルは二枚に一枚が開かれ、肋骨のように隙間が作られている。そこから入る熱気が僕の首筋にぬるい息を吹きかけ、甘苦いたばこのにおいと赤土の鉄臭さを運んでくる。男たちも畑のにおいがした。彼らのブーツが土を踏む前から、そして朝のシャワーを浴びた後でも、前日に体にこびりついた汗などのにおいがした。もうすぐ同じにおいが僕自身の毛穴にも浸透することになる。

深緑色のフォード・ブロンコが納屋の前に停まった。男たちは一斉に立ち上がり、皿とカップをゴミ箱に捨てた。みんな、手袋を着け、中には手ぬぐいを濡らして帽子の下に入れる者もいた。ビュフォードさんが入ってきた。背が高くてやせた、七十歳くらいの白人。サングラスをかけ、レッドソックスの帽子を目深にかぶり、口元には笑みを浮かべていた。両手を腰に当ててるその姿は、『フルメタル・ジャケット』に出てくる鬼軍曹——ろくでもないやつなので、部下の兵士に頭を撃ち抜かれる——を思わせた。でもビュフォードさんは陽気な人で、少し無理していたのかもしれないけれど、愛らしいとさえ感じられた。笑うと、唇の隙間から金歯が光った。彼は言った。「わが連合国の諸君、おはよう。元気《ブエノ》?」

僕はその前まで行って、自己紹介をした。握手をした彼の手は、驚いたことにざらざらでひび割れていた。彼は僕の肩を叩いて、班長のマニーの言う通りにすれば大丈夫だと請け合った。

みんなと僕はピックアップトラック三台の荷台に分乗して最初の畑に行った。そこのたばこは他に比べて背が高く、しなだれ始めていた。トラックの後を、刈り入れた葉を積むためのトラクターが二台付いてきた。僕たちが畑に着いたときには既に、十人のチームが最初の五列で作業をしていた。彼らが刈り入れチームだ。朝の光の中で研がれた鉈《マチェーテ》を持った男たちが、僕らの百メートル先で大きく腕を振って勢いよく茎を切っていく。時々、僕らのペースが上がると、刈り入れチームとの距離が縮まることがあった。鉈の音が徐々に大きくなり、作業をする彼らの肺の音まで聞こえてくる。背中を丸めて作業する男たちの周囲に鮮やかな緑の茎がバサッと倒れる。鋼《はがね》が皮膜を切り裂くと、茎の中を流れる水の音が聞こえ、植物が流した血で地面が黒く染まる。

僕が加わったのは、背の低いメンバーを集めた串刺しチームだ。僕らの仕事は地面に倒れたたばこ——既に日の光で葉がしおれ始めている——を集めること。三人ずつのチームに分かれて、二人が拾い手《ピッカー》、一人が突き刺し役《ピアサー》になる。突き刺し役は槍台（取り外しのできる槍の付いたカート）の横に立って、渡されるたばこを槍に突き刺す。一本の軸がいっぱいになると、槍の穂先を外し、拾い手の一人がいっぱいになった軸を待機中のトラクターまで運び、運搬役《ローダー》が軸を荷台に積む。突き刺し役はホルスターから新しい軸を出して、穂先を取り付け、またたばこを次々に串刺しにする。

トラクターの荷台がいっぱいになると、収穫物は納屋まで運ばれる。そこには通常、背の高いメンバーがたくさん集められていて、軸に串刺しされたたばこをリレーして梁に掛け、自然乾燥させる。時には十二メートルもある高さから落ちることもあるので、働く場所としては納屋がいちばん危険だ。男たちはよその農場で起きた事故のことをよく話した。あの音が耳に付いて離れない、と。体が落ちるドサッという音。誰かが鼻歌を歌ったり、天気の話をしたり、女のことで文句を言ったり、モデストでのガス代について愚痴を言ったりしていたかと思うと突然の沈黙。さっきまで声のしていた場所では、たばこの葉がさらさら音を立てているだけ。

最初の日、僕は愚かにも、マニーが差し出してくれた手袋を断った。サイズが大きすぎて、肘の近くまであったからだ。夕方五時には僕の手はたばこの液汁、土、砂利、木っ端がべっとりと付いて真っ黒になり、ご飯が焦げ付いた鍋底みたいな有様だった。僕らが裸にしていく畑の上空で、しわの寄った空気の中をカラスが漂い、空から何かが落ちてきたみたいにその影が大地に映る。野ウサギが時々畑の間から顔を出し、たまに鉈が当たると、たばこを刈る刃の音に混じって、野ウサギが鋭い悲鳴とともに僕らが立つ地球を去るのが聞こえる。

　でも、なぜかこの仕事が僕の中にある裂け目を縫い合わせてくれた。途切れのない連携と共同作業。たばこは見事な手際で刈られ、拾われ、集められ、一つの場所から次の場所へと運ばれていくので、どの葉もいったん収穫されれば、二度と地面に触れることさえない。無数のコミュニケーションから成る作業。僕は言葉――この場所では無用だ――を使わずに、笑顔、手のしぐさ、さらには沈黙、ためらいによって仲間としゃべることを学んだ。そして、指や腕を使い、地面に絵を描くことで人、動詞、抽象概念、思考を理解した。

　乾いた汗で口髭がグレーに変わり、額にしわの寄ったマニーは、花を示すように僕が両手でカップのような形を作って母さんの名前を教えるとうなずいた。ローズ。

　ネイルサロンで最も頻繁に使われる英単語は〝すみません《ソーリー》〟だ。美に奉仕する仕事をする人間にとって唯一大事な反復句《リフレイン》。僕はネイリストが客――最も若い客は七歳――の手や足に顔を近づけたまま、何度も「すみません。すみません。ほんとに、ほんとにすみません」と繰り返すのを見た。何も間違ったことをしたわけではないのにだ。僕は母さんを含む従業員が四十五分の作業時間の間に何十回も謝罪するのを見たことがある。それはチップという究極の目的につながるよう、少しでも印象をよくするための努力だ――結局、チップがもらえなかったときにも〝残念《ソーリー》〟と言うのだけれども。

〝すみません〟は最初ネイルサロンでは、こびるための手段なのだけれど、やがてその言葉自体が通貨みたいなものになる。それはもう、単に謝罪するのではなく、〝私はここにいる、あなたのすぐ足元にいる〟と主張し、相手にそのことを思い出させる。こちらが頭を低くして、客を上に立たせ、いい気分にし、寛大にさせる。ネイルサロンでは、〝すみません〟の定義がまったく新しいものへとずらされる。それは自分を下げると同時に権力を行使するニュアンスを帯びて再利用される。〝すみません〟という言葉は割に合う。〝すみません〟という言葉は、自分に非がない場合には特に、口が発することのできる自己卑下として最高の価値を持つ。だって、その口はものを食べなければならないから。

でもそれは、ネイルサロンの中だけの話じゃないんだよ、母さん。たばこ農場でも、僕たちは同じことを口にした。〝すみません《ロ・シエント》〟。ビュフォードさんの視界を横切るときにマニーはいつもそう言った。〝すみません《ロ・シエント》〟。ビュフォードさんがクリップボードの数字に確認の印を付けている横で、壁に鉈を戻そうとするとき、リゴはそうささやいた。〝すみません《ロ・シエント》〟。ランおばあちゃんがまた統合失調症の発作を起こして、「証拠」を消さないといけないと言って服を全部オーブンの中に詰め込んだせいで、仕事を休んだ翌日、僕はボスに言った。〝すみません《ロ・シエント》〟。ある日、トラクターのエンジンが壊れ、暗くなっても直らず、結局、畑の半分しか刈り入れが終わらなかったとき、僕らは静かな夜闇の中でそう言った。〝すみません《ロ・シエント》、旦那《セニョール》〟。僕らは一人一人、ビュフォードさんのトラックの脇を通るときそう言った。ビュフォードさんはハンク・ウィリアムズの音楽を大音量で響かせながら、しおれた作物を見ていた。ダッシュボードには手のひらサイズのロナルド・レーガンの写真が貼られていた。翌日の仕事は、〝おはようございます〟ではなく、〝すみません《ロ・シエント》〟で始まった。ブーツを履いた足が泥に沈み、また地面を離れる音とともに、このフレーズ。僕らはその滑らかな音で舌を湿らせながら、生計を立てる仕事に戻った。僕は自分の口から出た言葉を後悔しながら、何度も母さんに手紙を書く。

僕は果てしなく広がるたばこ畑で僕と並んで汗をかき、ジョークを言い、歌を歌った男たちのことを思い出す。ジョージは母親にグアダラハラ郊外の家を買うところまであと千ドル——二か月分の仕事——を稼ぐ必要があった。ブランドンは昔から歯科医になりたがっていた十六歳の娘ルシンダを、望み通りメキシコシティーの大学にやろうとしている。あと一シーズンしたらマニーはエルサルバドルの海辺の村に戻り、コネチカットの大地からたばこを収穫して得たお金で腫瘍摘出手術を受けさせた母親の首元に残る傷痕をさすっているだろう。さらに貯金の残りでボートを買い、カジキを釣って運試しをする。この男たちにとって〝すみません《ロ・シエント》〟は、ここに残るためのパスポートだ。

一日の仕事が終わり、僕が着ていた白のタンクトップは泥と汗で汚れ、自転車を押して納屋を出るときにはシャツを着ていないみたいに見えた。ハンドルを握る指はべとつき、ひりひりと痛んだ。僕はシルバーのハフィーに乗り、土の舞う通りを進んだ。この前までたばこが青々と茂っていた農場が、遠くまで何もない大地に変わり、夕日が木々の向こうに隠れようとしていた。すると背後から声が聞こえた。ラジオで放送局を見つけたときみたいにはっきりとした声。「また明日《アスタマニャーナ》、中国人ちゃん《チニート》！」「さよなら《アディオス》、坊主《ムチャチョ》！」。僕にはそれぞれが誰の声か分かった。振り返らなくても、マニーがいつものように手を振っていることも分かった。最後の光を背景に黒く浮かぶ、指が三本と半分しかない手。

　自転車でそこを離れながら、そして翌朝も、いや、毎朝僕がみんなに言いたかったのは、今母さんに言いたいのと同じ言葉だ。〝ソーリー〟。愛する人にみんながまだしばらく会えないのが残念《ソーリー》。砂漠の国境を無事に越えられない人がいるのが残念《ソーリー》。雨風にさらされることや脱水による死。テキサスとアリゾナの頭のおかしな極右武装組織や薬物密売組織による殺害。〝ロ・シエント〟と僕は言いたかった。でも言えなかった。そのときには既に、僕の〝ソーリー〟は別のものに変わってしまっていたから。それは僕自身の名前の一部になっていた――口にすると必ずごまかしが混じってしまう言葉に。

　だから僕は、ある日の午後、一人の少年――僕の知る夏をがらりと変え、人が普通の一日を送ることを拒んだとき季節がどこまで深い奥行きを見せるかを教えてくれることになる少年――が僕の前に現れたとき、思わず「ソーリー」と言ったのだ。仕事よりもずっと野蛮で絶対的なもの、欲望というものの存在を教えてくれた少年。あの八月、あの農場で、彼は僕の視界に入ってきた。一日が終わりかけた頃、僕は隣で誰かが作業をしている気配を感じたが、収穫のリズムに没頭していたので、手を止めて姿を確認することはできなかった。十分ほどたばこを拾う作業を続ける間に、視野の端で徐々に彼の存在感が増した。そして僕がしなびたたばこを取ろうと手を伸ばしたとき、彼が僕の前を遮った。僕は彼を見た。頭一つ分僕より背が高く、繊細な作りの顔は泥で汚れていた。彼はかぶっていた金属製の軍用ヘルメットを少し後ろにずらしたので、まるでランおばあちゃんの昔話から飛び出した兵隊が、なぜか笑顔で僕の生きる空間に現れたかのようだった。

「トレヴァーだ」と彼はまっすぐに立ち上がって言った。「俺はトレヴァー」。彼がビュフォードさんの孫で、酒浸りの父親から逃げるために農場で働いているのだと僕が知ったのは後のことだ。そして僕は母さんの息子だから、「ソーリー」と言った。僕は母さんの息子だから、その頃にはもう謝罪が自分の延長になっていた。それは僕の〝こんにちは〟だった。

トレヴァーと初めて畑で会った日、僕は納屋で再び彼を見かけた。夕暮れの光で屋内は青っぽい色に染まっていた。外では、森の際にあるトレーラーハウスに向かって坂を上っていく作業員たちの腰で鉈がベルトに当たり、カチカチと音を立てた。空気は涼しく、頭の上の梁に吊された刈りたてのたばこが発する葉緑素の匂いがした。ところどころでまだ水滴が垂れ、納屋の床から埃を舞い上げていた。

僕はなぜだか分からないけれど、自転車の脇でもたもたとスポークのチェックをした。トレヴァーは壁際のベンチに腰を下ろし、蛍光イエローのゲータレードを飲んでいた。

物思いにふけるときの彼には独特の雰囲気があった。額にしわを寄せて目を細め、大好きな犬があまりにも早く安楽死させられているのを見ている少年みたいな、厳しく、傷ついた表情。泥と土埃で汚れた鋭い目鼻立ちと対照的な、丸みのある口元。赤みを帯びた女性的な唇は、すねたように尖ったまま閉じられていた。僕はブレーキの利きを確かめながら、〝君は誰だ〟と考えていた。

でも、僕がそのとき感じたのは欲望ではなく、静かに蓄積する電荷のような可能性だった。僕をその場にとどめたまま、自身の重力を発散する感情みたいなもの。畑で僕を見たときのあの目。目の前に積み上がっていく緑色のたばこの葉を見ながら、肩を並べて作業をしたあの短い時間、僕たちの腕は時々互いに触れ合った。彼の目が僕を見続けていることに気づいてこちらが視線を向けると、彼はすぐに目を逸らした。僕は見られていた——めったに誰にも目を向けられることのなかった僕が。危険を避けるためには目に見えない存在にならなくてはいけないと母さんに教えられた僕。小学生のとき、十五分間教室の隅に立っているように言われて、二時間後にやっと気づかれたことがあった。とっくに誰もいなくなった教室でランチを食べていたハーディング先生が、マカロニサラダを口に運ぶ手を止めて息をのんだ。「何てこと！　何てことかしら。あなたがそこにいるのを忘れてたわ！　いつまでそこに立ってるの？」

納屋の中が暗くなると、トレヴァーと僕は畑の話をした。まだ当分仕事はありそうだとか、ここで収穫したたばこは葉巻になってアフリカや東アジア——いまだにたばこに人気があって、アメリカから輸入されたものなら何でも希望に満ちて見えるような地域——に輸出されるのだとか。でも本当のことを言うとここのたばこは質が悪い、とトレヴァーは言った。ここで収穫したものは喉ごしが悪くて、嫌な臭いがするらしい。

「ここの畑はそもそも駄目なんだ」と彼は言った。声が梁に反響した。僕は後ろを振り向いて彼を見た。「葉っぱには虫食いが多い。たばこの作付けは二年間はうまくいく、もしかしたら三年目も、でも——」。彼は手を刀のように構えて喉仏に当てた。「それでおしまい」。彼は黙った。

僕が自転車の方に向き直ると、彼の視線を背中に感じた。僕はそれを欲していた。自分が半分しかいないみたいに感じられるこの世界でも、彼の視線があれば、存在の実感が得られる気がした。僕が自転車のチェーンをフリーホイールに掛けたとき、ゲータレードを一息に飲んでボトルをベンチに置く音が聞こえた。彼は一瞬、間《ま》を置いてから、本当に静かな声で言った。「俺は親父が大嫌いなんだ」

僕はそのときまで、白人の子供が人生の中で何かを嫌うことがあるとは思ってもいなかった。僕はその憎悪によって彼を徹底的に知りたいと思った。だってそれが、自分を見てくれる人間に対する礼儀だと僕は思うから。彼らの憎悪を正面から受け止め、それを橋のように使って相手のいる場所に渡り、内側へと入る。

「僕も父さんが嫌い」と僕は手を止めて言った――チェーンの油で真っ黒になった手に向かって。

僕が振り向くと、トレヴァーは天井を見て微笑んでいた。彼は僕を見て、ベンチから飛び降り、近づいてきた。途中で軍用ヘルメットを目深にかぶり直したとき、笑顔が消えて、別の表情に変わった。近づいてくる白いTシャツの胸元で、アディダスの黒いロゴが揺れた。僕はその夏、四年制ハイスクールの一年生、トレヴァーは三年生だった。太陽の下ではほとんど見えなかったけれども、納屋の中で近くから見ると、薄い口髭――汗で濃く見えるブロンドの髭――が伸びているのが分かった。そしてそれ以上に印象的なのが目だった。茶色と赤が少し混じる灰色の虹彩を見ていると、背後の曇った空の下で何かが燃えているのがそこに映っているみたいに感じられた。まるでいつも空中で大破した飛行機を見ているかのようだ。それが、最初の日、僕に見えたものだ。そして僕は背後で何も燃えていないわけではないことは分かっていたけれども、一応、後ろを振り返ると、熱を放つ夏の空気が渦を巻いて、裸になった畑から立ち上るのが見えた。

少年は六歳。身につけているのは、スーパーマンがあちこちにプリントされた白の下着だけ。これも母さんの知っている物語だ。少年はたった今、泣き止んだところで、顎の震えが自然に落ち着くのを待っている段階。洟が垂れ、唇と舌に広がる塩は懐かしい味がする。母さんは覚えているだろう。またしてもおねしょをした少年を地下室に閉じ込めたのは母親だ。少年の股に近いところにいる四、五人のスーパーマンは色が変わっている。母親は少年の腕をつかんでベッドから引っ張り出し、「今度だけは許して、ママ。今度だけだから」と泣き叫ぶ子供を地下室まで連れて下りた。誰も下りていくことがないタイプの地下室。周囲はどこも、湿った土のジメジメした臭い。錆びたパイプに絡みつく蜘蛛の巣。少年の脚と足指の間はまだ、自身の小便で濡れている。彼は片足で立って、反対の足をその上に置く。まるで地下室に触れる面積が少なければ、その分だけそこにいなくて済むかのように。少年は目を閉じる。これが僕の超能力《スーパーパワー》だ、と彼は思う。周りにある闇をさらに暗くする能力。少年は泣くのをやめる。

夏が終わろうとする頃、僕たち二人は農場の端にある道具小屋の屋根に座っていた。でも熱気はまだ残っていて、着ているシャツが脱皮し損ねた皮膚みたいに肌に貼り付いていた。一日中日に当たっていたブリキ屋根は、短パン越しにもまだ温かかった。ここで沈みかけている太陽は、西のどこかではまだ強く照りつけている――例えばオハイオの、僕が決して出会うことのない少年にとっては金色に輝いている――だろう。

僕はその少年について考えた。ここからはるか遠いところにいて、やはりアメリカ人である少年。

風は涼しかったが、短パンの中はむっとしていた。

僕らは話をしていた。その頃、疲れすぎてすぐに帰宅する気にならないときにはよくそうしていた。話したのは彼が持っている銃や学校のこと。ハイスクールを中途退学するかもしれないこと。最近の銃撃事件から三か月が経って、既に忘れられ始めているので、ウィンザー［ハートフォードの北にある町］にあるコルト社の工場がまた人を雇うかもしれないということ。次にXボックスで発売されるゲームのこと。彼の父親のこと。彼の父親の酒癖のこと。僕らはひまわりの話をした。ひまわりの花は本物なのに漫画みたいに間抜けに見える、とトレヴァーは言った。僕たちは母さんの話をした。母さんが悪夢にうなされていること。母さんが正気を失いかけていること。話を聞く彼の顔は心配げで、いつもよりも口が尖っていた。

長い沈黙。その後、トレヴァーは携帯電話を取り出して、夕日の色を写真に撮り、写真を確認もせずに携帯をポケットに戻した。僕らの目が合った。彼は照れたような笑みを見せてから目を逸らし、顎のニキビをつつき始めた。

「クレオパトラ」。しばらくしてから彼が言った。

「え？」

「クレオパトラも同じ夕日を見た。すごいと思わないか？　だって、今までに生きた人間が見てきたのは、たった一つの同じ太陽なんだぞ」。彼は町全体を指し示すようなしぐさをしたが、見える範囲には僕ら二人しかいなかった。「昔の人が太陽を神だと考えたのも無理はないよな」

「それは誰の考え？」

「みんなの考え」。彼は一瞬、唇を噛んだ。「俺は時々、永遠にあの方角に向かっていきたくなる」。彼はスズカケノキの向こうを顎で指した。「シューってな」。僕は彼が後ろについている腕を見た。細くて流れるような筋肉。ハンバーガーを主食として、外仕事をする人間の、話しながら動く腕。

僕はむいていたグレープフルーツの最後の皮を屋根の外に投げた。骨はどうなるの、と僕は訊きたかった。僕らはどうやったら骨から逃れられるのか――でも、訊くのはやめにした。「でも、太陽の気持ちを考えると、きっと楽しいものじゃないよ」と僕は言って、ピンク色のグレープフルーツを半分彼に渡した。

彼はそれを丸ごと口に頬張った。「ろうひ、へ？」

「ものを食べながらしゃべるのは行儀が悪いよ」

彼はおどけた顔をして、まるで何かに取り憑かれたみたいに頭を上下にひょこひょこ動かした。澄んだ果汁が顎から首へと伝い、喉仏の下のくぼみに溜まり、親指の指紋ほどの水溜まりが光を反射した。彼はグレープフルーツをのみ込んで、腕で口を拭った。「どうして？」と彼は真面目な顔で繰り返した。

「だって太陽は、太陽を見ることができないだろ。自分が空のどこにいるのかも分からないし」。僕は一房を舌の上に置いて、その一週間、何の理由もなく噛んでいた頰の内側の傷に酸がしみるに任せた。

彼は感慨深げにこちらを見て、僕が言ったことの意味を頭の中で考えていた。その唇は果汁で濡れていた。

「自分が丸いのか四角いのかさえ分からない。自分が醜いのか、そうでないのかも」と僕は続けた。僕は大事なこと、切迫したことを言っている、という印象を与えたかった——でも、自分でも本当にそう思っているのかどうか分からなかった。「自分が地球にどんな影響を与えているかは分かる。色とか、いろいろね。でも、自分が誰かは分からない」。僕は彼をちらっと見た。

彼は緑に染まったヴァンズの白のスニーカーに開いた穴をつついた。彼の爪がスニーカーの革をほじると、穴が広がった。

僕はそのとき初めて、コオロギが鳴いていることに気づいた。周囲は暗くなっていた。

トレヴァーが言った。「たしかに太陽はいい気分じゃないだろうな。だって、自分が火だるまになってるんだから」。新たに別のコオロギが、ずっと近くで鳴き始めたのが聞こえた気がした。鼓動のような、リズミカルな音。でもそれは、トレヴァーが座ったまま股を広げ、ピンク色の柔らかなペニスを短パンから出して、小便をしている音だった。金属製の傾斜屋根を小便が流れ、軒から地面にしたたった。「俺がその火を消してやる」と彼は真剣に唇をゆがめて言った。

僕はよそに顔を向けたが、そこにはまだ彼の姿が見えた。トレヴァーではなく、オハイオの少年の姿が。僕が今過ごした時間をもうすぐ新たに迎える少年。僕らは二人とも無言で、頬に溜めていたグレープフルーツの種を一つずつ吐き出した。種はブリキ屋根に大きなしずくとなって落ち、青く光った。太陽は木々の向こうに完全に沈んでいた。


ある日、少年の母親が時計工場での残業から帰ると、家中に何百個ものおもちゃの兵士が散らかっていた。キッチンの床にも、プラスチック製の丸い生命が破壊の跡みたいに散乱していた。普段なら、母親が帰る前に少年は片付けを済ませた。でもその日は、自分で作った兵士の物語に夢中になっていた。兵士たちは今、黒いＶＨＳビデオテープでできた牢屋に閉じ込められた十五センチほどのミッキーマウスを救出している最中だった。

扉が開いたとき、少年は跳び上がったが、手遅れだった。母親の顔が見える前に、側頭部を逆手が打ち、さらに一発、さらに数発が続いた。逆手の雨。母親の嵐。少年の祖母が悲鳴を聞いて駆けつけ、本能的に、か弱い体で小さな家を作るように四つん這いになって少年をかばった。少年はそこで体を丸め、母が落ち着くのを待った。祖母の震える腕の間から外を覗いていると、ビデオテープの壁が崩れるのが見えた。ミッキーマウスは自由になった。

道具小屋の屋根とグレープフルーツの数日後、僕はトレヴァーのトラックの助手席に座っていた。彼はTシャツの胸ポケットから葉巻を取り出し、膝の上にそっと置いた。その後、反対のポケットからカッターナイフを出して、葉巻に縦の切れ目を入れて内側の葉を取り出し、窓の外に捨てた。「ダッシュボードを開けてくれ」と彼は言った。「うん。いや、保険証書の下だ。そう、そこ」

僕は小分けされたドラッグの袋を二つ――一つは半分ほど詰まった大麻、もう一つはコカイン――取って、彼に渡した。彼は袋を開け、既に砕いてある大麻を葉巻に詰めた。そして空袋を窓から捨てると、二つ目の袋を開け、大麻の上に白い粉を振りかけた。「雪をかぶった山脈みたいだな！」と彼は笑顔で言った。興奮していた彼は二つ目の袋を脚の間から床に落とした。そして葉巻の縁を舐めて切れ目をぴったり合わせ、継ぎ目に息を吹きかけて、乾かすために何度か目の前で振った。彼は指でつまんだままできばえを確かめてから、口にくわえ、火を点けた。そこに座ったまま二人でそれを回し飲みしていると、意識が薄れ、頭の中が空っぽになった。

何時間にも思われた時間が経って、気がつくと、僕たちは埃だらけの納屋の床に横たわっていた。かなり遅い時間だったに違いない――少なくとも、納屋の中がどこまでも広がっているように見えるくらいに暗かった。そこは座礁した船の内側みたいだった。

「変な目で見るなよ」とトレヴァーが言って体を起こした。彼は床にあった第二次世界大戦時の軍用ヘルメットを手に取り、かぶった。僕らが初めて会った日にかぶっていたものだ。僕の頭にはあのヘルメットがいつも思い浮かぶ――でも、これは正しい記憶のはずがない。死んだ兵士のイメージと重なる、ありえないほど生き生きとしたアメリカ的な少年。それはあまりにもできすぎた象徴なので、僕が勝手に作ったイメージに違いない。今、当時の写真をすべて調べてみても、彼がヘルメットをかぶっている姿を写したものは見つからない。でも、僕の記憶の中でそれをかぶるトレヴァーは目が隠れているので匿名の少年に見え、視線を向けやすい。僕は新しい単語のように彼をじっと見る。彼の赤らんだ唇はヘルメットのバイザーから突き出している。喉仏は奇妙に小さく、画家が疲れて線が少しぶれ、こぶになったように見える。かなり暗かったおかげで、はっきりと体全体を見ることなしに彼をじっくり見ることができた。明かりを消して食事をしているのと似た気分だ――自分の体がどこまであるのかが分からなくても、食べたものは栄養になる。

「変な目で見るな」

「見てないよ」と僕は言って視線を逸らした。「考え事をしてただけ」

「おっと。ラジオが直ったぞ」。彼が膝に置いていた携帯ラジオのつまみをいじると雑音が強まり、切迫した荒っぽい声が僕たち二人の間にある空間に流れてきた。**第四《フォース》ダウン、残り二十七秒。ニューイングランド・ペイトリオッツがスナップに備えて整列しています……**

「よし！　また聞けるぞ」。彼は拳を手のひらに打ち付け、歯を食いしばった。灰色の歯がヘルメットの下で光った。

彼は顔を上げ、ゲームとフィールド、青とグレーのペイトリオッツのユニフォームを思い浮かべた。僕の瞳が広がり、彼の姿をより深く取り込んだ。青白い顎、喉、その上から下まで伸びる細く若々しい筋の曲線。夏なので彼はシャツを脱いでいた。シャツなんてどうでもよかったから。その日の午後、ビュフォードさんの家の裏庭にリンゴの苗木を植えたとき、指二本分の泥が首元に付いて、そのままになっていた。

「接戦？」。僕は意味も分からずにそう訊いた。

　雑音に混じって、ラジオの声が叫んだ。

「ああ。ここはいけると思う」。彼が僕の横に寝転がると、体重で背中の泥が潰れる音がした。

「オーケー。第四ダウンっていうのは基本的にこれが最後の攻撃ってこと――聞いてるのか？」

「ああ、うん」

「なら、どうして天井を見てる？」

「話は聞いてる」。僕は手のひらに頭を乗せて、彼の方を向いた――彼の体が暗がりの中でかすかに燃えていた。「ちゃんと聞いてるよ、トレヴ。第四ダウンだろ」

「その呼び方はやめろ。トレヴァー。省略せずにちゃんと呼んでくれ」

「ごめん《ソーリー》」

「いいさ。〝第四ダウン〟というのは、のるかそるかの場面ってこと」

　床に寝そべる僕たちの肩はほとんど触れ合いそうで、肌と肌の間には薄い熱のフィルムができた。ラジオから聞こえる男の声と腐食性のある観衆の歓声で周りの空気が密度を増していた。

「いける。いける」と彼の声が言った。祈るときと同じように動いている唇を僕は思い浮かべた。

彼はまるで屋根の向こう、星のない空まで――その夜、畑の上に出ていた月は、しゃぶり尽くした骨のようだった――見えているみたいだった。体を動かしたのが彼だったのか、僕だったのかは分からない。でも、試合が盛り上がるにつれ、二人の間にあるスペースがさらに狭くなり、汗の浮かんだ上腕が、互いに気づかないほどかすかに触れ合った。そしてひょっとすると、肉体が闇に触れたときの独特な印象を初めて経験したのは、このときだったのかもしれない。彼の体の鋭く尖った部分――肩、肘、顎、鼻――が暗闇をつつく感じ。体が川面から半分出た、あるいは川に半分飛び込んだような感じ。

ペイトリオッツは勝利のタッチダウンに向かってゲームを再開した。納屋を囲む背の低い草むらでコオロギたちが騒いだ。彼の方に体を向けると、コオロギのギザギザした脚の感触が床を伝わるのを感じた。僕は彼の名前を省略せずにちゃんと呼んだ。ささやくように言ったので、その音節は口の外まで生き延びることがなかった。僕は汗で濡れてほてった頬に体を近づけた。彼は気持ちよさそうな声を出した――いや、それは単なる気のせいだったかもしれない。僕はそのまま胸、脇腹、青白い腹の毛を舐めた。そのとき、重みのある〝コツン〟という音がして、ヘルメットが床に落ち、観衆の叫び声が響いた。

バスルームの黄色い壁に囲まれた中、祖母がゆでたての卵で少年の顔を撫でる。数分前、少年の母が空《から》の陶器のティーポットを投げつけ、その頬に当たって割れたのだった。

卵は僕の体の内側みたいに温かい、と少年は思う。それは昔からある治療法だ。「卵を使えば、どんなにひどい打ち身だって治る」と祖母が言う。彼女は少年の顔にできた、プラムのように光る紫色のこぶを撫でる。卵が打ち身の周囲――腫れたまぶたの下――を優しく滑らかにこする間、神経を集中している祖母の唇にしわが寄るのを少年は見る。それから何年かが経ち、心に刻まれた顔以外に祖母が存在しなくなったとき、若い男となった少年は、ニューヨークの冬の夜に机に向かい、固ゆで卵を割りながら、祖母の唇に寄ったしわのことを思い出すだろう。家賃を払うお金がないので、その週の夕食は毎日がゆで卵だ。卵は朝、一ダースまとめてゆでたものなので、手の中でひんやりして、温かくない。

彼は机の前でぼうっとしたまま、湿った卵で頬を撫でるだろう。そして声に出さずに、〝ありがとう〟と言う。青年は体温で卵がぬくもるまで、何度もそう言うだろう。

「ありがとう、おばあちゃん」と少年が目を細めて言う。

「さあ、治ったよ、リトル・ドッグ」。祖母は真珠のような球体を掲げ、優しく少年の唇の前に差し出す。そして「お食べ」と言う。「パクッと。この中に今、痛みが入ってるからね。パクッと食べてしまえば、もう痛くなくなるよ」。だから少年はそれを食べる。そして今も、食べ続けている。

すごく色彩に富んでいたんだ、母さん。僕は彼といるとき、さまざまな色を感じた。言葉じゃない——色彩、陰影。

僕たちはあるとき、トラックを未舗装道路の路肩に止めて、運転席側のドアにもたれて座り、牧草地を眺めた。まもなく、赤い車体に落ちていた僕らの影が、紫色の落書きみたいに花開いた。ダブルチーズワッパー［ワッパーはバーガーキングで売られている大型のハンバーガー］が二つ、ボンネットの上で温まり、包み紙がパリパリと音を立てていた。少年に口づけされることで、自分が色を塗られていると感じたことがある？ 体というのはせいぜい、体を求める気持ちにすぎないとしたら？ 心臓に流れ込む血は、再び心臓から送り出され、一度空《から》になった経路を満たす。互いに近づくための数キロの距離を。どうして彼に触れるときではなく、手を伸ばしている途中——手が宙にあるとき——の方が僕は自分が自分であるように感じたのか？

彼の舌が僕の耳をたどる。草の葉を通過する緑色。

バーガーから湯気が上がり始める。僕らはそれを気にしなかった。

僕は最初の夏からさらにふた夏、農場で働くことになる。でも、トレヴァーと過ごす時間は夏に限らなかった。そしてあの日。十月十六日——木曜日。空のところどころに雲。木の葉は乾いていたが、まだ枝から落ちてはいなかった。

僕たちはさいの目に切ったトマトと卵を魚醤で炒めたものをご飯に載せて夕食にした。僕はL・L・ビーンで買った灰色と赤の格子縞のシャツを着ていた。母さんはキッチンで、鼻歌を歌いながら洗い物をしていた。テレビでは『ラグラッツ』［赤ん坊たちの日常と冒険を描いたアニメ］の再放送をやっていて、ランおばあちゃんが手を叩いてそれを観ていた。バスルームの電球の一つが妙な音を立てていた。ソケットと合わないワット数の電球を挿していたせいだ。母さんはドラッグストアに新しい電球を買いに行きたがっていたけれど、ランおばあちゃんのために箱入りの栄養剤《エンシュア》も一緒に買いたいのでサロンの給料を待つことにした。あの日の母さんは調子がよかった。たばこの煙越しに二度、笑顔さえ見せた。僕はそれを覚えている。僕はそれをはっきり覚えている。だって、自分の美しさを初めて知った日のことをどうして忘れられるだろう？

僕はシャワーのお湯を止めた。いつもなら扉に付いた鏡の曇りが取れる前に体をタオルで拭いて服を着るのだけれど、その日は立ち止まった。偶然にもそのとき、僕の目に自分の美しさが見えたからだ。僕は前の日にあったこと——シボレーの陰に入るトレヴァーと僕——を思い出しながら白日夢を見て、お湯を止めてからあまりにも長い時間、バスタブの中に立っていた。バスタブから出るとき、鏡の前の少年の姿が僕を驚かせたからだ。

あれは誰？　僕は土色の頬に手を触れた。首を触り、鋭く尖った鎖骨まで続く筋肉を確かめた。肋骨が浮き出る横腹では不規則な隙間を埋めようと皮膚が頑張っていた。小さく悲しい心臓はその下で、とらわれの魚みたいにうごめいていた。左右不揃いな目は片方が開きすぎ、他方は少しまぶたが重そうにぼうっとしていたが、与えられる光に対しては用心深かった。僕はいつもそこから身を隠そうとしていた。だからこそ太陽になりたいと思ったのだ。太陽は影を持たない唯一の存在だから。でも、僕はそこから動かなかった。そういう数々の欠陥を鏡が映し出すのを僕は妨げなかった——だって濡れたままそこにあるものが初めて、嫌なものではなく、欲望されるものとして見えたから。長い間、僕が紛れていた広大な風景の中で、探され、見つけられるものとしてそこに存在していたから。だって美しいものは常に、その外側が美しいのだから。僕は鏡を通して自分の体を他人として見た。だって美しい少年。一メートルほど先にいる、表情を変えることのない少年。黄色い肌であることをものともしない少年。まるで今沈みかけている太陽が既によそに——オハイオに——あるのではないかのように。

僕は望みのものを得た——僕の方へ向かって泳いでくる少年を。でも、僕は岸ではなかったんだよ、母さん。僕は流木だった——自分がここに来る前に、どこの幹から折れたのかを思い出そうとしている流木。

初めて僕らが納屋で触れ合った夜、ラジオから響くペイトリオッツの試合がハーフタイムに入ったとき、彼の声が聞こえた。あたりの空気は濃密で、あるいは希薄で、あるいは存在していなかった。ひょっとすると少しの間、二人ともうとうとしていたのかもしれない。ラジオからは雑音に混じってコマーシャルが流れていた。でも、僕には彼の声が聞こえた。二人でただじっと梁を見上げていたとき、彼がさりげなく、まるで地図の上にある国の名前を読み上げるみたいにこう言った。「俺はどうして生まれてきたのかな?」。薄れゆく光の中でその顔には苦悩が浮かんでいた。

僕は聞こえなかったふりをした。

でも、彼はもう一度言った。「俺はどうして生まれてきたんだろうな、リトル・ドッグ?」。彼の声よりも小さなボリュームでラジオの音声が聞こえた。だから僕は宙に向かって言った。コマーシャルに反応してわざと「ケンタッキーフライドチキンなんて大嫌いだ」と。

「俺もだ」と彼は間を置かずに言った。

そして二人で急に笑いだした。卵の殻が割れたみたいに。そうして僕たちは笑いながら、バラバラになった。

トレヴァーと父親は州間高速道路の脇に置かれた真っ黄色のトレーラーハウスに二人で暮らしていた。その日の午後、父親はチェスターフィールドの商業施設で、舗道にレンガを敷く作業をしていた。トレーラーハウスの白い玄関扉は指紋でピンク色に変わっていた。労働の色に染まった家。つまり、疲労と絶望に染まった家。「靴のきれいなやつは一人もいない」から敷物は剥がされていた。でも、床には一度もワックスがかけられたことはなく、磨かれたこともなく、靴下越しに釘の頭を感じることができた。食器棚の扉は「面倒くさいだけ」だからという理由で外されていた。流し台の下にはコンクリートブロックが置かれて、パイプを支えていた。リビングルームのカウチの上には、ニール・ヤングのポスター——ギターを手に顔を歪めて、僕が聞いたことのない歌を歌う姿——がダクトテープで貼られていた。

トレヴァーは自分の部屋でソニーのカーステレオのスイッチを入れた。ステレオは、ドレッサーの上に置かれた二つのスピーカーにつながれていた。彼はアンプで強められたヒップホップのビートに合わせて頭を上下させた。ビートのところどころには銃声、悲鳴、急発進する車の音が入っていた。

「これ聴くのは初めてか？　新しいアーティスト、50セントっていうんだ」。トレヴァーは笑顔を浮かべた。「いけてるだろ？」。窓の外を一羽の鳥が飛び、部屋が一つまばたきをしたように思われた。

「初めて聴いたよ」と僕は嘘をついた――その理由は自分でもよく分からない。ひょっとすると、そのささやかな知識を僕にひけらかす機会を彼に与えたかったのかも。でも本当は何度も聴いたことがあった。その年にはハートフォードのあちこちで、通り過ぎる車の窓、開いたアパートの窓から聞こえていたから。『金持ちになるか《ゲット・リッチ》、なろうとして死ぬ《オア・ダイ・トライイン》』というアルバムが丸ごと、ウォルマートかターゲットで四十枚パックで安売りされている空《から》のCD数百枚に違法にコピーされていた――おかげで街の北側にはカーティス・ジャクソンの声が響き渡り、自転車で走っているとそれが合唱賛美歌みたいにフェードアウトしたり、フェードインしたりして聞こえたのだった。「**大金持って街歩く**」と彼は体の前で手を広げて歌う。「**昔は金もないのに殴られた、けどやるときゃやる、俺の銃にものを言わせてやる**」

彼は部屋の中をうろつき、熱く、うれしそうにラップを口ずさみ、顔をしかめて宙に飛ばしたつばが冷たくなって僕の頬に落ちた。「よく聞けよ、ここ。俺はここが気に入ってるんだ」。彼は歌に合わせて口を動かし、ミュージックビデオのカメラに向かっているみたいに僕の方をじっと見た。僕は彼の唇を見つめ、最後にはさびを一緒に歌い、リズムに合わせて肩を動かしていた。

「どいつもこいつも、どいつもこいつも。俺が死ぬのを望んでる。ああ、俺はもう泣かない。もう空を見上げたりもしない。どうか俺に慈悲を」

乱れたベッドの上では『スター・ウォーズ』のポスター（『帝国の逆襲』）が剝がれそうになっていた。部屋にはルートビアの空き缶、九キロのダンベル、壊れたスケートボードの半分が置かれ、机の上には、中身のないガムの包装紙と小銭とガソリンスタンドのレシート、マリファナのかす、フェンタニル〔強力な鎮痛剤で合成麻薬として用いられることもある〕の貼薬《パッチ》、空《から》の小分け袋、水とマリファナの吸いさしで茶色い輪染みが付いたコーヒーマグ、『ハツカネズミと人間』、スミス&ウェッソンの空《から》の薬莢《やっきょう》などが散らばっていたが、僕は何も訊かなかった。僕らはベッドカバーの下で互いを愛撫《フリクション》し、他のすべてのものについて虚構《フィクション》を作り上げた。彼はその日、流し台で頭を剃っていたので、何かをするたびに髪の切れ端でそこら中がチクチクした。僕らの指はベルトのバックルを探る中で迷子になった。汗と熱で剝がれたバンドエイドが彼の肘からぶら下がっていた。彼が手探りしながら僕の上に乗るとき、そのテープ部分が僕の脇腹をくすぐった。僕の指の下で、彼の膝、肩、腰の上の進展線〔急激に成長した場合に生じる線〕が真新しく銀色に輝いた。彼は自分の殻を破り、外に出ると同時に、自分の内面に踏み込んでいた。僕もそれと同じものを望んでいた——体に対する欲望だけでなく、飢えを拒絶する世界へと成長する意志を。僕が望んだのはそれだけではない。そのにおい、彼の持つ雰囲気、優しい舌に残るフライドポテトとピーナツバターの味。当てもなく二時間車で走り、郡の端にあるバーガーキングまで行ってかいた首の汗。一日中交わされた、父親との気の抜けない話。彼がその父親と一緒に使っている錆びた電動シェーバーはいつも悲しいプラスチックケースに収められて、流し台の上に置かれていた。たばこ、マリファナ、コカインの匂いは彼の指で自動車オイルの臭いと混じり、さらにそれが、髪に染み込んだ薪の煙の残り香と合わさっていた。それはまるで、唇を濡らして必死の形相で僕の前に現れた彼は、燃えている場所――二度と戻れない場所――からやって来たかのようだった。

そんな少年を前にして、自分を扉に変える以外、何ができるだろう？ 何度も入ることのできる場所、いつも同じ部屋を訪れることができる扉に。そう、僕はそのすべてを望んだ。そして風に当たるかのように、季節の自伝を記すかのように、顔を彼に押しつけた。するとやがて、何も感じなくなった。「目を閉じてくれ」と彼は震えながら言った。「こういう姿は見られたくないから」。でも、僕は目を開けていた。暗がりの中ではどうせ、何を見ても同じだから。眠っているのと同じ。でも、慌てていたせいで僕らの歯が互いにぶつかった。彼は「痛《いて》っ」と言って、急に当惑したように顔を背けた。「大丈夫？」と僕が訊く前に、彼は立ち直り、今度は力を抜いて滑らかに、薄目を開けたままさらに深く舌を絡めた。それから下へ。パンツのウェストが引っ張られて、それが戻ることなく、衣擦れとともに足首まで下がり、僕のペニスの先に残されたビーズのような湿り気が二人の間で最も冷たいものに変わる。

シーツの中から現れた彼の顔は、濡れた仮面――互いをむさぼった結果――を通して輝いていた。彼は白人。僕がそれを忘れたことはない。彼は最初からずっと白人だ。僕らの間に空間《スペース》があったのはそれが原因だと僕は知っていた。農場、畑、納屋、家、一時間、二時間。街——隣の人が真夜中に腸風邪を引いたことが分かるほど密集して暮らしているアパート——では経験したことのない空間《スペース》。このくたびれたトレーラーハウスの部屋に隠れていられるというのは、ある意味、特権であり、チャンスだった。彼は白人。僕は黄色人種。暗闇の中で事実が僕ら二人を照らし出し、行為が僕らを縛り付けた。

でも、あの少年の話をすれば、どうしても、まもなく彼をバラバラに吹き飛ばした薬物《ドラッグ》のことを言わないわけにはいかない。オキシコンチン［強力な鎮痛剤だが、麻薬として濫用されて社会問題となった］とコカイン。それらのせいで世界の縁から煙が立ち上った。そしてあの赤錆色のシボレー。トレヴァーの父親が二十四歳になったとき、ビュフォードさんが息子である彼に与えた車。長年乗っている間にあちこちを修理していたので、既に四台分の部品が取り替えられていた。僕らがその車でトウモロコシ畑を突っ走ったときには、窓にはもう青い筋が入り、タイヤは人間の皮膚みたいにつるつるになっていた。トレヴァーは時速九十キロで走りながら狂ったように叫んだ。腕に貼ったフェンタニルの貼薬《パッチ》から溶け出した液体が、病んだ体液のように上腕を伝っていた。僕らは鼻から肺へコカインを吸って、わけも分からず笑っていた。そこから急カーブ。飛び散る黄色。衝撃。割れるガラス。枯れたオークの下で潰れたボンネットから煙を吐く車。トレヴァーの頬に一筋の赤い線が走り、それが顎で広がった。そして、彼の父親が家の方から叫ぶ声。そこに込められた怒りが僕らを座席から立たせた。

僕らはエンジンから出る煙を見ながら横腹を触って骨が折れていないかを確かめ、ガソリンの臭いが立ちこめるピックアップトラックから飛び出し、トレヴァーの家の裏にあるトウモロコシ畑を駆け抜けた。コンクリートブロックに載せられた、車輪のないトラクターを横目に見ながら、留め金が掛かったまま錆び付いた空《から》の鶏小屋の前を通り、キイチゴの下に隠れた小さな白いフェンスを越え、メヒシバの草むらを抜け、高架になったハイウェイの下をくぐり、松林へ。乾いた葉が僕らの背後で潰れた。トレヴァーの父親が壊れたトラックに向かって走った。親子が持っている一台きりの車。僕らは二人とも後ろを振り返る勇気がなかった。

トレヴァーの話をすれば、どうしてもまた、あの松林のことを言わずにはいられない。シボレーが潰れてから一時間後、僕たちはそこに横たわり、林床から寒さが染み込んでくるのを感じていた。「私のこの小さな光《ディス・リトル・ライト・オブ・マイン》」を歌っているうちに、顔に付いた血が唇を引っ張り、僕らを黙らせた。

僕らが初めてしたファックは、まったくファックではなかった。僕がその後のことを話す勇気を持てるのは、母さんがこの手紙を読む可能性がほとんどないからだ――母さんには文字が読めないからこそ、僕はこうして手紙を書くことができる。

トレヴァーのトレーラーハウスの廊下には、桃を盛ったボウルの絵があって、それがいつも僕の目に留まった。廊下は狭く、せいぜい数十センチしか離れて見ることができないので、アートを鑑賞するというより残像に近い。全体を見るには少し体を隅に寄せなければならなかった。僕はその前を通るたびに速度を緩め、絵を眺めた。一ドルショップで買った絵。何となく印象派に似せた大量生産品。筆遣いをよく見ると、そもそも筆で描かれたものではなく、斑点状の浮き彫り《レリーフ》加工で印刷されて、本物の手描きに見せてあった。浮き彫りの〝筆遣い〟は色とまったく一貫しておらず、一筆に見える凸部に二色、時には三色が塗られていた。インチキ。偽物。だから僕はその絵が気に入った。素材は決して絵を本物に見せるのではなく、むしろ同じものが他にもあることを目立たない形で感じさせた。ごく不注意な視線を向けたときにのみ、芸術品として通用するだけでいいという態度。それはトレヴァーの部屋へつながる暗い廊下にひっそりと掛けられていた。誰が絵をそこに掛けたのか、僕は一度も訊かなかった。桃。ピンク色の桃。

湿ったシーツの下で、彼はペニスを僕の脚の間に押しつけた。僕はつばを付けた手を後ろに回し、彼が押しつけてくる熱いあそこを、本当にやっている感じで握った。後ろを向くと、いたずらっぽく興奮している彼の目が見えた。それはあくまでもまねごと——ペニスを入れたのは体の中ではなく手の中——だったが、一瞬だけ本当みたいに感じられた。本当みたいに感じられたのは、互いを見る必要がなかったからだ——まるで自分の体から離れた場所で、でもその感覚に包まれながらファックしているみたいに。その感覚は記憶のようだった。

僕らはポルノで見たことをした。僕は空いた手を彼の肩に回し、口ではトレヴァーを探り、ところかまわずいちばん近い部分を舐めた。彼も同じで、鼻先を僕の首に押しつけていた。彼の舌、いくつもあるみたいな彼の舌。そして筋肉が張った彼の熱い腕は僕に、フランクリン通りの隣家を思い出させた――火事で焼けた翌朝の家。僕が残骸の中で手に取った窓枠はまだ温かく、水で湿った木材は軟らかくて指先が食い込んだ。ちょうど今、僕の指がトレヴァーの上腕に食い込んでいるみたいに。彼の体から蒸気のシューという音が聞こえた気がしたが、実際にはそれは、外を吹く十月の風――葉の語彙を辞書に編む秋風――にすぎなかった。

僕らは口をきかなかった。

僕の手をファックしていた彼は最後に、雨の中でエンジンをかけた車のマフラーみたいに、汗まみれで体を震わせた。最後に僕の手の中がぬるっとなり、彼が「駄目だ、うう、駄目」と言った。まるでそのとき体から出たものが精液でなく、血液だったかのように。僕たちはことが終わってからしばらくの間、横になっていた。汗が乾くにつれて、顔が冷たくなった。

僕は今も美術館に行くとき、絵に近づくことをためらう。近づきすぎると、そこに何かが見えてしまうかもしれない、あるいは何かがないことに気づくかもしれないからだ。トレヴァーの家にあった、一ドルショップで買ったピンク色の桃の絵みたいに、僕は背中で両手を組んで、離れたところから、時には部屋の入り口から絵を眺める。そうすれば細かいことは何も分からず、あらゆることがまだ可能に思えるから。

その後、彼は僕の隣に横になったまま、顔はよそに向けて、暗闇の中で巧妙に泣いた。男の子の泣き方で。僕らが初めてしたファックは、まったくファックではなかった。

男の子はハートフォードの家にある、小さな黄色いキッチンに立っている。まだよちよち歩きの男の子は、二人が踊っているのだと思って笑う。彼はそれを覚えている——だって、最初の両親の記憶をどうして忘れられるだろう？　母の鼻から血が流れ、母のシャツが『セサミストリート』で見たエルモの色に変わる——のを見て、ようやく男の子が悲鳴を上げる。次に祖母が部屋に駆け込み、大声で叫ぶ彼の襟をつかみ、血を流す娘の前を通ってバルコニーに出て、裏の階段を下り、ベトナム語で叫んだ。「こいつが今、うちの娘を殺そうとしてる！　こいつが娘を殺そうとしてるよ！」。周囲から人々が集まった。通りの先からこの三階建てのアパートへと。同じ通りに住む、片腕の不自由な機械工のトニー。ジュニアの父、ミゲル。そしてコンビニエンスストアの二階に住んでいるロジャー。皆が駆け寄ってきて、父を母から引き離した。

救急車が来た。祖母の腰に抱えられた男の子は、銃を構えた警官が父に近寄るのを見た。父は血まみれの二十ドル札を振り回していた。サイゴンでなら、それで警官を買収して、男の子の母親に近所を少し歩かせて落ち着かせた後、何事もなかったかのように署に帰らせることができるからだ。男の子はアメリカ人警官が父にタックルするのを見た。格闘の中で手を離れた札は硫黄ランプに照らされた歩道に落ちた。男の子は、木の葉のような茶色と緑の混じる札が再び宙に舞い、冬の木の枝に戻るのではないかと半ば期待して見つめていたので、父の方は見ていなかった。父はその間に手錠をかけられ、無理やり立たされて、頭をパトカーに押し込まれていた。男の子がそうしてしわだらけの札をじっと見ていると、皆の目が離れた瞬間に、近所のお下げ髪の女の子がさっとそれを拾った。男の子が顔を上げると、ちょうど救急隊員が母親を連れて家から出てくるところだった。傷を負ったその顔は男の子の前を、ストレッチャーに乗せられて通り過ぎた。

トレヴァーの家の裏庭――高架になったハイウェイの脇にある何もない空き地――で、僕は彼が古い公園のベンチに並べたペンキ缶に向かって.32口径のウィンチェスターを構えるのを見た。今の僕が知っていることを、当時の僕は知らなかった。アメリカで男の子として生まれること、そしてアメリカで男の子が銃を手にするということは、彼が檻から外に出ることを意味する。トレヴァーは唇を尖らせて、レッドソックスの帽子のつばを上げた。銃身に映るポーチの明かりは闇の向こうで光る小さな白い星のようで、彼が狙いを付けるとき、その星が上下に動いた。数マイル四方、何も音がしない土曜日、僕らは夜にそんなことをした。僕は牛乳瓶の箱に座ってドクター・ペッパーを飲み、彼が缶に向けて弾薬を一つ、また一つと空《から》にするのを見た。ライフルの銃床が反動で彼の肩を押し、ホエーラーズ〔ハートフォードに本拠を置いていたアイスホッケーチーム〕の緑色のTシャツにしわが寄り、一発ごとにそれがさらに深く食い込んだ。

ベンチに置かれた缶は一つずつ跳んだ。僕はそれを見ながら、ビュフォードさんが農場で聞かせてくれた話を思い出した。昔、モンタナ州で、ビュフォードさんは罠に掛かったヘラジカを見つけた。ビュフォードさんは白い無精髭を撫でながらゆっくりと話した――湿った枝が折れるような音とともにヘラジカの後ろ足が片方、罠で切れて、ピンク色の紐みたいな靭帯《じんたい》でかろうじてつながっていた、と。獣は突然牢獄と化した体——血が流れ、引き裂かれた体——から抜け出そうと、うなった。そしてうなり声とともに太い舌を口から出して怒り狂った。「まるで人間みたいだった」とビュフォードさんは言った。「うなっている声が、おまえやわしみたいだった」。彼は孫に目をやってから、地面に視線を落とした。そこでは豆の載った皿にアリが群がっていた。

わしはライフルを下ろして、背中のホルスターにあったショットガンを取り出した、とビュフォードさんは説明を続けた。ところが、ヘラジカがそれに気づいて、足を引きちぎり、飛びかかってきた。狙いを付ける前にまっしぐらに突進してきて、途中から空き地の方へ向きを変え、ちょん切れた足を引きずるようにして森を抜けていった。

おまえやわしみたい、と僕は誰にともなく言った。

「わしは運がよかった」とビュフォードさんは言った。「やつらは三本足だってへっちゃら。わしらを簡単に殺せるんだ」

トレヴァーと僕は裏庭で草の上に座り、オキシコンチンを潰してまぶしたマリファナを回しのみした。ベンチは背もたれがきれいに吹き飛ばされて、脚だけが残っていた。体のない、四本の脚。

一回目から一週間後、僕たちはもう一度やった。初めは僕が彼のペニスを握った。湿った肌が力強く僕の肌と触れ合うことで、ただファックしているのでなく、踏ん張っている感じがあった。

彼の頬の内側、肉がいちばん柔らかい部分はシナモンガムと濡れた石のような味がした。手を伸ばすと、ペニスの穴を指先に感じた。僕が温かい亀頭をこすると、不意に彼が震えた。そしていきなり僕の髪をつかみ、僕の頭をぐいとのけぞらせた。僕が短く悲鳴を上げると、彼はためらうように手を止めた。

「続けて」と僕は言って後ろに体を預け、すべてを差し出した。「いいよ」

そのとき僕が何を感じたのか、自分でもよく分からない。力と回転、破壊点へと向かう痛み、セックスと結び付いているとは思ってもいなかった感覚。何かに取り憑かれた僕は彼に、もっと力を入れるように言った。彼はその通りにした。髪を強く引っ張られた僕は危うくベッドから体が浮きそうになった。一度突かれるごとに、僕の中で光が点滅した。嵐の中の電球みたいに点滅することで、僕は彼に操縦されながら、自分を見失わなかった。彼は髪から手を放したが、今度は僕の首に腕を巻き付けた。僕の唇が彼の前腕に触れ、そこに凝縮した塩の味を感じた。彼はそのとき、一つのことを認識した。僕らは今後、この形でするのだ、と。

狩人《ハンター》を見つけたときに、自らを餌として差し出す動物のことを何と呼ぶ? 受難者? 弱虫? 違う。狩人を止める稀《まれ》な能力を持つ獣。そう、文章を終わらせる句点《ピリオド》——それがあるから僕らは人間なんだよ、母さん。本当に。句点《ピリオド》があるおかげで、いったんことを終わりにして、また先を続けられる。

だって、服従は一種の権力でもあるから。まもなく僕はそう学んだ。トレヴァーは快楽の内部で僕を必要としていた。僕には選択肢——技——があった。彼が体を起こすか倒すかは、僕が体をどう構えるか次第。だって、体を起こすにはその支えとなるものが必要だから。相手を制御するのに、服従は高さを必要としない。僕は体を低くする。僕はひざまずき、彼を根元まで口に入れ、上目遣いに顔を見る。彼は僕を見下ろす。しばらくすると、動くのはしゃぶる側に代わる。そして彼が動きを合わせる側になる。僕が口を動かす方向に彼の体が付いてくる。そして僕は凧《たこ》を見上げるように彼を見る。彼の体全体が、揺れる頭につながれている。

愛してる、愛してない。そう言いながら、花から一枚ずつ花びらをちぎるのだと僕らは教わる。つまり愛は、喪失によって到達すべきものだということ。要するに、私の内臓を取り出してくれれば、本当のことを話す、はい《イエス》と言うということ。「続けて」と僕は懇願した。「むちゃくちゃにして、むちゃくちゃにして」。そのとき既に、僕にとって暴力は日常的なものになっていた。僕が知る、究極の愛。むちゃ。くちゃに。して。生涯ずっと経験してきたことにこうして名前を見つけたのはいい気分だった。ついに僕は、自らの意志でむちゃくちゃにされていた。僕はトレヴァーの腕の中で、どんなふうにむちゃくちゃにされるかを選ぶことができた。だから僕は言った。「もっと強く。もっと強く」。やがて彼があえぐように息をするのが聞こえた。まるで本物の悪夢から目を覚ましたときのように。

いった後、僕の肩に唇を当てて抱き締めようとした彼を、僕は押しのけ、ボクサーパンツを穿き、口をゆすぎに行った。

優しさを見せられることは時に、ひどいことをされた証拠みたいに感じられる。

そしてある日の午後、トレヴァーが突然僕に、立《トップ》ちになれと言った。やり方は僕らが〝ファックもどき〟と呼んでいたのと同じで、彼が横向きに寝た。僕は手のひらにつばを付けて体を寄せた。普段は僕の身長は彼の肩までしかなかったが、横になって体を添わせると、頭の位置が同じになった。僕はキスをしながら彼の肩から首へと移動した。髪の生え際は、時々男の子に見られるみたいに、うなじのところで一センチくらいの小さな尻尾のようになっていた。そこに太陽の光が当たって小麦の穂の先みたいに輝く一方で、残りの頭は全体が濃い髪によってダークブラウンのままだった。僕はその下を舌先で舐めた。これほどがっしりした少年にこんなに繊細な部分──縁、末端だけでできた部分──があるなんてどういうことだろう？　僕の唇の間にあるそれは、彼の中から芽吹いたつぼみ、可能性だった。これはトレヴァーの中のいい部分だ、と僕は思った。リスを撃つのとは違う部分。公園のベンチの残骸をさらに斧で木っ端にするのとは違う部分。角の店から帰る途中、今ではもう思い出せない原因で突然怒りだして、道路脇の雪の山に僕を突き飛ばした男とは違う部分。ドライブの途中で突然トラックを止め、道路脇に咲く高さ百八十センチのひまわりをぽかんと眺める──彼にそんなことをさせるのは、この尻尾のような毛先だ。俺がひまわりを好きなのは人間よりも大きく育つからだ、と言った彼。ひまわりを上から下まで指先で優しく撫でる彼を見ていると、その茎の中を赤い血が流れているみたいに感じられた。

でも、それは始まる前に終わった。僕のペニスの先が彼の手に触れる前に、彼の体が壁のように硬くなった。彼は僕を押しのけて上半身を起こした。「畜生」。彼はまっすぐ前を見据えていた。「無理だ。俺には――何ていうか……」。彼は壁に向かって言った。「分からない。俺は女みたいになりたくない。売春婦みたいなのは嫌だ。俺には無理。すまない。俺には向いてない――」。彼はそこで間を置いて、洟を拭った。「受け《ボトム》はおまえだ。な？」

僕は顎までベッドカバーを引き上げた。

恐怖をものともせずに新しい土地に踏み込むのがセックスだ、と僕は思っていた。世間の目が届かない場所であれば外界のルールは適用しないのだ、と。でも、僕は間違っていた。ルールは既に僕らの内側にあった。

それからまもなく、スーパーファミコンの電源が入っていた。トレヴァーが力いっぱいコントローラーで連打するとその肩が揺れた。「なあ。なあ、リトル・ドッグ」としばらくしてから彼が言った。そしてゲームの画面を見つめたまま、抑えた声で、「すまない。な？」。

画面上では、赤くて小さなマリオが一つのブロックから別のブロックへとジャンプしていた。もしもマリオが落ちたら、そのレベルは最初からやり直さなくてはならない。それは別名、〝死〟とも呼ばれていた。

少年はある夜、家出をした。何の計画もなく家を出た。バックパックには箱から出したシリアル《チェリオ》、靴下一足、そして子供向けホラーのペーパーバックが二冊。子供向けの本はまだ読めなかったが、物語の力は知っていたので、この二冊を手元に持っていることは、いざとなれば少なくとも二つの世界に逃げ込めることを意味していた。でもまだ十歳だったので、二十分離れた小学校の裏にある遊び場までしか行けなかった。

暗闇の中でしばらくブランコに腰掛けた後——鎖がきしむ音だけが聞こえた——、少年はそばのカエデの木に登った。登るときには、たくさんの葉が付いた枝が周囲でわさわさと音を立てた。途中まで登ったところで耳を澄ますと、遊び場の反対にあるアパートの窓からはポップソング、近くの高速道路からは車の音、そして外にいる犬か子供を呼ぶ女の声が聞こえた。

そのとき、乾いた落ち葉を踏む足音が聞こえた。少年は膝を引き寄せて幹にしがみついた。そして音を立てないように気を付けて、枝——どれも街のスモッグのせいで埃が積もり、灰色になっていた——の間からそっと下を見た。それは少年の祖母だった。彼女はその場で片目を開けて上を見上げ、人影を探した。暗すぎて少年は見えなかった。体を揺らしながら細目で上を見るその姿は、置き忘れた人形のように小さく見えた。

「リトル・ドッグ」とささやき声／叫び声で彼女は言った。「そこにいるのかい、リトル・ドッグ？」。彼女は首を伸ばし、先にある高速道路の方を向いた。「おまえの母さん。あの子は普通じゃないんだよ、ね？　あの子は痛い。あの子には傷がある。でも、母さんはおまえにいてほしい、おまえが必要なんだ」。彼女の体がその場で揺れた。落ち葉がカサカサと音を立てた。「あの子はおまえを愛してるんだ、リトル・ドッグ。でも、あの子は病気。あたしと同じようにね。頭の病気」。彼女は自分の手を、まるでそれがまだそこにあることを確かめるかのようにじっと見てから、下ろした。

少年はそれを聞いて、泣き声を抑えるために、冷たい樹皮に唇を押しつけた。

あの子は痛い、という言葉が少年の頭の中を巡った。人が痛みを感じるのでなく、人が痛いというのはどういうことなのか？　少年は何も言わなかった。

「怖がらなくていいんだよ、リトル・ドッグ。おまえはあたしより頭がいい」。何かがパリパリと音を立てた。祖母はクールランチ味のドリトスを一袋、赤ん坊のように腕に抱えていた。反対の手には、ミネラルウォーターのペットボトルに入れた温かいジャスミンティー。彼女は独り言のようにつぶやき続けた。「怖がらなくていいんだよ。その必要はない」

それから立ち止まり、目を細めて彼を見た。

二人は震える枝を挟んで見つめ合った。祖母は一度まばたきをした。枝がパチ、パチと音を立てた後、静かになった。


母さんは自分の人生で最も幸せだった日のことを覚えてる？　最も悲しかった日は？　時に悲しみと幸福とが結び付いて、深い紫色の感情になることがあるって思ったことがある？　よくもなく、悪くもない日。そのどちらかで生きなくてもよかったというだけで驚異だと感じられることがある？

トレヴァーと僕が自転車で道の真ん中を走った夜、メインストリートはがらんとしていた。加速する僕らの下で、自転車のタイヤが太く黄色い車線《レーン》をのみ込んだ。時刻は夜の七時。つまり、感謝祭の日［十一月の第四木曜日］は残り五時間しかなかったということ。僕らの息が頭の上で白くなった。息を吸うたびに、つんとくる薪の臭いが肺の中で明るい調べを奏でた。トレヴァーの父親はトレーラーハウスでフットボールの試合を見ながら、バーボンとダイエットコークと一緒に冷凍食品の夕食をとっていた。

自転車に乗っていると、店の正面のガラスに僕の鏡像がゆがんで映るのが見えた。信号は黄色で点滅し、聞こえるのは足元でカチカチいうスポークの音だけだった。僕たちはそんなふうにして行ったり来たりを続けた。すると一瞬、愚かにも、メインストリートと呼ばれるコンクリートの道路を僕らが独占しているような感覚、メインストリートだけが僕らをこの世につなぎ止めているような感覚を覚えた。霧が出てきて、街灯の明かりを分散させ、ファン・ゴッホの絵みたいな大きな円に変えた。僕の前を走っていたトレヴァーが自転車の上で立ち上がり、両腕を左右に広げて叫んだ。「私、飛んでる！　ねえ、私、飛んでるわ！」。映画『タイタニック』で女主人公が船首に立つ有名な場面をまねてそう言い、笑った。「ジャック、私、飛んでる！」と彼は叫んだ。

しばらくして、トレヴァーはペダルを漕ぐのをやめ、腕を下ろし、自然に自転車が止まるのを待った。

「腹が減った」

「僕も」と僕は言った。

「あそこにガソリンスタンドがある」。彼は前方にあるシェルのガソリンスタンドを指差した。広大な闇に囲まれたガソリンスタンドは、道路脇に墜落した宇宙船のように見えた。

僕らは店で卵とチーズの冷凍サンドイッチを買い、それが電子レンジの中で回るのを見た。レジにいた年配の白人女性が僕らに、今からどこに行くのかと尋ねた。

「家に帰るところさ」とトレヴァーが答えた。「母さんが渋滞にはまってしまったから、夕食前に軽く食べておこうと思って」。女性が釣り銭を彼に渡すとき、一瞬、僕に目をとめた。トレヴァーの母親は約五年前、恋人と一緒にオクラホマに引っ越していた。

シャッターの下りたファミリーレストランの向かいにある歯科医の玄関前の階段で、僕たちはサンドイッチの包みを開けた。温かいセロハンが手の中でパリパリと音を立てた。僕らはサンドイッチを食べながら、レストランの中を覗いた。スイーツのポスターに載っていたのは、三月に店で出していた趣味の悪い〝巨大妖精ミントボート〟という緑色のサンデー。サンドイッチを顔のそばに持ってくると、湯気で視界がぼやけた。

「百歳になっても、僕たちは仲良くやってると思う?」。僕は何も考えずにそう尋ねた。

彼が投げたセロハンは風を受け、隣の灌木に張り付いた。僕は訊いたことをすぐに後悔した。彼は口の中にあったものをのみ込んで言った。「百まで生きる人間はいない」。彼はケチャップの小袋を開けて、僕のサンドイッチに細く赤い線を引いた。

「そうだね」。僕はうなずいた。

そのとき、笑い声が聞こえた。それは僕らの背後にある家から響いていた。子供たち——二人か、ひょっとすると三人——の澄んだ声。そして大人の男の声。父親か？彼らは裏庭で遊んでいた。正確にはゲームという感じではなかったが、何かではしゃいでいる様子だ。幼い子供にだけ見られるタイプの興奮。冴えない町の片隅にある小さな裏庭とはまだ認識されていない空っぽの場所を、ただ駆け回るだけで得られる喜び。声の高さからして、せいぜい六歳だろう。体を動かすだけで絶頂を味わえる年齢。まるで、風だけで歌を奏でる風鈴みたい。

「おしまい。今夜はもうおしまいだ」と男が言うと同時に、子供たちの声も急に静かになった。そして網扉が閉まる音。再び静けさが戻ってきた。トレヴァーは僕の隣で、両手で頭を抱えていた。

僕たちは自転車で家に向かった。ところどころ、頭上に街灯がともっていた。その日は紫色だった。僕たちはその良くも悪くもない一日を通り抜けた。僕は速度を上げた。少しの間、網がほどけたように動いた。トレヴァーは僕の隣で、50セントの歌を歌った。

彼の声は奇妙に若く聞こえた。僕らが初めて出会った頃の声みたいだった。まるで僕が今横を向いたら、そこには母親に洗ってもらったデニムの上着を着た少年がいるみたい。赤ん坊みたいな頬をした少年がブロンドの髪をなびかせ、洗剤の香りを漂わせながら、自転車を漕いでいる。

僕は彼と一緒に歌った。

「どいつもこいつも、どいつもこいつも」

僕たちは風に逆らって、ほとんど叫ぶように歌った。歌は人と人との架け橋になる、と言う人がいるよね、母さん。でも僕は、歌は僕たちが立っている地面でもあると思う。そして、僕たちは転ばないようにするために歌を歌い続けているのかもしれない。ひょっとすると、ただ自分を維持するだけのために歌うのかも。

「俺が死ぬのを望んでる。ああ、俺はもう泣かない。もう空を見上げたりもしない。どうか俺に慈悲を」

僕たちが通り過ぎた青いリビングルームの中で、フットボールの試合が終わりかけていた。

「目に血が入って、前が見えない」

青いリビングルームの中で、誰かが勝って、誰かが負けた。

そんなふうにして、秋が過ぎていった。

一度きりの人生において、二度目のチャンスはない。この決まり文句は嘘だ。でも、僕たちはその嘘を生きる。とにかく生きる。それは嘘だが、少年は目を開ける。部屋は灰色と青色でぼやけて見える。壁越しに音楽が聞こえる。ショパン。母が聞くのはショパンだけだ。少年がベッドから出ると、まるで船に乗っているみたいに、部屋が斜めに傾いているように感じられる。でも少年はそれが単なる気のせいだと知っている。廊下に出ると、割れた四十五回転のレコードが散らかっているのが、部屋から漏れた明かりで見える。少年は母を探す。母の寝室では、ベッドカバーが剝がれ、ピンクのレースの掛け布団が床に落ちている。中途半端にソケットに差されたナイトライトがチカチカと何度も点滅する。世界を夢見る雨のように、ピアノが小さな音符をしたたらせる。少年はリビングに移動する。ソファーのそばに置かれたレコードプレーヤーはしばらく前に最後まで曲を再生し終わって、そこから聞こえる雑音は少年が近づくにつれて強まった。しかし、ショパンはまだ、どこか離れたところから聞こえていた。彼は音の聞こえる方へ頭を傾けて、その源を探る。するとキッチンテーブルの上で、赤い目がウィンクをしている。そのすぐ横には大きな牛乳瓶が倒れたままになっていて、悪夢の中のテーブルクロスのように、白い液体が筋を描いている。母がグッドウィルで買ったポータブルラジオ。家事をしているときにエプロンに入れられるサイズ。嵐の中、枕の下に置いて聞いていたときには、雷が鳴るたびに夜想曲のボリュームが上がった。それが今、牛乳のプールの中に放置されていた——まるでこの状況だけのために作曲されたかのように音楽を奏でながら。一度きりの少年の体の中ではあらゆることが可能だ。だから彼はこれがまだ現実であることを確かめるために指先で片方の目を覆い、それからラジオを手に取る。手の中の音楽から牛乳がしたたる。彼は玄関の扉を開ける。季節は夏だ。線路の向こうにいる野犬たちが吠えている。それはつまり、ウサギかオポッサムみたいな何かが命を落としたということだ。少年が裏庭へ進む間、ピアノの調べがその胸からしみ出す。少年は心のどこかで、母が裏庭にいることを知っている。母がそこで待っている、と。それが母親の常だから。母親は待つ。子供が別の誰かのところに行くまでの間、母親はじっとそこに立っている。

思った通り、母はそこにいる。金網で囲われた小さな庭の隅で、少年に背を向けて立っている。その横には潰れたバスケットボール。数時間前、充血し、よどんだ目でベッドに寝かしつけてくれたときと比べて、母の背中は小さくなったように感じられる。大きすぎるTシャツで作ったナイトガウンは背中が破れ、半分に切ったリンゴのように白い肩が見えた。たばこの火が頭の左側を漂っている。少年は母に近づく。震える両手に音楽を抱えて母のそばへ。彼女はまるでただの空気に潰されたかのように、背中を丸め、小さくなっていた。

「母さんなんて大嫌いだ」と彼は言う。

そして言葉に何ができるかを見極めようと母を見る。しかし、母はひるまない。ただ少しだけ顔を横に向けるだけだ。たばこの火が唇のところまで上がり、顎のそばに下りる。

「母さんが僕の母親だなんて、もう嫌だ」。少年の声は奇妙に低く、太い。

「聞いてるの？　母さんは怪物《モンスター》だ――」

少年がそう言った瞬間、母の頭が肩から落ちる。

いや、違う。母は頭を下げて、足元の何かを見ている。たばこが空中で止まっている。少年はそこに手を伸ばす。やけどをするかと思ったが、熱くはない。熱くない代わりに、手がむずむずする。手を開くとそこには、ホタルのちぎれた胴体がある。そして皮膚に付いた緑色の血。少年は顔を上げる――真夏の夜、潰れたバスケットボールの横に立っているのは、ラジオを持った彼一人だ。犬は静かになっている。そして空中に何かが充満している。

「母さん」と彼は、涙を浮かべながら誰にともなく言う。「本気で言ったわけじゃないんだ」

「母さん！」と少年は小刻みに数歩足を踏み出して呼びかける。彼の手を離れたラジオは、スピーカーが地面に向いた形で落ちる。少年は家の方へ向き直る。「母さん！」。彼は走って家に戻り、一度きりの人生で濡れた手のまま、母を探す。

その後、僕は母さんに本当のことを言った。

それは灰色がかった日曜日だった。午前中はずっと土砂降りになりそうな気配が漂っていた。僕の期待では、二人の間にある絆が容易に切れたり強まったりしそうな日——荒れた天気のせいで、よりくつろいだ気持ちで互いの顔を見られる日。陰鬱な光が背景となって、なじみのある顔が、記憶にあるよりも明るく見える。


ダンキンドーナツの明るい店内で、僕らの間に置かれた二杯のブラックコーヒーが湯気を上げていた。母さんは窓の外を見た。教会帰りの車がメインストリートを通るたび、路面に溜まった雨水がはねた。「最近はあのスポーツ汎用車《SUV》とやらが人気ね」。母さんはドライブスルーに並ぶ車の列を見てそう言った。「みんな、高いシートが好きなんだ」。母さんの指がテーブルを叩いた。

「砂糖要る、母さん？」と僕は訊いた。「クリームは？　てか、ドーナツ食べる？　ああ、母さんはドーナツよりもクロワッサンが——」

「それで、話っていうのは何、リトル・ドッグ？」。その声音は静かで、あっさりしていた。カップから上がる湯気のせいで母さんの表情が変化しているように見えた。

「僕は女の子が好きじゃない」

僕はそれを表すベトナム語「ペーデー」——フランス語の少年愛《ペデラスト》を短くしたペドが語源——は使いたくなかった。フランスに占領される以前、ベトナム語にはクイアな人を表す単語はなかった——というのも、クイアな人も他の人と同様に同じものから作られた体だと考えられていたから——し、僕の一面を紹介するのに、犯罪者を表す形容詞は使いたくなかった。

母さんは何度かまばたきをした。

「女の子が好きじゃない」と母さんはぼんやりうなずきながら繰り返した。その言葉が母さんの中を巡り、母さんをより深く椅子に押さえつけるのが僕には見えた。「じゃあ、何が好きなの？おまえは十七歳。何も好きなものがない。何も知りもしない」と母さんは言ってテーブルの上を引っ掻いた。

「男の子」と僕は声が震えないように気を付けて言った。でも、その言葉は僕の口の中で死んでいるみたいに感じられた。母さんが身を乗り出すと、椅子がきしんだ。

「チョコレート！　僕はチョコレートがいい！」。リンゴの詰まった紙袋を持っていることから判断するとリンゴ狩り帰りらしい子供の一団——皆、大きすぎるサイズの濃い青緑色のTシャツを着ている——が入り口からなだれ込み、興奮した甲高い声で店を満たした。

「僕は家を出て行ってもいいよ、母さん」と僕は言った。「出て行ってほしいというのなら出て行く。母さんに迷惑はかけないし、誰にも知られなくていい……。母さん、何か言って」。カップの中に映った僕の姿が、小さな黒い波の下で揺れた。「ねえ」

「じゃあ聞かせて」と母さんは顎に当てた手の向こうから言った。「今後は女の服を着るつもり？」

「母さん――」

「そんなことをしたら殺される」と母さんは首を横に振った。「おまえだって知ってるでしょ」

「誰に殺されるの？」

「女みたいな格好をした男は殺される。ニュースでもやってる。おまえは世間を知らない。世間知らずなんだよ」

「女物は着ないよ、母さん。約束する。今までだって着たことないでしょ？　今後も女の格好はしない」

　母さんは僕の顔にある二つの穴を見つめた。「おまえは出て行かなくていい。これは二人の間の秘密だよ、リトル・ドッグ。私には他に頼れる人はいない」。母さんの目は充血していた。

　店の奥に座った子供たちが「ゆかいな牧場」を歌いだした。その甲高い声と興奮が店の空気を裂いた。

「それで」と母さんは真剣な顔になって姿勢を正した。「それはいつから？　私が産んだのは健康で普通の男の子。そのはずなんだけど。いつから？」

僕は六歳。小学校の一年生だ。通っていたのはルター派の教会を改装した校舎。食堂は永遠に改装中だったので、昼食をとるのは体育館だった。間に合わせのランチテーブル――教室の机を集めてくっつけただけ――に着く僕たちの足元でバスケットボールコートの線が弧を描いていた。スタッフが毎日、一人前ずつになった冷凍食をたくさん詰めた箱を台車で運び入れた。セロハンで包んだ白い四角の皿に盛った赤茶色の塊。僕らは四台の電子レンジの前に並んだ。電子レンジはランチタイムの間ずっと動き続け、チンという音とともに解凍が終わって湯気を上げる食事が一食ずつ、待ち構える手に渡された。

僕は四角い塊を持って席に着いた。隣にいたのは黒い髪をきれいに横になでつけた、黄色いポロシャツの少年だった。名前はグラモス。後で聞いた話によると、ソビエト連邦崩壊後に一家でアルバニアからハートフォードに引っ越してきたらしい。でもその日、そんなことは関係なかった。大事なのは、彼の前にあったのが灰色の塊の載った白い四角の皿ではなくて、マジックテープの付いた青緑色のしゃれたランチバッグだったということ。彼はその中から、ピザベーグルがいくつか載ったトレーを取り出した。ベーグルは一つ一つが巨大な宝石みたいな形をしていた。

「一つ食べる?」。彼は自分の分を食べながらさりげなくそう言った。

内気な僕は手が出なかった。グラモスはその様子を見て僕の手を取り、手のひらを上に向けさせて、一つをそこに置いた。それは僕が思っていたより重かった。そしてなぜか、まだ温かかった。その後の昼休憩の時間、僕はグラモスの行くところをどこへでも付いていった。雲梯《うんてい》では彼の二本後ろ。黄色い渦巻き滑り台に登る階段ではすぐ後ろにいたので、白のケッズ［キャンバスニーカーのブラ

《ドン》」が一歩ごとに光って見えた。

初めて僕にピザベーグルを食べさせてくれた少年に報いるのに、その影となる以外、どんな方法があるだろう?

問題は当時、僕がほとんど英語を話せなかったことだ。だから彼に話しかけることはできなかった。仮にそれができたとして、何が言えただろう? どこまで付いていくつもりか? 何のために後を追っているのか? ひょっとすると僕は目的地を探していたわけではなく、単にその状態が続くことを求めていたのかもしれない。ずっとグラモスのそばにいることは、優しさが支配する領土の内側にいること。ピザベーグルの重みを手の中に感じたあのランチの時間まで、時を遡ること。

ある日、滑り台の上でグラモスが後ろを振り返り、赤い頬を膨らませて大きな声を出した。「付いてくるなよ、変態! 何なんだ、おまえは?」。英語の意味は分からなかったが、まるで狙いを付けるようなそのまなざしの意味は分かった。

僕は源から切り離された影となって、滑り台の上に取り残された。つやつやした彼の髪が滑り台のトンネルの中でどんどん小さくなり、やがて跡形もなく、子供たちの笑い声の中に消えた。

これで話が終わった——肩の荷が下りた——と僕が思ったとき、母さんがコーヒーを脇に寄せて言った。「今度は私が」

僕の顎に力が入った。今やっているのは等価交換ではない。取引ではないはずだ。僕は気が進まないのを面《おもて》に出さないようにしながら、うなずいた。

「おまえにはお兄ちゃんがいる」。母さんはまばたきもせず、目に掛かった髪をどけた。「もう亡くなったんだけど」

子供たちはまだ店の中にいたが、もはやその小さく儚《はかな》い声は僕の耳に入らなかった。僕たちは今、真実を交換している、と僕は気づいた。つまり、互いに切り付け合っているのだ、と。

「こっちを見て。おまえには知っておいてもらいたい」。母さんの表情が変わった。唇が紫色の線になった。

母さんは話を続けた。昔、母さんのお腹に男の子がいた。名前も決めてあった。それがどんな名前だったか、母さんは言わなかった。お腹の子供は手足を動かすようになっていた。そして母さんは僕がお腹の中にいたときにしたように、その子にも話しかけたり、歌を聴かせたり、さらには、夫も知らないような秘密を教えたりもした。当時、母さんはまだベトナムにいて、十七歳だった。そのとき目の前にいた僕と同じ年だ。

母さんは顎を載せていた両手を丸めた。それはまるで、過去を覗き込むのに必要な双眼鏡のようだった。母さんの手元のテーブルが濡れていた。母さんはそれをナプキンで拭いて、話を続けた。時は一九八六年。僕の兄さん、母さんの息子が姿を見せた年。妊娠四か月で、子供の顔が顔になった頃、母さんの夫、僕の父が家族の反対を受けて、母さんに中絶をさせた。

「あの頃は食べるものもなかった」と母さんは両手に顎を載せたまま話を続けた。トイレに向かう客の一人が後ろを通らせてくださいと言った。母さんは顔を上げずに椅子を動かした。「みんな、ご飯のかさを増すためにおがくずを混ぜたりしてね。ネズミだって見つかれば、食べられるんだからラッキーなくらいだった」。

母さんは慎重に言葉を選んだ。まるでこの話は、風の中、両手で守っている炎のようだった。子供たちはようやく店を出て行き、残っているのは年配の夫婦——新聞の背後に隠れた二つの白髪頭——だけになった。

「おまえはお兄ちゃんと違って」と母さんは言った。「この世に生まれても大丈夫と思える時期までお腹の中にいた」

グラモスからピザベーグルをもらった数週間後、母さんは僕に初めての自転車を買ってくれた。シュウィン社製で色はホットピンク。補助輪が付いていた。ハンドルの端には白い飾りリボン《ストリーマー》が付いていて、歩くような速度で走っている——それくらいで走ることが多かった——ときでも、小さなポンポンみたいに音を立ててはためいた。ピンク色の自転車を選んだのは、それが店でいちばん安かったからだ。

その日の午後、アパートの駐車場で自転車に乗っていると突然、ブレーキがかかった。手元に視線を落とすと、ひと組の手がハンドルを握っていた。それは少年の手だった。おそらく十歳くらい。汗まみれの太った顔が肉付きのいい大柄な胴の上に載っていた。何が起きているのか分からないうちに、自転車がひっくり返され、僕は地面に尻餅をついていた。母さんはその前に、ランおばあちゃんの様子を見るために家に戻っていた。大柄な少年の背後から、イタチみたいな顔をした小柄な少年が現れた。イタチが大きな声を上げると、つばのしぶきが飛んで、傾きかけた陽光の中に虹ができた。

大柄な少年はキーホルダーをポケットから出して、僕の自転車の塗装を剝がし始めた。塗装はいとも簡単に剝がれ、薔薇《ばら》色の火花となった。僕はそこに座ったまま、少年が自転車の骨を鍵でこするたびに、地面にピンク色の斑点が散らばるのを見ていた。僕は叫びたかったが、英語でどう叫べばいいのか分からなかった。だから黙っていた。

僕はその日、色が持つ危険性を学んだ。色の縄張りを侵したら、暴力でそこから追い出されることもあるのだ、と。色というものが光によって明らかになる属性以外の何ものでもないとしても、その〝何ものでもない〟ものにも掟《おきて》がある。そしてピンク色の自転車に乗る男の子は何よりもまず重力の掟を学ばなければならない。

その夜、裸電球のぶら下がるキッチンで、僕は母さんの隣にひざまずき、母さんがピンク色のマニキュアをしっかりと手に握り、専門家らしい正確な手つきで、自転車にできたコバルト色の傷をなぞるように色を塗るのを見ていた。

「私は病院で錠剤をひと瓶もらって、それをひと月飲んだ。間違いなく。一か月後にそれが――というか、その子が――出てくるということになってた」

僕はそこから立ち去りたかった。やめてと言いたかった。でも、人が何かを告白すれば、その代償として相手からの答えを受け止めなければならないのだと、僕は学んだ。

薬を飲みだしてから一か月が経って、もうとうにお腹から出ていてもおかしくなかったのに、母さんはお腹が内側から突かれるのを感じた。そして病院に担ぎ込まれた。このときは救急治療室に。「ペンキの剝がれた壁を見ながら、灰色の部屋の前を運ばれる間、私はお腹の子が蹴るのを感じた。病院にはまだ、戦時の煙とガソリンの臭いが残ってた」

看護師たちはノボカインを股に注射するだけで、長い金属の器具を体に突っ込んで、「赤ん坊をまるでパパイヤの種みたいに、私の中から搔き出した」。

果物の下ごしらえをするそのイメージ、機械的な日常性が僕には耐えられなかった。母さんがパパイヤのオレンジ色の中心部分に沿ってスプーンを入れ、黒い種の塊を搔き出し、鋼鉄製の流し台にぼとりと落とす、僕が今までに千回も見てきた光景。僕は白いセーターのフードを頭にかぶった。

「私はあの子を見たんだ、リトル・ドッグ。赤ん坊の姿を。ちらっとだけど。容器に捨てられる茶色い塊を」

僕はテーブルを挟んで手を伸ばし、母さんの腕に触れた。

ちょうどそのとき、店のスピーカーからジャスティン・ティンバーレイクの歌が聞こえてきた。

彼の切ない裏声《ファルセット》がコーヒーを注文する声や、使い終わったコーヒーの粉をゴム製のゴミ箱に捨てる音に混じった。母さんの目が一瞬僕に留まり、その後、逸れた。

母さんは再び視線を戻して言った。「ショパンを初めて聴いたのはサイゴンにいたときだった。その話はした？」。母さんのベトナム語が急に軽くなり、宙に浮いた。「たぶん六歳か七歳の頃。お向かいに暮らしていた男が、パリで修業をしたコンサートピアニストだった。夜になると庭にスタインウェイを出して、門を開け放してピアノを弾くの。するとその人が飼っていた犬——小さな黒い犬でこのくらいの大きさだった——それが後ろ足で立って、踊りだした。小さな棒きれみたいな脚が円を描いて埃を巻き上げるんだけど、その人は決して犬の方を見ない。演奏中はずっと目をつぶってるの。それがすごいところ。自分の手がどんな奇跡を引き起こしているかなんて、その人は全然気にしてなかった。私は道路に腰を下ろして、魔法としか思えないその光景を見ていた。音楽が動物を人間に変える光景を。私はフランスの音楽に合わせて、あばら骨を見せる犬を眺めながら、この世の中、何が起きてもおかしくないと思った。あらゆることが可能だって」。母さんはテーブルの上で手を組んだ。悲しみと興奮が入り交じるしぐさだ。「演奏が終わって、尻尾を振る犬のところまでその人が行って、犬の口に褒美の餌を入れたときには、犬が人間の真似をしたのは音楽のせいじゃなくて、ただお腹が空いていたからだと分かったんだけど、私はそれでもまだ信じていた。何が起きてもおかしくないんだって」

おとなしくなっていた雨が再び激しくなった。僕は椅子に座ったまま後ろにもたれ、雨が窓を歪めるのを見た。

僕は時々呑気に、生き延びることなんて簡単だと思うことがある。今持っているもの、あるいは与えられた中で残っている力を使って、何かが変わるまで、ただ前に進み続けるだけのことだ、と。あるいは、消え去ることなしに自分を変えることができるのだとようやく気がつくまで、前に進み続けるだけ。嵐が過ぎ去り、自分の名前がまだ生きている存在にくっついていると確認するときをただ待つだけでいいのだ、と。

ダンキンドーナツで話をする数か月前、ベトナムの田舎に住む十四歳の少年が別の男の子のロッカーにラブレターを入れたことがきっかけで、顔に硫酸をかけられた。去年の夏［二〇一六年六月十二日］、フロリダで生まれ育った二十八歳の青年、オマル・マティーンはオーランドのナイトクラブに行って自動小銃を構え、発砲した。死者は四十九人。そこはゲイの集まるクラブだったので、被害に遭ったのは僕のような青年――息子、ティーンエイジャー――だった。一人の母から生まれた、色の着いた存在が暗闇の中で互いを探り、幸せを求めていた。

僕は時々呑気に、傷口というのは肌が再び自分と出会い、〝今までどこに行ってたんだ？〟と互いに尋ねる場所なのだと思うことがある。

母さん、僕たちは今までどこにいたんだろう？

平均的な胎盤の重さは約六百八十グラム。栄養、ホルモン、老廃物を母体と胎児の間でやりとりする使い捨ての器官。だからある意味、胎盤は一種の言語だ——ひょっとすると最初の言語、真の母語。妊娠四か月から五か月の状態にあった兄の胎盤は既に完全に出来上がっていた。母さんと兄さんは話をしていた——血液の発話を通じて。

「あの子が私のところに来たの」

外の雨はやんでいた。空というボウルは空《から》っぽになっていた。

「あの子が母さんのところに来た？」

「私の子供。夢の中で私の前に現れたの。病院に行った約一週間後。あの子は家の玄関前の階段に座ってた。しばらく見つめ合っていたら、あの子はきびすを返して、小路の方へ去って行った。きっと私がどんな感じなのかを見たかったのね。母親の姿を。私はまだ子供だった。ああ、神様……ああ、神様、私はまだ十七だった」

あるとき大学で一人の教授が、『オセロー』に関する講義の最中に少し脱線して、個人的にはゲイの男は生来自己愛者《ナルシシスト》だと思うと言い張った。そして、あからさまな自己愛《ナルシシズム》は、自分の〝傾向〟を受け入れられない男に見られる同性愛の印だとも言った。僕は席に座ったまま腹を立てていたが、その間も、教授の考え方が僕の心をえぐり続けた。まさかあの大昔、僕がグラモスを校庭で追いかけていたのは、単にグラモスが男の子で、それゆえに僕の鏡像だったというだけの理由なのか？

でもそうだとすると――それで何がいけないのか？　ひょっとすると、僕たちが鏡を覗き込むのは、ただ美を――たとえそれが幻にすぎないとしても――探し求めているのではなく、意外にも自分がそこにまだ存在していることを確かめたいからなのかもしれない。僕たちが持っている狩られる側の体はまだ、完全に滅ぼされたわけではないのかも。すっかり掻き出されたわけではないのかもしれない、と。自分がいまだに自分であるのを見ることは一つの避難場所だ。拒絶されたことのない人間には、そんなことは知りようがない。

歴史的に、美しいものは複製されることを要求してきた、という話を読んだことがある。僕たちは美的な喜びを覚えるものを、何でもより多く作る――それが花瓶であれ、絵画であれ、杯であれ、詩であれ。喜ばしいもの――フレスコ画、ピンク色の山並み、少年、彼の顎にあるほくろ――を眺めるのはそれ自体、複製だ。目の中に延長された画像がそれの数を増やし、それを永続させる。僕は鏡の中を覗いて、自分が存在しないかもしれない未来に向かって自身を複製する。そして、そう。僕が大昔グラモスから求めたのはピザベーグルではなく、複製だった。だって、彼が差し出してくれたベーグルのおかげで僕は気前のよい行為の対象へと拡張されて、それゆえ、人に見られる存在になったのだから。僕が引き延ばしたいと――戻りたいと――思ったのは、その〝たくさん〟さそのものだった。

母さん、読点《コンマ》の形が胎児に似ているのは偶然じゃない――継続を表すあの曲線。僕たちは皆、かつては母親の中にいて、言葉を発することなく、曲線を描く全身を使って「もっと、もっと、もっと」と言っていたんだ。生きることはとても美しくて複製に値する、と僕は言いたい。それでいいじゃないか？　僕が人生でやっていることが、ただそれをもっとたくさんにしようとしているだけのことだとして、何がいけないのか？

「吐く」と母さんは言った。

「え？」

「吐いちゃう」。母さんは慌てて立ち上がり、トイレに駆け込んだ。

「ああ、やれやれ、冗談じゃなかったんだね」と僕はその後を追いながら言った。トイレでは、母さんは一つしかない便器の前でひざまずき、すぐに吐いた。母さんの髪は後ろで束にしてあったけれども、僕もその場でひざまずき、二本の指を使って義理堅いしぐさで後れ毛を押さえた。

「大丈夫、母さん？」と僕は後頭部に向かって言った。

母さんはもう一度吐いた。僕の手の下で母さんの背中が痙攣《けいれん》した。ところどころに陰毛が貼り付いた小便器が目に入ったとき、ようやくそこが男性用トイレだったことに気づいた。

「水を買ってくる」。僕は母さんの背中を軽く叩いて立ち上がった。

「いいえ」と母さんは真っ赤な顔で僕を呼んだ。「レモネード。レモネードがいい」

僕たちは新たに互いについて知った事実を背負ってダンキンドーナツを出た。でも、母さんはそのとき知らなかったのだけれど、実は僕は以前、女物の服を着たことがあった——そしてこの後にももう一度、女物を着た。その数週間前、僕はたばこ農場の古い納屋の中、友達——片目が腫れ上がったのっぽの少年——がうっとりしながら見る前で、ワインレッドのドレスを着て踊っていた。そのドレスは母さんのクローゼットから僕が掘り出したものだった。三十五歳の誕生日に買って、一度も着ていなかった服。僕はその薄い生地をまとって体を回した。重ねたタイヤに腰を下ろしたトレヴァーは、マリファナを吸う合間に拍手をした。僕たちの鎖骨は、蛾の死骸が散らばる地面に置かれた二台の携帯電話に明るく照らされていた。僕たちは納屋の中で数か月ぶりに、誰も恐れない気分を味わっていた。自分たちのことさえ、怖いと思わなかった。母さんの運転するトヨタで僕たちは家に戻った。僕は助手席で黙っていた。夜にはまた雨が降り出して、一晩中降り続いて、街をきれいに洗い流し、ハイウェイ沿いに生える木は金属的な闇の中でしずくを落とすだろう。僕は椅子をきちんと引いて夕食をとり、フードを脱ぐ。数週間前に納屋で付いた干し草が僕の黒い髪に刺さる。母さんが手を伸ばしてそれを払い、首を横に振る。そして、追い出さないと決めた息子を抱き締める。

リビングルームには笑い声がわびしく響いていた。電子レンジ大のテレビでやっているシチュエーションコメディーは、誰も共感しない人工的でつまらない陽気さを大げさに演出していた。例外的に一人だけ共感していたのは――〝共感〟というより〝身を任せて〟いたのは――トレヴァーの父親だ。彼はリクライニングチェアーに腰掛けて、サザンカンフォート［アルコール度数二十一度のリキュール］のボトルをアニメの水晶みたいに膝に抱えてゲラゲラと笑っていた。ボトルが持ち上げられるたびに茶色の液体が減り、やがてテレビの色彩が空《から》のガラス越しにゆがんで見えた。いかつい顔に短く刈った髪。この時間でも、髪にはポマードがたっぷり塗られていた。亡くなる前日のエルヴィスみたいな姿だ。彼が裸足の足を下ろしているカーペットは、使い古されたせいで油をこぼしたみたいにつるつるになっていた。

僕たちはその父親の後ろで、壊れたダッジ・キャラバンから救出《サルベージ》した間に合わせのカウチに座って、スプライトの一リットル瓶を回し飲みしながら、会ったことのないウィンザーの少年とメールをやりとりして笑っていた。酒と安物の葉巻の強烈な臭いはそこまで漂っていたが、僕らは気がつかないふりをしていた。

「笑いたきゃ笑え」。トレヴァーの父が体を動かすことはなかったが、声にはどすがきいていた。それは床を通して響いた。「父親のことを笑いたきゃ笑うがいい。アザラシみたいな声でな」

僕は青白いテレビの光に縁取られた後頭部に目をやったが、頭は少しも動かなかった。

「あんたのことを笑ったんじゃないよ」。トレヴァーは顔をしかめ、携帯をポケットにしまった。彼の手は、膝の上から払われたみたいに横に落ちた。彼は椅子の背をにらんだ。僕らが座っている位置からは、頭のほんの一部しか見えなかった。髪の一部と、一切れの七面鳥の肉みたいに白い頬。

「父親のことを〝あんた〟呼ばわりか？　偉くなったもんだな？　俺の頭はいかれてると思ってるんだろ。けど、それは間違いだ。おまえの声はちゃんと聞こえてる。周りのこともちゃんと見えてる」。彼は咳をした。酒のしぶきが飛んだ。「俺はシーワールドじゃいちばんのアザラシのトレーナーだった。一九八五年のオーランド。おまえの母さんは客席にいて、俺はいつもの要領でショーを盛り上げた。海軍アザラシ《ネイビーシールズ》［アメリカ海軍特殊部隊「ネイビー・シールズ」とかけた呼称］。アザラシの子供を使ったショーだ。俺が大将。おまえの母さんはそう言った。俺は大将だってな。俺が笑えって命令したら、アザラシどもが笑うんだ」

　テレビでは通信販売のコマーシャルが流れていた。ポケットにもしまえる、空気で膨らませるクリスマスツリー。「ポケットにクリスマスツリーを入れてうろうろするやつなんているのか？　この国にはうんざりだ」。彼が頭を傾けると、うなじに三つ目の肉の段ができた。「おい――おまえと一緒に男の子がいるだろ？　中国人の。俺は知ってるんだ。声が聞こえる。無口なやつだけど、俺には声が聞こえる」。彼が片腕を突き上げると、僕はトレヴァーがビクッとするのをクッションを通じて感じた。父親はまた瓶を傾けた。瓶はとうに空《から》になっていたが、それでも彼は口元を拭った。

「ジェイムズおじさん。ジェイムズおじさんのこと、覚えてるか？」

「ああ、まあ」とトレヴァーは言った。

「何だ、その返事は？」

「はい、覚えてます」

「よし」。父親はさらに深く椅子に沈み、髪が光った。体の熱が周囲に発散し、空気を満たしているようだった。「立派なやつだ。骨がある。あのおじさんは。骨と塩。あいつはジャングルで戦った。俺たちのために働いた。連中を焼いたんだ。知ってるか、トレヴ？　そういうことだ」。彼はまた動かなくなった。顔の他の部分に影響を与えることなく、唇だけが動いた。「おじさんから話は聞いたか？　ガソリンを使って四人を焼いた話。あいつは自分の結婚式の日に俺にそんな話をしたんだ。信じられるか？」

僕はトレヴァーにちらりと目をやったが、うなじしか見えなかった。顔は膝の間に隠れていた。彼は乱暴にブーツの紐を結んでいた。プラスチックで覆われた紐の先端が穴を通るたびに、肩が揺れた。

「でも、今は昔とは違う。それくらいは知ってる。俺だって馬鹿じゃない。おまえ、俺のことを嫌ってるだろ。分かってるんだぞ」

（テレビの笑い声）

「二週間前、おまえの母さんに会った。ウィンザーロックスの家の鍵を渡してやった。家具を受け取りに来るのに、どうしてこんなに時間がかかったのかは知らんがな。オクラホマの生活は幸せそうには見えなかった」。彼は間を置き、再び空の瓶を傾けた。「俺はおまえをちゃんと育てたぞ、トレヴ。それは確かだ」

「糞みたいな臭いだ」。トレヴァーの顔は石のように固まっていた。

「何だって？　俺が言ったのは——」

「あんたは糞みたいな臭いがするって言ったんだよ」。テレビがトレヴァーの顔を灰色に照らした。ただ、首元の傷痕だけは、赤黒い色が変わることはなかった。九歳のときの傷。カッとなった父親が玄関扉に向かって釘打ち機《ネールガン》を撃ったら、釘が跳ねたのだ。あたりは真っ赤に染まって、六月なのにクリスマスみたいだった、と彼は僕に言った。

「聞こえただろ」。トレヴァーはスプライトをカーペットの上に置いて僕の胸をとんとんと叩き、外へ行こうと合図した。

「何だその口の利き方は？」。父親は画面を見つめたままつばを飛ばした。

「だったら何？」とトレヴァーは言った。「さあ、何かしろよ。俺に火を点けて、燃やしてみろよ」。トレヴァーは椅子の方へ一歩踏み出した。彼は僕が知らない何かを知っていた。「もう終わりかい？」

父親は椅子に座ったまま荒い息をした。家の中は暗く静かで、夜の病院のようだった。一瞬の後、彼は口を開いた。奇妙にうわずった泣き声だった。「俺は間違ったことはしてない」。彼の指先が肘置きをいじった。シチュエーションコメディーの登場人物たちが、つやつやした髪の脇で踊った。

トレヴァーが二度か三度、うなずくのが見えた気がしたけれども、それはテレビ画面の光のせいだったかもしれない。

「おまえはジェイムズそっくりだ。そうだとも。俺には分かる。おまえは燃やす側の人間。おまえはいつか人を焼く」。父親の声は震えていた。「あそこ、見えるか？　ニール・ヤングだ。伝説の男。戦う男。おまえもファンだろ、トレヴ」。彼は玄関のそばにあるポスターを指差していたが、そのときには、扉は音もなく閉じていた。僕たちは霜の降りそうな冷気の中に出て、自転車に乗った。父親のくぐもった声は僕たちの背後で何かをつぶやき続けた。

車輪の下で舗道が後方へ飛び去った。黙っている僕たちの頭上で、風のない中、ナトリウムランプに照らされたカエデが赤く浮かび上がっていた。彼の父親がそばにいないと思うと、僕は気持ちが軽くなった。

僕たちがコネチカット川沿いに走るにつれ、夜が更けていった。月が昇ったオークの森は、季節外れに暖かい秋の霞《かすみ》で輪郭がぼやけて見えた。川は僕らの右手で、白い泡を立てて流れていた。二、三週間雨が降らない日が続くと、たまに、遺体が深みから浮かび上がることがあった。漂白されたような肩が水面を漂い、土手でバーベキューをしていた家族が手を止め、子供たちが息をのみ、誰かが「何てことだ、何てことだ」と叫び、また別の誰かが警察に電話をかける。時には勘違いも起きる。錆びたり地衣に覆われたりして顔のような茶色に変わった冷蔵庫とか。あるいは、よく分からない原因で数千匹の魚が腹を上にして浮かび、川面が一晩で虹色に染まることもある。

僕は母さんが忙しくて見て回る時間がない街の区画をすべて見た。いろいろなことが起きている場所を。トレヴァーでさえ——彼は川のこちら側、僕がそのとき走っていた側、白人が住む側でずっと暮らしてきたのに——一度も見たことのない場所。僕は収容施設《アサイラム》通りの明かりを見た。そこにはかつて収容施設（実際には聾学校）があったのだが、十九世紀に火事があって、当時、中にいた人の半数が亡くなった。火事の原因は今でも分かっていない。でも僕はその通りを、友達のシドが一九九五年にインドから家族と一緒に引っ越してきた場所として知っている。シドの母親はニューデリーで学校の教員をしていたのだけれど、この街では、糖尿病で腫れた脚を引きずりながらカットコ社の狩猟用ナイフを週給九十七ドル——現金払い——で売り歩いていた。カニーノ兄弟の父親は91号線で制限速度百五キロのところを百十三キロ出していたせいで州警察官に捕まり、人生二回分ほどの懲役で刑務所に入れられている。速度超過と、助手席の下に隠してあったヘロイン二十袋と自動拳銃。とはいえ、とはいえ。マリンはファーミントンのシアーズ社まで片道四十五分かけてバスで通っていた。首と耳にはいつも金のネックレスとイヤリング。たばことホット・チートスを買いに角の店まで歩くときは喉仏を突き出し、ハイヒールをゆっくりとした拍手のように響かせながら、〝おかま〟、〝ホモ〟と冷やかす男たちに向かっては中指を立てていた。通りすがりの人たちは娘や息子の手をしっかりと握り、こんなことを言った。「殺すぞ、変態。斬り殺してやる。エイズで死にやがれ。今夜は寝るなよ、寝るな、寝るんじゃないぞ。寝させるもんか」

僕たちはニューブリテン通りにある建物の前を通り過ぎた。僕の家族が三年間暮らしたアパートがあった場所だ。当時は、補助輪の付いたピンク色の自転車で共用の廊下を行ったり来たりした――ピンク好きということで近所の子供にいじめられたりしないように。廊下の端に来るたびに小さなベルを鳴らし、一日に百回は行き来したに違いない。いちばん奥の部屋に住んでいたカールトンさんは毎日窓から顔を出して言った。「おまえは誰だ？　こんなところで何をしてる？自転車に乗るなら外に行け。おまえは誰だ？　うちの娘じゃないな！　デスティニーじゃない！おまえは誰だ？」と。でも今では、建物そのものがなくなり、YMCAに取って代わられていた。一メートル以上の背丈の草が生え放題になっていた、アパートの駐車場だった場所（住人は誰も車を持っていなかったので、ずっと空いていた）もなくなり、ブルドーザーで整地されて市民公園に変わり、ブッシュネル通りの一ドルショップが廃棄したマネキンが案山子《かかし》として並べられていた。かつて僕らが眠っていた場所で、いくつもの家族が水泳をしたり、ハンドボールで遊んだりしていた。カールトンさんが自分のベッドで孤独に死を迎えた場所で、人々はバタフライをしていた。同じフロアにひどい臭いが漂って、SWATチーム（なぜ彼らが呼ばれたのかは分からない）が銃で扉を破壊しに来るまで何週間も、誰も彼の死に気付かなかった。カールトンさんの持ち物は裏の大きな鉄製のゴミ箱に一か月間放置された。手でペンキを塗った木馬が雨の中、ゴミ箱の縁から顔を覗かせて、舌を出していた。

トレヴァーと僕は自転車でさらに走った。ビッグ・ジョーの妹が薬物過剰摂取で倒れたチャーチ通り。サーシャが薬物過剰摂取で倒れた、メガXXXラブデポ裏の駐車場。ジェイクとB＝ラブが薬物過剰摂取で倒れた公園。ただ、B＝ラブは死なず、数年後、トリニティー大学からノートパソコンを盗み、郡刑務所で仮釈放なしの四年間を過ごすことになった。それはかなり重い罰だった——特に、郊外に暮らす白人青年であることを考えると。湾岸戦争で右脚を失い、週末には、勤め先のメイベル自動車修理工場でスケートボードに寝そべり、ジャッキアップした車の下に入っていたナーチョ。彼は吹雪の中、店の裏に放置されたニッサンのトランクから、真っ赤な顔で泣き叫ぶかわいい赤ん坊を救い出したことがある。松葉杖を放り出して、両手で赤ん坊を抱えた彼は、雪が降りしきる中、数年ぶりに、空気に支えられて立っていた。そして雪はまた地面から舞い上がり、明るく輝いたので、慈愛に満ちたその一時間は、街に住む誰もがいつもここから逃げ出したいと思っていた理由を忘れたのだった。

フランクリン通りのモッツィカートベーカリー。僕が初めてカンノーリ［円筒型のパイ生地に甘いクリームを詰めて揚げたイタリアの菓子］を食べた店。僕が知る限り、そこでは何も死んでいない。僕はある夏の夜、アパートの五階の窓から外を眺めていた。風は今と同じく暖かく、甘い匂いがして、若いカップルのささやき声が聞こえていた。体に言葉を語らせようとする彼らのコンバースとエアフォース1のスニーカーが、非常階段でぶつかり合っていた。マッチを擦る音。ライターから出る炎は九ミリかコルト45の銃弾と同じ形と光を放っていた。僕たちはそうやって死をジョークに変え、炎を漫画の雨粒サイズに縮小して、細巻きたばこの先から神話のように吸い込んだ。だって、最後に川が氾濫するのはこの場所だったから。川の水はあふれ、すべてを奪い、僕たちが失ったものを見せつける。昔からそうだ。

自転車のスポークが低い音を立てた。下水処理場から漂う臭いが僕の目を刺激した直後、風が死者の名前で僕の目を潤ませ、臭いを運び去った。

僕たちは川を渡り、すべてを背後に残して走った。郊外に進むにつれ、スポークの音がより低く響いた。僕たちはイーストハートフォードで舗装道路に戻った。丘の上から吹き下ろす木材の煙のにおいで頭がクリアになった。僕はトレヴァーの背中を見ながら走った。UPS［大手貨物運送会社］と書かれた茶色の上着。父親がUPSで働いたときに支給されたものだ。一週間勤めた頃、休憩時間にビールの六缶パックを飲んで、夜中に段ボール箱に囲まれて目を覚まし、クビになったのだが。その茶色の上着が今、月明かりの下では紫がかって見えた。

僕たちはメインストリートを進んだ。建物の上に巨大なネオンサインが光るコカコーラの瓶詰め工場の前を通るとき、トレヴァーは叫んだ。「コカコーラなんて糞食らえ！　スプライト万歳だ！」。彼は後ろを振り向いて、切れ切れに笑った。「そうだ、糞食らえ」と僕も言った。しかし、彼には聞こえていなかった。

街灯がなくなり、舗装された歩道が草だらけの路肩に変わった。つまり僕らは大きな屋敷のある山の手に向かっていた。まもなくすっかり郊外に入った。サウスグラストンベリーの高級住宅地。家の明かりが見え始めた。最初は木々の隙間で明滅するオレンジ色の火花。でも、近づくにつれて、広く分厚い金箔に変わった。そうした窓――鉄柵のない窓――はカーテンも大きく開かれていて、部屋の中までよく見えた。通りからでも、きらきら光るシャンデリア、ダイニングテーブル、装飾的なガラスシェードで覆われたカラフルなティファニーのランプが見えた。家はどれもとても大きくて、すべての窓を覗いても、人が一人も目に入らないほどだった。

急坂の道を上ると、木々がゆっくりと減り、星のない空が目の前に開けた。家と家との間隔はさらに広がった。一つの家は果樹園によって隣家から隔てられていた。果樹園のリンゴは拾う人もなく、既に地面で腐り始めていた。道に転がった果実は車にひかれて割れ、潰れ、茶色に変わっていた。

僕たちはヘトヘトになって丘のてっぺんで止まった。僕らの右手にある果樹園を月光が品定めした。枝に付いたリンゴがおぼろに光り、低い音とともにあちこちで地面に落ち、発酵した甘い匂いが僕らの肺を満たした。道を挟んだオークの森の奥では、目に見えないアマガエルがかすれた声で鳴いた。僕たちは自転車を放り出し、道沿いの木製フェンスに腰を下ろした。トレヴァーはたばこに火を点け、目を閉じて煙を吸い、ルビー色に燃えるビーズを僕の指に渡した。僕も一息吸ったけれど、ずっと自転車に乗っていたせいで口の中が乾いていたので煙にむせた。煙が僕の肺を温め、僕の目は眼下に広がる小さな谷に建つ屋敷の群れを見つめた。

「レイ・アレンはこのあたりに住んでるらしい」とトレヴァーは言った。

「バスケットボール選手の？」

「コネチカット大学でもプレーしてた――あいつならここに家を二軒持っててもおかしくない

な」

「ひょっとするとあの家かも」と僕は言って、谷の端にある、一軒だけ暗い家をたばこで指した。その家はまるで有史以前の生物の骨格みたいに、縁の白い部分以外はほとんど見えなかった。レイ・アレンは留守なのかもしれない、と僕は思った。バスケに忙しくて、この家でのんびりする時間がないのかも。僕はたばこをトレヴァーに戻した。

「レイ・アレンが俺の親父なら」と彼は骨みたいな家をじっと見たまま言った。「あそこは俺の家だから、おまえはいつでも泊まりに来ていいぞ」

「君にはもう、お父さんがいるじゃん」

彼はたばこを道路に捨て、目を逸らした。吸いさしは路面でオレンジ色の火を散らし、ゆっくりと消えた。

「あいつのことは忘れてくれ、ちびすけ」。トレヴァーは僕を優しい目で見た。「あいつにその値打ちはない」

「その値打ちって?」

「相手にする値打ちもないってこと。あ――ラッキー!」。彼は上着のポケットからスニッカーズミニを取り出した。「ハロウィンのときから入れっぱなしだったみたいだ」

「僕だって、相手にする価値はないかも」

「あいつはどうかしてるんだ、分かるだろ?」。彼はスニッカーズの先で頭を指した。「酒のせいさ」

「ああ。そうだね」。鳴き声が遠ざかり、カエルが小さくなったみたいな感じがした。

彼と僕の間に不思議な静けさが広がった。

「なあ、黙るのはよせ。女々しいんだよ。てか――」。思い通りの言葉が見つからないため息が漏れた。彼はスニッカーズをかじった。「半分要るか？」

僕は返事をする代わりに口を開けた。彼は親指大のかけらを僕の舌の上に置き、自分の口の周りを手首で拭ってよそに目をやった。

「そろそろ行こう」と僕はスニッカーズを嚙みながら言った。

彼は何か別のことを言おうとしていた。その歯は月の光の中で、灰色の錠剤みたいに見えた。彼は立ち上がり、自転車の方へ歩きだした。僕も自分の自転車を起こした。自転車はもう露で濡れていた。そのとき僕は見た。実際には、トレヴァーが先にそれを見て、ほとんど声を上げずに息をのんだのだった。僕は後ろを振り返り、二人で自転車にもたれたままそこにじっと立っていた。

見えたのはハートフォードの街。光の群れが、僕が今までその存在を知らなかった強烈な力とともに鼓動していた。彼がこの世を去ったずっと後になっても、僕が生命の基本単位としてこの街の鼓動を何度も思い出すのは、ひょっとするとそのとき彼の息がはっきりと見えたせいなのかもしれない。僕はそのとき彼の喉と肺の中を酸素が流れ、気管支と血管が拡張する様を想像した。僕が決して目にすることのないすべての場所を移動していく酸素。

でもそのときは、街は僕たちの前で、まれに見る奇妙な輝きにあふれていた――まるでそれは街ではなく、天上の神が武器を研ぎながら、火花を散らしているみたいに。

「畜生」とトレヴァーはささやいた。彼は両手をポケットに突っ込んで、地面につばを吐いた。

「畜生」

街は鼓動し、光が揺らめいた。それから彼は魔法を解くように言った。「コカコーラなんて糞食らえ」

「そうだね、スプライト万歳」と僕は付け足した。今では知っていることも、当時の僕は知らなかった。コカコーラもスプライトも同じ会社が作っていること。そして、何者であろうと、誰を愛していようと、どんな立場にいる人間であろうと、最後はやっぱりコカコーラなのだということ。

トレヴァー、錆びたピックアップトラック、運転免許なし。

トレヴァー、十六歳。鹿の血に染まったブルージーンズ。

あまりにも速すぎるトレヴァー、充分に速くなかったトレヴァー。

チェーンがきしむシュウィンの自転車であなたが家の前を通ると、車寄せからジョン・ディア［農機具メーカーのブランド］の帽子を振るトレヴァー。

ハイスクール一年の女子生徒のあそこを指で愛撫して、その後、ふざけて下着を湖に投げ込んだトレヴァー。

夏の間。あなたの手は

濡れていた。そしてトレヴァーの名は夜に響くエンジンのよう。彼はあなたに似た少年に会うため、こっそり家を出る。肌は黄色く、存在感のない少年。父親の持つ小麦畑を時速八十キロで走るトレヴァー。彼はフライドポテトを全部ワッパーに挟み込んだものにかぶりつきながら、両足でアクセルを踏む。その助手席で目を閉じる。小麦は黄色い菓子のようだ。

鼻には三つのしみ。

文＝少年に添えられた三つの句点《ピリオド》。

マクドナルドよりバーガーキングだと言うトレヴァー。煙のにおいがするビーフパテが本物っぽいというのがその理由。

トレヴァーが目を閉じて吸入しようとすると、出っ歯が器具に当たる。

トレヴァー。**俺はひまわりがいちばん好きだ。すごく背が高いから。**

首に読点《コンマ》みたいな傷痕のあるトレヴァー。次は何、次は何、次は何と思わせる記号。

あんなに背が高くなるのに、花まで大きい。

ショットガンに二つの赤い薬莢を一度に詰めるトレヴァー。

これってちょっと勇気が要るよな。でかい頭に種がたくさん詰まってるのに、身を守るための腕はないんだから。

彼の細く硬い腕が雨の中で狙いを定める。

彼が黒い舌のような引き金に指を置き、発砲する瞬間、あなたの口でその指の味が感じられる気がする。

トレヴァーは片方の翼を失ったすずめが黒い土の中でもがいているのを指差して

見たことのない生き物と勘違いする。言葉のようにくすぶっている何か。

夜中の三時にあなたの部屋の窓を叩くトレヴァーのように。口にくわえているナイフが目に入るまでは、その表情が笑顔に見える。**これは俺が作ったんだ、おまえのために**、と彼は言って、あなたにナイフを手渡す。トレヴァーはその後

灰色の朝日の中で、あなたのアパートの階段に座っていた。両腕に顔を埋めて。**俺は嫌なんだ**、と彼は言った。あえぐような息。振り乱した髪。ぼやけたその姿。**違うと言ってくれ**、と彼は言った。同時にぶつけている拳は、**でも、でも、でも**と言っているかのようだった。僕は後ろに一歩下がる。**違うと言ってくれ**、と彼は言った。**俺は**

おかまじゃない。そうなのか？　そうなのか？　おまえは？

狩人《ハンター》のトレヴァー。肉食獣のトレヴァー。貧乏白人のトレヴァー。まさかおかまじゃない。ショットガン愛好家。射撃の名人。ホモでも、ゲイでもない。トレヴァーは肉食者で

仔牛肉じゃない。**仔牛肉じゃない。仔牛肉なんて嫌だ**。彼が七歳のとき、食卓で父親から聞かされた話。ローズマリーと一緒にローストした仔牛肉。その育て方。仔牛肉《ヴィール》と牛肉《ビーフ》の違いは子供か

どうか。仔牛肉《ヴィール》は牛の子供

仔牛の肉。仔牛は体がぎりぎり収まる大きさの箱に入れられる。棺桶のような箱に。生きたままそこで生活する。子供——仔牛——はそこでじっとしている。肉の柔らかさを保つためには、できるだけ世界と触れ合わない方がいいから。柔らかくいるためには、自分の体重が骨の負担になってはならない。

俺たちは柔らかいものに目がないからな。彼の父はそう言って、

トレヴァーの目をじっと見る。トレヴァーは決して子供を食べない。読点《コンマ》みたいな傷痕を首に持つ子供、トレヴァー。その読点《コンマ》にあなたは今

口づけをする。二つの完璧な思考、二つの完璧な体を支える紫色のフック。主語はない。動詞だけ。**トレヴァー**と言うとき、それは行動を意味する。松の葉の刺さった親指が押さえるビックのライター、ブーツの足音

日に焼けたシボレーのボンネット。彼の背後でトラックに積まれる、濡れた生き物。

あなたのトレヴァー。髪は黒っぽい《ブルネット》けれど腕の産毛はブロンドの男が僕をトラックに引き込む。あなたが**トレヴァー**と言うとき、それはあなたが狩られる側の存在であることを意味する。彼はその痛みを拒むことができない。だって、**おい、すごいぞ。すごくリアル**だから。

あなたはリアルな存在になりたかった。あなたを溺れさせるものにのみ込まれることを望んでいた。のみ込まれてから、水面でかろうじて口だけを出す。それがつまり口づけ。

それは何でもない

もしも忘れてしまえば。

あなたの喉の奥には彼の舌がある。あなたの代わりにトレヴァーがしゃべる。彼がしゃべり、あなたは影になる。彼の手の中で懐中電灯の明かりが消え、明るさを保つため、彼はあなたの頭を叩く。彼は暗い森《ダーク・ウッズ》で道を探すため、あなたをあちこちに向ける。

暗い言葉《ダーク・ワーズ》——

それは有限だ。体と同じように。棺桶の家で待つ仔牛と同様に。窓はない——酸素を取り込む隙間があるだけ。秋の夜に押しつけられたピンクの鼻が息を吸う。刈ったまま日にさらされた草、タール舗装道路と砂利道、たき火で焼かれる甘い落ち葉の匂い。分刻みの時間と距離のにおい。農場一つ離れたところにいる母親から漂う堆肥みたいな臭い。

シロツメクサ。サッサフラス［米国産のクスノキ科の木］。ダグラスモミ。ギンバイカ。

少年。自動車オイル。体がいっぱいになる。あなたの渇きが体からあふれ出す。そしてあなたの残骸。あなたはそれで彼を養えると思っていた。ごちそうを口にした彼が野獣となれば、自分はその中に隠れることができる、と。

でも、どんな箱もいずれは言葉によって開けられる。線は破られる、

あなたの顔をあまりにも長く見つめ、こう言ったトレヴァーのように。**ここはどこだ？ 俺はどこにいるんだ？**

だってそのときには、あなたの口の中でも血が出ていたから。

そのときにはもう、トラックは黄昏《たそがれ》の中、オークに突っ込んで壊れ、ボンネットから煙が出ていた。息にウオッカが混じり、頭蓋骨が浮き出たトレヴァーは言った。いい気分だ。そして言った。**どこにも行かないでくれ**

そして木立の向こうに太陽が沈む。**いい気分じゃないか？** 目を閉じたままでものを見ているときのように、窓が赤く染まる。

二か月の沈黙の後に携帯でメールをよこしたトレヴァー――

よろの代わりに**よろしく頼む**とあった。

狂った父親のいる家を飛び出したトレヴァー。**逃げてるのは誰だ？** 水浸しのリーヴァイス。公園まで逃げた男。だって、十六歳で他にどこへ行けるだろう。

あなたは雨の中にいる彼を見つける。カバの形をした金属製滑り台の下。氷のように冷たいブーツを脱がせ、冷えた足の指を一本ずつ、息でぬくめる。あなたが幼い頃、凍えるあなたに母がしてくれたように。

だって彼は震えていたから。あなたのトレヴァー。仔牛肉ではない、百パーセントアメリカ産の牛肉。あなたのジョン・ディア。顎に走る翡翠《ひすい》色の血管。静止画に変えられたその稲妻をあなたは歯でなぞる。

だって彼は川の味がしたから。そしてあなたは、ひょっとしてもう片方の翼を失ったら沈んでしまいそうだったから。

だって仔牛はおとなしく檻の中で待つのだから

仔牛肉に変えられるのを。

だってあなたは覚えているのだから。

そして思い出は二度目のチャンスだから。

滑り台の下に横たわる二人。そしてついに、言葉のない二つの読点《コンマ》があなたたちを隔てる。

母親の体から出て行く息子のように、夏の残骸から這い出したあなたたち。

箱の中で待つ仔牛。子宮よりも窮屈な箱。降りしきる雨。金属を叩くその音は、回転数を上げるエンジンのようだ。紫色の空気の中に立つ夜。仔牛は

その中で足を動かす。消しゴムのように柔らかな蹄《ひづめ》。首に付けられたベルが鳴る

何度も鳴る。影に合わせて成長する男。扉の読点《コンマ》、鍵を持つ男。あなたはトレヴァーの胸に頭をもたせかける。仔牛は綱で引かれている。仔牛は足を止め

息を吸う。めまいを呼ぶサッサフラスの匂いで鼻が鼓動する。トレヴァーはあなたの

横で眠っている。リズミカルな呼吸。雨。格子縞のシャツからぬくもりが湧き上がる。仔牛の脇腹から上がる湯気のように。星の降る野原に響くベルの音は

ナイフのように鋭く光る。トレヴァーの胸に深く埋もれた音。あなたは耳を澄ます。

あのベルの音。あなたは動物のように耳を澄ます

言葉を覚え始めた動物のように。

Ⅲ

僕はニューヨーク市発の列車に乗っている。窓に映る顔が僕に付きまとう。それはアムトラックの列車が通り過ぎる寂れた町の上に漂う。外側だけになった車を積んだ空き地。錆だらけの農業用トラクター。腐った薪が積まれた、同じような民家の裏庭。金網フェンス越しに押し込まれた油っぽい盛り土はそこでいったん固まっていたのに、この雨でまたずくずくに緩んでいる。次々に通り過ぎる倉庫は落書きの上に白いペンキが塗られ、またその上に落書きをされている。窓が割られたのは大昔なので、既に下の地面にガラスの破片はない。中を覗いても、見えるのは空《から》っぽの暗闇だけで、かつて壁があった場所に今では空《そら》がある。ブリッジポートのすぐ向こうには、フットボール場二面分ある駐車場の真ん中に板で塞がれた家があって、ぼろぼろのポーチまで黄色い非常線で囲われている。

列車はそんな風景の中を進む。そこを去った者たちの顔で僕が知ることになった街。僕も街を出た一人だ。午後の曇り空の下、最も明るく見えるのはコネチカット川に映る光。僕がこの列車に乗っているのはハートフォードへ戻るためだ。

僕は携帯を取り出す。乱れ打ちのような言葉が画面にあふれる。当然。

トレヴのこと聞いた?
フェイスブック見ろ
トレヴァーのピックアップトラック
嘘　まじ　最悪　必要なら電話を
今見た。クソッ
念のためアシュレーに電話する
おまえは大丈夫か
通夜は日曜
今回はトレヴ?　予想通り

僕はなぜか彼にショートメッセージを送る。トレヴァー、ごめん《ソーリー》。帰ってきて。その後、携帯の電源を切る。返事が来るのが怖かったから。

ハートフォードのユニオン駅で列車を降りる頃にはもう夜だ。霧雨の中、タクシーへと急ぐ人々の横で、僕は濡れた駐車場に立ち尽くす。トレヴァーと僕が初めて出会ってから五年と三か月。あの納屋で、雑音の混じるラジオから流れるペイトリオッツの中継を聞いた日。土だらけの床に転がる軍用ヘルメット。僕は雨よけの下で一人、川の向こうにある町まで行くバスを待つ。そこにはトレヴァーにまつわるすべてのものがある。本人はもういないけれど。

僕は街に戻ることを誰にも話していなかった。ブルックリンにある大学でイタリア系アメリカ文学の授業に出ているとき、僕の携帯に、トレヴァーのアカウントからフェイスブックの更新通知が届いた。更新したのは父親。トレヴァーはその前の日に亡くなっていた。**身も心も二つに裂かれる《ブロークン・イン・トゥー》思いです**、とメッセージにはあった。僕は教室に座ったまま、〝二つ〟という言葉のことだけを考え続けた。人を一人失った結果、生きている人間が〝二つ〟に増殖するってどういうことだろう、と。

僕はバッグを持って席を立った。ピエトロ・ディ・ドナート『コンクリートのキリスト』の一節を論じていた教授は話をやめ、僕の方を見て、説明を待った。僕が何も言わなかったので、教授は話を続けた。建物から逃げるように出て行く僕の後を、その声が追ってきた。僕はイーストサイド通りに沿ってずっと北に向かって歩いた。地下鉄6系統をたどるようにグランドセントラル駅まで。

二つに《イン・トゥー》ではなく、心の中へ《イントゥー》――そうだ、この方がぴったりだ。つまり、**僕は心の中に侵入された《ブロークン・イントゥー》思いだった。**

バスの明かりのせいで、まるで歯科医のオフィスが濡れた街路を走っているみたいな錯覚を覚える。僕の後ろにいる女性がハイチ訛《なま》りのフランス語でまくし立てる合間に激しく咳をする。隣にいる男――夫、それとも弟？――は時折「ああ」とか「まあ《ビアン》、まあ《ビアン》」という以外、ほとんど何も言わない。ハイウェイからは、紅葉した木々が見える。紫色の空を掻きむしる枝。その隙間に音のない町があって、街灯の明かりが霧の中に浮いている。バスは橋を渡り、道路脇のガソリンスタンドが僕の頭にネオンサインの鼓動を残す。

　バスの中に暗闇が戻り、僕が膝に目を落とすと、彼の声が聞こえる。**この街を離れないでくれ。**顔を上げると、ピックアップトラックのシートが破れているのが見える。傷の部分から黄色いクッション材が覗いている。僕は再び助手席に座っている。時は八月半ばで、車はウェザーズフィールドのタウンライン食堂の外に停められている。周りは暗い赤色。いや、ひょっとすると、彼に関する僕の記憶の中では、夜はすべてその色に変えられているのかもしれない。あざのように。

「この街を離れないでくれ」と彼は駐車場を見つめたまま言う。ヘブロンのペンゾイル社［米国の石油関連会社］での仕事を終えたところなので、顔が自動車オイルで汚れている。彼は口ではそう言うが、二人とも、僕が街を出ることを知っている。僕はニューヨークへ行く。大学に進学するために。そもそもこの日、会っているのは、別れを告げるためだ。というか、そばにいるため。別れる前に互いの存在を間近に感じるため。それが男同士の別れ方ということになっている。

　僕らはワッフルを食べる目的で食堂に行った。「懐かしい味を楽しもう」と彼は言っていた。でも、店に入ると、二人ともじっとしている。店ではトラック運転手が一人、卵の載った皿とにらめっこしていた。反対側では中年のカップルが仕切られたテーブル席に座り、巨大なサンドイッチの前で両腕を振り回しながら笑っていた。一人きりのウェイトレスがその二つのテーブルの間に待機している。雨が降り始めると、ガラスが彼らの姿を歪め、印象派の絵画のようにその色彩だけが残される。

「おまえは怖がらなくていい」と彼の声が言う。彼は食堂の中で明るく映っている人影を見つめる。その声に込められた優しさが僕をその席——洗いざらしの街——に落ち着かせている。「おまえは頭がいい」と彼は言う。「ニューヨークでもきっと活躍できる」。文章の途中みたいな声の調子だ。そのとき僕は、彼がハイになっていることに気付く。そのとき、彼の上腕にあざがあるのが僕の目に入る。いつも注射針を刺しているあたりの血管が膨れ、黒ずんでいる。

「オーケー」。ウェイトレスがトラック運転手のコーヒーを温め直すために立ち上がるとき、僕はそう言う。「オーケー、トレヴァー」。まるで何かの仕事を引き受けるかのように。

「いい年こいて、いまだに努力を続けてやがる」。彼は笑いそうになる。

「誰の話?」と僕は彼の方を向く。

「あそこの夫婦さ。いまだに幸福を求めて努力をしてやがる」。彼はろれつが回っていない。目は流し台の中の水のように灰色だ。「外は大雨だっていうのに、ベトベトのルーベンサンドイッチ【ライ麦パンにコンビーフ、チーズ、ザウアークラウトを挟んで焼いたホットサンド】をお行儀よく食べようとしてる」。彼は空《から》のカップにつばを吐き、疲れた短い笑い声を上げる。「きっとあの二人、永遠の昔から同じサンドイッチを食ってるんだ」

僕は笑顔を浮かべる。特に理由もなく。

彼は座席で姿勢を崩し、首をかしげ、〝何だよ?〟という笑みを見せる。そしてリーヴァイスに通したベルトのバックルをいじり始める。

「なあ、トレヴ。今、ラリってるだろ。それ、やめようよ、ね?」

「昔はおまえにトレヴって呼ばれると腹が立ってたな」。彼が膝に下ろした左右の手は、土から抜き出した根のように見える。「俺のこと、ぶっ壊れてると思ってるだろ?」

「ううん」と僕はつぶやき、視線を逸らす。窓に額を押しつけると、駐車場の上に鏡像が重なり、雨粒がその中を落ちてくる。「君はいつも君だ」

僕はそれが彼と会う最後になるとは思っていなかった。首の傷痕は食堂のネオン看板で青く光っていた。あの小さな読点《コンマ》をもう一度見るため、そこに口づけをするため、僕の影に傷を広げさせる。するとやがて、傷がまったく見えなくなる。ただ僕の唇で封印された大きくて等しい暗闇があるだけ。唇が自然に形作る句点《ピリオド》に重ね合わされた読点《コンマ》。それこそこの世で最も悲しいものだと思わない、母さん? 句点《ピリオド》になることを強いられた読点《コンマ》こそが。

「よう《ハロー》」と彼は顔の向きを変えずに言う。僕らは出会ってからすぐ、互いに「さよなら」や「おやすみ」は言わないと約束をしていた。友達が既に薬物過剰摂取で何人も死んでいたから。

「やあ《ハロー》、トレヴァー」。僕は手の甲に向かって、声を抑えながらそう言う。エンジンががくんと動き、回転数を上げる。僕の背後で女性が咳をする。僕はまたバスの中にいる。そして目の前の青いメッシュの座席を見つめている。

僕はメインストリートでバスを降り、急いでトレヴァーの家に向かう。まるで何かに遅刻したみたいに、まるで遅れを取り戻そうとするかのように、早足だ。でも、目指しているのはトレヴァーのところではない。

死んだ青年の家にいきなり姿を見せても無駄だし、悲しみに暮れる父親に出迎えられても気まずいと気付いたときには手遅れだったが、それでも歩き続ける。ハリス通りとマグノリア通りの交差点まで行くと、習慣からか、あるいは何かに操られるように向きを変えて公園に入り、野球場を三つ横切る。ブーツの足元からかび臭い土の臭いが漂う。雨は髪を濡らし、顔を伝い、シャツの襟に垂れる。僕は急ぎ足で公園の反対側へ抜けて、今度は通りに沿って袋小路に入る。僕の家はそこにある。灰色の家は雨に輪郭を消されて、闇と一体化している。

僕は玄関の前でバッグから鍵を出し、建て付けの悪い扉を開ける。時刻は真夜中に近い。古い衣服が放つ甘いムスクのような匂いとともに、シーツのようなぬくもりで家は僕を覆う。何もかもが静まりかえっている。リビングルームのテレビが消音状態で、ブーンという低い音を出している。青い光が照らしているカウチには誰もおらず、ピーナツの袋が食べさしのまま置かれている。僕はテレビを消し、階段を上がり、部屋へ向かう。扉は半開きで、貝殻形のナイトライトの明かりが漏れている。僕は扉を開ける。母さんは横になっている。ベッドではなく、床の上に。折り畳んだ毛布をマットレス代わりにして。ネイルサロンの仕事は腰に負担が掛かるので、ベッドだと柔らかすぎて、夜の間に関節が痛くなり、目が覚めてしまうからだ。

　僕は母さんの隣で布団に入る。髪に溜まった雨が垂れて、白いシーツに染みを作る。僕はベッドの方を向いて、母さんと背中合わせに横になる。母さんが驚いて目を覚ます。

「何？　何してるの？　おやおや、濡れてるじゃない……服がびしょ濡れ、リトル・ドッグ……何？　どうしたの？」。母さんは体を起こし、僕の顔を引き寄せる。「何があった？」。僕は間抜けな笑みを浮かべて、首を横に振る。

　母さんは僕を見つめたまま答えを探す。けがを探し、ポケットの中、シャツの下を手でさぐる。そしてゆっくりとまた横になる。僕たちの間にある空間《スペース》は、窓ガラスのように薄く、冷たい。

僕は顔を背ける――本当は、すべてを母さんに打ち明けたいのに。

僕が母さんの隣にいて、言葉をうらやましく思うのは、そんな瞬間だ。言葉には、僕たちには決してできないことができるから。言葉はただじっとしているだけ――ただ存在するだけ――ですべてを伝えられる。母さんの隣で横になっているだけで、僕の体、細胞の一つ一つがはっきりとした意味を伝えられたらいいのに。母さんにぴたりとくっついているのが、作家の体ではなく、言葉そのものだったらいいのに。

　トレヴァーが以前、僕に教えてくれた一つの言葉がある。朝鮮戦争のとき、ハワイに駐屯する海軍で働いていたビュフォードさんがトレヴァーに教えた言葉だ。キプカ。斜面を流れる溶岩流に囲まれるような形で取り残された古い土地のこと。小さな破局を生き延びた島。溶岩が流れ、一帯の苔《こけ》を焦がす前には何の重要性も持たなかった土地。果てしない緑の大地の一角にしかすぎなかった場所。それが試練を乗り越えることで名前を得る。母さんと一緒にマットレスに横たわる僕は、二人で一緒にキプカになれたらいいのにと思わずにはいられない。目に見える、自分の生き残り。でも、僕はそれが無理なことを知っている。

母さんはべとつく手を僕の首に当てる。ラベンダーの匂いのするローション。雨が軒の樋を叩く。「どうしたの、リトル・ドッグ? 話しなさい。ほら。黙っていると怖いじゃないの」

「僕はあいつなんて嫌いなんだ、母さん」と僕は英語でささやく。母さんにはそれが通じないのを知っているから。「あいつなんて嫌いだ。あいつなんて嫌いだ」。そして僕は泣きだす。

「ねえ。何を言ってるか、分からないじゃないの。何なの?」

僕は後ろに手を伸ばし、母さんの指を二本握り、ベッドの下の暗い隙間に顔を押し込む。壁際の、誰にも手の届かない場所、空《から》の水のペットボトルの脇に、しわくちゃの靴下が片方だけ取り残されて、うっすらと埃に覆われている。やあ《ハロー》。

親愛なる母さんへ

もう一度、最初から始めよう。

僕が手紙を書いているのは、時刻が遅いからだ。

火曜日の午後九時五十二分。母さんは今、店が閉まった後、徒歩で家に向かっている最中だろう。

僕は今、戦争に加わっているから、母さんと一緒にいない。それはつまり、今はもう二月で、大統領が僕の友人たちをこの国から追い出したがっているということだ。説明するのは難しい。

僕はずいぶん久しぶりに、天国を信じようと努力している——今の世界が吹きこぼれた吹っ飛んだ後、皆で集まれる場所を。

雪片は一つずつ皆違う、と人は言う——でも、そんなこととは無関係に、吹雪は僕たちを覆う。ノルウェーにいる友人がある話を教えてくれた。嵐の中、正しい緑の色合を求めて外に出かけて、二度と戻らなかった画家の話を。

僕は手紙を書いている。だって去るのは僕ではないから。僕は手ぶらで戻ってくる側の人間だから。

母さんは以前、作家になるとはどういうことかと尋ねたことがある。その答えをここに書こう。

僕の友達は七人が死んだ。四人は薬物過剰摂取。質の悪いフェンタニルを摂取して、ニッサンで暴走し、事故死したゼイヴィアーも含めれば五人だ。

僕が自分の誕生日を祝うことは、もうない。

僕と一緒に家まで、長い道のりを歩こう。ウォルナット通りで左へ曲がる。僕が十七歳のとき

（たばこ農場の後）に一年間働いたレストラン〝ボストンマーケット〟が見える。福音派の店長──鼻の毛穴が異常に大きくて、昼に食べたスコーンのくずがいつもそのくぼみに詰まっていた──は僕らにまったく休憩時間を与えなかった。七時間ぶっ通しで働いているとお腹が空くので、僕はよく掃除道具倉庫に隠れて、制服の黒いエプロンに忍ばせたコーンブレッドを口に押し込んだものだった。

トレヴァーは僕と出会う一年前、森の中を自転車で走りながらジャンプして足首を折ったとき、病院でオキシコンチンを投与された。当時十五歳だった。

一九九六年にパーデュー製薬が最初に大量生産したオキシコンチンはアヘン様の鎮痛薬で、実質的には錠剤タイプのヘロインだといっていい。

僕は一体的な作品群《ボディー・オブ・ワーク》を作り上げたいと考えたことは一度もない。ただ、僕らの体《ボディー》──息をする、説明の付かない存在──を作品の中に保存したいとは思う。

受け入れるかどうかはあなた次第。つまり、体を。

ハリス通りで左折。あの夏、暴風雨の中で焼け落ちた家の残骸がただの空き地となって、金網で囲まれている。

本当の亡骸《なきがら》が文字に記されることはない。ゴーコンでおばあちゃんの知り合いだった少女、焼けた軍用ジープのタイヤを切って作ったサンダルを履いていた少女、戦争終結の三週間前に空襲で抹殺された少女――彼女の亡骸は誰も指差すことができない。言葉と同様に、場所を持たない亡骸。

オキシコンチンを一か月間投与された後、トレヴァーの足首は治癒した。でも、彼は完全に依存症になっていた。

これほど多面的な世界にあって、まなざしは特異な行為だ。何かを見ることは、たとえ短時間でも、自分の人生をそれで満たすことを意味する。僕は十四歳の誕生日の後、森の中に捨てられたスクールバスの座席の間に身をかがめて、自分の人生をコカインの線で満たしたことがある。〝I〟という白い文字が、めくれかかった座席の革の上で光った。僕の中で〝I〟が飛び出しナイフに変わり、何かが裂けた。胃の中身が上がってきたが、手遅れだった。数分後、僕は以前よりも自分になった。それはつまり、僕の中の怪物的な部分が大きくなり、見慣れたものに変わったということ。そして、それを望んでも構わない、それに口づけしてもいいのだ、という意識が生まれた。

本当のことを言うと、僕たちは誰一人として充分に〝充分〟ではない。でも、それくらいのことは母さんはもう知っている。

本当のことを言うと、僕がここに来たのは、ここを離れないための理由を求めていたからだ。理由というのは時に、些細なものだ。母さんがスパゲティのことを「バーゲディィ」と発音するのと同じように。

今の季節ももう終わりに近い――つまり、国法銀行〔連邦政府から権限を与えられた全国銀行〕の脇で満開になっているクリスマスローズは遺書だということ。

それを文字に記すこと。

永遠に続くものなんて存在しない、と人は言う。でも本当は、何かが自分の愛より長続きするのを恐れているだけだ。

そこにいるの？　まだそこを歩いているの？

永遠に続くものなんて存在しない、と人は言う。だから僕は絶滅危惧種の声を借りて、母さんに手紙を書いている。

本当のことを言うと、僕らは理解《ゲット》される前に抹消《ゲット》されるんじゃないかと僕は不安だ。

どこが痛いのか教えて。僕の言葉を信じて。

ハートフォードにいた頃、僕は夜中に一人、通りを歩くことがよくあった。夜、眠れないとき、服を着て、窓から外へ出て、ひたすら歩いた。

時々、動物がゴミ袋の背後で、姿を見せずに歩いている物音が聞こえた。あるいは思いがけず強い風が頭上を吹き抜けて、目に見えないところでカエデの枝がぶつかり合い、葉が一斉にカサカサと落ちるのが聞こえた。でも大抵、聞こえるのは僕の足音だけだった。降ったばかりの雨で湯気が上がる路面。十年以上経過したタールの臭い。少ししか星が見えない空の下に広がる野球場の土。ハイウェイの中央分離帯で草を踏む僕のヴァンズの靴底。

でもある夜、別の音を聞いた。

アパートの一階、明かりのない窓から響く、アラビア語の男の声。〝アッラー〟という単語は聞き分けられた。抑揚からそれが祈りの言葉であることが分かった——舌はそういう言葉を差し出すことができる最も小さな手のようだ。僕はその言葉が男の頭上にふわふわと浮いている様子を想像しながら、縁石に腰を下ろし、コツンという、来るべき柔らかな音を待った。僕はギロチンのネジが一本外れたみたいにその言葉が落ちてくるのを望んだが、いつまで経っても落ちてこなかった。男の声はますます高くなり、僕の手は一区切りごとにピンク色に変わっていった。そうして自分の肌が熱を持つのを見ているうちに、やがて、顔を上げると夜が明けていた。祈りは終わった。僕は血のような光で燃えていた。

サラート・アル・ファジュル。夜明け前の礼拝。「夜明けに集まって祈るのは」と預言者ムハンマドは言った。「一晩中祈るのと似ている」

そうして当てもなく歩いた夜、僕は自分が祈っていたのだと思いたい。何を祈っていたのかは、今でも分からない。でもいつも、すぐその先に何かがあると僕は感じていた。遠くまで歩けば、ただ長い時間歩いていれば、何かが見つかる——ひょっとすると、その言葉を口にし終えた瞬間の舌先のように、それを両手に掲げることさえできる、と。

最初は、化学療法を受けるガン患者のための鎮痛剤として開発されたオキシコンチンはまもなく、成分の同じジェネリック医薬品とともに、あらゆる身体的な痛みに対して処方されるようになった。関節炎、筋痙攣、偏頭痛。

トレヴァーが入れ込んでいたのは、映画『ショーシャンクの空に』とジョリーランチャーのキャンディー、ゲームの『コール・オブ・デューティ』と片目のボーダーコリーのマンディーだった。ぜんそくの発作が治まった後、背中を丸めてあえぐように息をしながら、「目に見えないちんぽを喉の奥まで突っ込まれたかと思った」と言ったトレヴァー。注射針の交換から家に戻る途中、高架道路の下で雨宿りしていた僕らは、まるでそんな状況じゃないみたいに、まるで十二月じゃないみたいにゲラゲラと大笑いした。トレヴァーには名前があった。そして理学療法を学ぶためにコミュニティーカレッジに行きたいと思っていた。トレヴァーは死んだとき、部屋に一人きりだった。壁に何枚も貼られていたのはレッド・ツェッペリンのポスター。トレヴァーは二十二歳だった。トレヴァーは。

僕は後になって知ったのだが、公式な死因はフェンタニルの混じったヘロインの過剰摂取。

以前、作家の集まるある会議で、一人の白人男性が僕に、芸術のためには破壊が必要だろうかと訊いた。他意のない質問だった。男は身を乗り出していた。金色の糸でベトナム戦争帰還兵と飾り縫いされたキャップの下で青いまなざしがピクリと動き、酸素ボンベにつながれたチューブが鼻の下でシューッと音を立てていた。僕はこの人が祖父であってもおかしくないと考えながら、白人のベトナム帰還兵に対していつも向けているのと同じ目で彼を見て、「いいえ」と答えた。「いいえ、芸術のために破壊は必要ありません」。僕がそう言ったのは、確信があったからではなく、口でそう言うことで自分に信じ込ませることができると思ったからだ。

でも、創造性のための言語が再生の言語になることもある。

あなたはあの詩を討ち取った、と僕たちは言う。君はとどめを刺した。あなたの小説は銃が火を吹いているみたいだ。今、この段落を叩き直してるところだ。ガンガンやっている最中。僕たちはそんな言い方をする。あのワークショップは俺がもらった。そのワークショップは私が押さえ込んだ。彼らを潰したのは私だ。そのコンペは私たちが圧勝。僕は詩神と格闘している。人が暮らしている場所は戦場だ。標的は聴衆。「おめでとう」。あるときパーティーで一人の男が僕にそう言った。「詩で殺人《成功》しているそうだね。すごい勢いだ」［この段落では、暴力や殺人に関する英語の語彙がいくつも芸術的創意の表現に用いられている］

ある日の午後、ランおばあちゃんとテレビを観ているときに、バッファローの群れが一列になって崖から落ちていく場面を放送していた。雪崩を打つように山から飛び降りるバッファローの鮮明な映像。「何であんな死に方をするのかね？」とおばあちゃんはあきれたように言った。僕はいつものように適当な思い付きを口にした。「あれはわざとじゃないよ、おばあちゃん。家族の後を追っているだけ。ただそれだけ。先に崖があるって知らないんだ」

「それなら、一時停止の標識を出しておけばいいのにねえ」

うちの近所には一時停止の標識がたくさんあった。でも、昔からあったわけじゃない。通りの先に、マーシャという女の人が暮らしていた。かなり太っていて、牧場主の未亡人みたいな髪型――前髪をたっぷり残したマレットカット［全体的にはショートで、襟足部分だけ伸ばしたスタイル］――をしていた。彼女は不自由な方の足を引きずりながら一軒一軒近所の家を訪ね、一時停止の標識を建てるための陳情書に署名を集めていた。うちには二人男の子がいます、と彼女は玄関先で説明した。近所の子供もみんなが安心して遊べるようにしたいんです、と。

彼女の息子はケヴィンとカイルという名前だった。僕より二歳上のケヴィンはヘロインの過剰摂取で死んだ。その五年後、弟のカイルも薬物過剰摂取で死んだ。その後、マーシャは妹と一緒にコヴェントリーのトレーラーハウスに引っ越した。一時停止の標識は今でも町に残っている。

本当のことを言うと、僕たちは、死にたくなければ死ぬ必要はない。

いや、それは冗談。

雪の夜が明けた朝、うちの玄関に赤いスプレーで〝死ぬまでオカマ〟と書かれていたときのことを覚えてる？

あの朝はつららに光が当たって、何もかもが美しく、壊れかけに見えた。

「何て書いてある？」。コートを羽織っていない母さんは震えながらそう訊いた。「〝メリー・クリスマス〟って書いてあるんだよ、母さん」と僕は文字を指差して言った。「ほら見て。だから赤い字なんだ。幸運を祈って」

依存症は双極性障害と結び付いているという説がある。脳の中の化学物質のせいだという説もある。僕はきっと間違った化学物質を持っているんだ、母さん。というか、何かの化学物質が足りないのかもしれない。それを治す薬もある。それが一つの産業になっている。何百万ドルにもなるビジネスだ。悲しみをもとにしてお金を稼げるって、母さんは知ってた？ アメリカの悲しみで儲けた百万長者に僕は会ってみたい。その人の目を見て、握手をしながら、「お国に貢献できて光栄です」と言いたい。

大事なのは、僕は自分の悲しみを人に奪われたくないということ。自分の幸福を人に奪われたくないのと同じように。どちらも僕のものだから。自分で作ったものだから。もしも僕が感じている高揚が〝双極性障害の発現〟でなく、必死に努力して得たものだったらどうだろう？ ひょっとして、家に帰ってたまたまそれがピザの日だったら、跳び上がって喜び、母さんに抱きついてキスをするかもしれない。だって、夕食がピザというだけで僕には充分すぎるから。僕にとってそれは最も忠実で最も弱々しい合図だから。今晩の月が子供の本で見るみたいに巨大で、松の木立の上に浮かぶ様子が滑稽――奇妙な球体型の薬みたい――だという理由で外に飛び出したらどうだろう？

つまり、さっきまで目の前にあったのはただの崖なのに、突然そこにまばゆい橋が現れたみたいな感じ。そして、勢いに乗って橋を渡るのだけれど、いずれ遅かれ早かれ、先ではまた崖に行き当たることは分かっている。もしも僕の悲しみが実は最も野蛮な教師だとしたらどうだろう？ その教師が教えるのは常にこのことだ――人はバッファローみたいに振る舞う必要はない。いつでも止まることができるのだ、と。

戦争があった、とテレビで男が言っている。でも、それは今、〝落ち着いた〟と。

そうだ、と僕は錠剤を飲みながら思う。

本当のことを言うと、僕の向こう見ずは体の幅しか持たない。

以前、水の中で見た、ブロンド少年のくるぶし。

緑色の光が当たって、そこに一本の線が見えた。

本当のことを言うと、僕たちは寿命より長く生きることはできても、皮膚より長生きすることはできない。でも、それくらいのことは母さんはもう知っている。

僕は注射針が怖いから、ヘロインはやったことがない。差し出してくれた注射を僕が断ったとき、トレヴァーは携帯の充電器のコードの端を歯でくわえて自分の腕を縛り、僕の足を顎で指して言った。「おまえ、タンポンを落としたみたいだぞ」。それからウィンクをして微笑み、自分で作った夢の中へと溶けていった。

パーデュー製薬は巨額の広告費を費やして、オキシコンチンを安全で、依存を引き起こしにくい鎮痛薬として医師に売り込んだ。同社はその後も、依存を起こすのは服用者の一パーセント以下だと主張したが、それは嘘だった。二〇〇二年には非がん患者の痛みに対するオキシコンチン処方は十倍近く増加し、総売上は三十億ドルを超えた。

芸術が量でなく、跳ね返った回数で計られるとしたらどうだろう？

芸術は秤にかけられないものだとしたら？

国歌斉唱でただ一つのいいことは、僕たちはその時点で皆立ち上がっていて、いつでも走りだせるということ。

本当のことを言うと、アメリカは神の下にある一つの国ではなく、薬物の下、ドローンの下にある国だ。

初めて僕が男の裸を見たとき、その人は永遠に思えた。

それは仕事が終わって、服を脱ぐ父の姿だった。僕はその記憶を捨てようとしている。でも、〝永遠〟で面倒なのは、いったん捨ててしまったら二度と取り戻せないということ。


僕は主《しゅ》にこう言った。最後までここにいさせてくれたら、それで貸し借りはなしにしよう、と。

僕の影とあなたの足とを結び付けて、それを友情と呼ばせてほしい、と僕は自分に言った。


部屋の中で翼の音がして僕は目を覚ました。まるで開いた窓から鳩が入ってきて、天井にぶつかっているみたいな音だった。僕は明かりを点けた。光に目が慣れると、トレヴァーが床に大の字になっているのが見えた。体が発作で波打ち、スニーカーが鏡台を蹴っていた。そこは彼の家の地下室だった。それは戦争だった。彼の頭を抱えると、口から吹いた泡が僕の腕を伝った。僕は彼の父親を大声で呼んだ。その夜、病院で彼は命を取り留めた。それは既に二度目だった。

怖いお話《ホラー・ストーリー》。トレヴァーが死んで四年経ったある夜、目を閉じると彼の声が聞こえる。

彼はまた、いつもの調子で「私のこの小さな光《ディス・リトル・ライト・オブ・マイン》」を歌う――会話の合間に突然、シボレーの窓から片腕を出し、色あせた赤の塗装をリズムに合わせて叩きながら。僕が暗闇の中で横になったまま、歌詞を口ずさんでいると、彼がまた姿を現す――若く、温かく、充分な姿で。

今朝は、窓台に黒いミソサザイがいた。黒く焦げた梨。

そんな比喩には意味がない。でも意味はなくても、それはそこにある。

母さん、そこを右に曲がって。釣具屋の裏に空き地がある。ある夏の日、僕はそこで、トレヴァーがビュフォードさんのスミス&ウェッソンで仕留めたアライグマの皮を剝がすのを見た。顔をしかめて作業をする彼の歯は、薬物で緑色になっていた――昼間に蛍光色で光る星のように。トラックの荷台で、黒い毛皮が風に波打った。そこから一メートルほどの場所では、泥の付いた一対の目が新たに現れた神の姿に呆然としていた。

ワイリーズ通りの監督教会の裏で川面に吹き付けている風の音が聞こえる?

僕が今まででいちばん神に近づいたと感じたのは、絶頂感《オルガスム》の後に体を満たした静けさだ。トレヴァーと並んで寝たあの夜、僕はアライグマの瞳が何度も脳裏に浮かんだ。頭蓋を失って、閉じることのない目。僕たちは体を失ってもまだ見ることができるのだと僕は思いたい。僕たちは決して閉じないのだと思いたい。

母さんと僕。僕たちは目を開けるまではアメリカ人だった。

寒い？ 体を温めるというのは基本的に、自分の肉の温度で自分の体に触れることを意味するのは奇妙だと思わない？

彼らはあなたの成功を望む。でも、決して自分より成功することは望まない。彼らはあなたを犬のようにつなぎ、革紐に自分の名前を書いて、〝必要な存在〟〝切迫した存在〟と呼ぶ。

僕は出しゃばりの文法を風から学んだ。障害物に体を巻き付けることで、それをかわす方法。そうすることでそこを家に変えることができる。僕の言葉を信じてほしい。人は農家の少年が握る拳の中で小麦を振って、コカインの粉のように無名でいることができる。

手に痛みを感じるたび、手が自分のものになる気がするのはどうしてだろう？

ハウス通りの墓地の横を通り過ぎる。墓石はどれも古びているので、刻まれた名前が噛み跡のように見える。いちばん古い墓に眠っているのはメアリー＝アン・カウダー（一七八四年―一七八四年）。

結局、僕らがこの世で生きるのは一度きり。

トレヴァーが死んでから三週間後、植木鉢に咲いた三つのチューリップが僕の思考を止めた。僕は突然目を覚まし、花びらに当たる朝日を寝ぼけ眼で見て、花が内側から光っているのだと勘違いした。僕は目の前で奇跡が起きていると思って、光る杯のそばまで這い寄った。燃え尽きることのない柴［出エジプト記三の二―四参照。神がこの木からモーセに語りかける］。でも、そばまで行くと、僕の頭が光を遮り、チューリップの光が消えた。これも意味のない出来事だと僕は知っている。でも、意味のない出来事が時に、すべてを変える。

ベトナム語では、誰かを〝恋しく思う〟というのと、誰かを〝覚えている〟というのは同じ単語で表される。ニョー。母さんは時々電話で僕に尋ねる。コン・ニョー・メ・コン？〝私のことを覚えている？〟と言われたのかと思って、僕は一瞬ひるむ。

僕はあなたのことを覚えている。そしてそれ以上に恋しく思う。

政治的というのは単に腹を立てているということであり、それゆえに粗雑で、深みがなく、〝生煮え〟で、むなしい、と人は言うだろう。そして人は政治的な問題を語るとき、まるでサンタクロースや復活祭のウサギ《イースター・バニー》のことを話しているみたいに、決まりが悪そうにする。

偉大な本は政治的なものから自らを〝解き放ち〟、差異という障壁を〝乗り越えて〟、普遍的真理に向けて人々を一つにする、と人は言うだろう。それはとりわけ、技巧を通して成し遂げられる、と。では、その方法を具体的に見てみましょう、と人は言う——まるで、そうして組み立てられるものが、それを作った衝動とは切り離せるかのように。まるで人間の姿形を考慮することなしに、最初の椅子がこの世に現れたかのように。

僕は知っている。虐殺（slaughter）という語の中に笑い（laughter）が閉じ込められているのはフェアじゃない。

僕たち——あなたと僕——はその腹を切り裂かなければならない。銃で仕留めたばかりの牝鹿から、真っ赤な姿で震えている赤ん坊を取り上げるみたいに。

オキシコンチンを混ぜたコカインはすべての速度を増すと同時に、すべてを静止させる。それは、列車の窓から外を眺めているときに、霧のかかるニューイングランドの畑の向こうに、いとこのヴィクターが働いているレンガ造りのコルト社の工場のすすけた煙突が見えるのと似ている。そんなとき煙突は、列車に並行して付いてきているように見える。まるで自分は決して郷里から離れられないみたいに。あまりに度を超えた喜びは、決まって、それを手放さないよう必死になることで失われてしまう。

ある夜、ウィンザーの郊外でトレヴァーの薬物を手に入れるため自転車で二時間遠乗りした後、僕たちは小学校の校庭でブランコに腰を下ろした。尻の下のゴムは冷たく感じられた。向かい側にはカバの形をした滑り台があった。彼は直前に注射を打っていた。僕の見る前で、彼がプラスチック製の貼薬《パッチ》を火であぶると、フェンタニルが泡立ち、ねばねばしたタール状になって中央に集まった。プラスチックの縁が反り、茶色くなったところで彼は手を止め、針を取り出し、黒い目盛りの入ったシリンダーに透明な液体を吸い取った。彼のスニーカーが地面の木っ端をこすった。暗闇の中で見る紫色のカバ——口の部分が開いていて、子供はそこから中に入れる——は廃車のようだった。「なあ、リトル・ドッグ」。ろれつの回らないその口調から、彼が目を閉じているのが分かった。

「何?」

「けど、本当なのかな?」。彼の乗るブランコはきしみ続けた。「ゲイってつまり、一生ほんとにゲイなんだと思うか? てか」とブランコの揺れが止まった。「俺は思うんだけど、俺は……二、三年で治るんじゃないかな。どう思う?」

〝ほんとにゲイ〟というのがすごくゲイということなのか、それとも真にゲイということなのか、僕には分からなかった。

「そうだと思うよ」。僕は自分が言っていることの意味も分からずにそう言った。

「おかしな話だ」。彼は笑った。静寂の奥行きを確かめるための、偽の笑い。彼の肩が落ちた。薬物が着実に彼の中を巡っていた。

そのとき、何かが僕の口に触れた。僕はぎょっとして、口をぎゅっと閉じた。トレヴァーが僕の口にたばこをくわえさせて、火を点けた。彼の目——どんよりして血走った目——の中で炎が光った。僕は焼け付くような甘い煙を吸いながら涙と戦い、勝った。そして星々——わずかな青白い燐光——を見つめて、どうしてこの夜空を暗いと言えるのだろうかと考えた。

交差点を曲がる。信号は黄色で点滅している。僕たちの町では真夜中を過ぎると信号は点滅に変わる——その時刻になると、信号は自分がそこにいる理由を忘れてしまう。

母さんは作家になるとはどういうことかと僕に尋ねた。僕の返事は支離滅裂だ。でも実際、支離滅裂なんだ、母さん——僕はそれをでっち上げているわけじゃない。でっち下げている。それが書くということだ。数々の馬鹿げた目に遭った後、世界の中で頭を低くしたおかげで新たに慈悲深い角度からものが見える。小さなものからできた、より大きなビジョン。あなたの目と正確に同じ大きさだった綿埃が突然、巨大なシーツのような霧に変わる。その霧を通して見るのは、フラッシング［ニューヨーク市クイーンズ区の一地域］の浴場で濃い蒸気の中にいるようなものだ。かつて誰かがその蒸気の向こうから手を伸ばし、僕の鎖骨のくぼみを撫でたことがあった。結局、その男の顔は見えなかった。霧の中に漂う金縁の眼鏡が見えただけだ。そしてその感触。僕の中のいたるところに感じられた、ビロードのようなぬくもり。

それが芸術なのだろうか？　人に触れられることで自分の感覚を自分のものだと考えること。でも最終的に僕たちを見いだすのは、人を恋しがる他人の側なのだ。

ロンドン演芸場《ヒッポドローム》で魔術師フーディーニが手錠から脱出するのに失敗したとき、妻のベスは彼に長く深いキスをした。そしてそうしながら、彼を救う鍵を渡した。

天国があるなら、それはこのキスに似ているだろうと思う。

僕は先日、特に何の理由もなく、トレヴァーの名をグーグル検索した。ホワイトページには、彼がまだ生きていると書かれている。現在三十歳で、僕のいる場所からわずか五・八キロのところに暮らしている、と。

記憶は僕たちを忘れていない、というのが真実だ。めくられる紙の一ページは、対《つい》のない一枚の翼だ。だから、空は飛べない。でも、僕たちは心を動かされる。

ある日の午後、クローゼットを掃除していると、カーハートのジャケットのポケットからジョリーランチャーのキャンディーが出てきた。元はトレヴァーのピックアップトラックにあったものだ。彼はいつもキャンディーをカップホルダーに入れていた。僕は包みを開け、キャンディーを指先でつまんだ。その中には僕たちの声の記憶があった。「知っていることを教えてくれ」と僕はささやいた。キャンディーは窓から差す光を受けて、古代の宝石のように光った。僕はクローゼットに入り、扉を閉め、暗闇の中に座り、滑らかで冷たいキャンディーを口に入れた。グリーンアップルの味だった。

僕はあなたと一緒にいない。今、あなた以外のすべてのものと戦争しているから。

人生の中で、隣にいる人。それは併置《パラタクシス》と呼ばれる。別名は未来。

もうすぐ僕たちはそこに着く。

僕が話しているのは物語というより、難破船の残骸だ——ようやく読めるようになった、海に浮かぶ破片。

カーブに沿って進み、下に白い文字で「Ｈ８」と書き添えられた一時停止の標識を通り過ぎる。そして白い家に向かう。家の左側の壁は、ハイウェイの向こうにあるスクラップ置き場から漂う排気ガスで濃灰色《チャコールグレー》に変わっている。

僕が幼い頃、その二階の窓越しに外の吹雪の音が聞こえて、目を覚ましたのだった。当時は五歳か六歳で、雪のピークが過ぎたことを理解していなかった。雪は空の縁まで積もり続けるのだと思っていた。そしてさらに、天の書斎の床に散らばる方程式ものみ込み、読書用椅子でうたた寝する神様の指に触れるところまで積もる、と。朝までに、僕たちは青白い静寂の中に封じ込められる。そうなれば、誰もここを去る必要がなくなる。完全に。

しばらくして、ランおばあちゃんが僕を見つけた。というか、おばあちゃんの声が僕の耳元に来た。「リトル・ドッグや」と彼女は雪を見つめる僕に言った。「お話を聞きたいかい？　一つお話を聞かせてやろう」。僕はうなずいた。「オーケー」と彼女は続けた。「昔々。一人の女が土の道路で、娘を抱いていた。こんなふうに」と彼女は僕の肩を抱えた。「子供の名前はローズ。そう、花と同じ名前。そう、その女の子、名前はローズ、あたしの娘……オーケー、あたしは娘を抱いていたんだよ。リトル・ドッグ」と彼女は僕の体を揺さぶる。「その子の名前を知ってるかい？ローズだよ、花と同じ名前。そう、あたしが土の道路で抱いていた女の子。いい子、あたしの子供、赤毛。名前は……」。そんな調子で話が続くうちに、下の街灯が白く光り、名前を持つすべてのものを消した。

僕たちになる前、僕たちは何者だったのだろう？　僕たちはきっと街が燃える間、未舗装道路の路肩に立っていたに違いない。そして今と同じように、消え去りかけていたに違いない。

僕たちはひょっとしたら来世で、初めて出会うことになるのかもしれない――僕たちが及ぼすことのできる害悪以外すべてのものを信じて。ひょっとすると僕たちはバッファローとは正反対なのかもしれない。皆の体に翼が生えて、一世代のオオカバマダラのように崖から次々に飛び立ち、故郷へ向かうのかも。グリーンアップル。

街の細部を覆い隠す雪のように、僕たちは存在しなかったと、彼らは言うだろう。僕たちの生存はただの神話だ、と。でも、それは間違いだ。僕たち――母さんと僕――は現実の存在だ。だから笑った。僕たちの唇をかがる糸は喜びによって切れると知っていたから。

忘れてはいけない。規則《ルール》は道と同じで、そこから外れないようにしている限り、行けるのは既知の場所だけだ。碁盤の目みたいな道路の下には野原がある――最初からずっと。そしてそこで迷子になるのは、決して問題ではなく、逆に〝たくさん〟になることだ。

〝たくさん〟になるのは一つの規則《ルール》。

僕があなたを恋しく思うのは一つの習慣《ルール》。

〝ちっちゃい《リトル》〟の方が〝小さい《スモール》〟よりも小さいのは一つの決まり《ルール》。なぜかは僕に訊かないで。

〝もう充分〟と言わなくてごめんなさい。

グリーンアップル。

本当は「あなたは幸せなの？」と言いたいのに、いつも「元気？」と言ってしまってごめんなさい。

もしも気が付いたら暗くなっていく世界の中に閉じ込められていたというようなことが起きたら、体の内側は昔から暗かったことを思い出してほしい。心臓は法律と同様に、生きている人のためにしか止まることがない。

もしも自分の存在に気が付いたら、おめでとう、あなたの手はあなたのものだ。

リスレー通りで右に曲がる。もしも僕のことを忘れてしまったら、それは行きすぎ。Uターンをしてほしい。
幸運を祈る。
おやすみなさい。
ああ。グリーンアップル。

部屋は写真のように静かだ。ランおばあちゃんは床に敷いたマットレスの上に寝そべっている。おばあちゃんの娘たち——母さんとマイ伯母さん——と僕はマットレスの脇にいる。おばあちゃんの頭と首に巻かれた汗まみれのタオルは、やせこけた顔を覆うフードのようだ。皮膚は努力をやめ、目は頭蓋骨に落ち込み、脳そのものの中から外を覗いているかのよう。おばあちゃんは木彫りの像に似てしなび、深いしわが寄っている。唯一生きているしるしは胸のところで上下するお気に入りの黄色い毛布——今では色が灰色に変わっている——だ。

母さんはおばあちゃんの名前を口にする。四度目におばあちゃんの目が開き、僕たち一人一人の顔を探す。そばのテーブルの上には、僕たちが飲み忘れたお茶がポットのまま置かれている。その甘いジャスミンの匂いのせいで、それと対照的なツンとした刺激臭が部屋の空気に混じっていることに気が付いたのだった。

ランおばあちゃんは二週間前から同じ場所に横になっている。やせた体軀《たいく》に痛みが走り、おばあちゃんがわずかに動くたびに、太ももと背中に床ずれができ、それが膿《う》んでいた。排便のコントロールも利かず、おまるは常に途中まで満たされていて、内臓が文字通り自らを吐き出そうとしている。僕はそこに座って団扇でおばあちゃんの体を扇ぎながら――残り少ない髪がこめかみのところでひらひらと動いた――吐き気を覚える。おばあちゃんは僕たち一人一人を何度もじっと見る。まるで人が入れ替わるのを待っているかのように。

「体が燃えてる」。ようやくおばあちゃんが言葉を口にする。「体の中が、小屋みたいに燃えてる」。返事をする母さんの声は、今までに聞いたことがないほど優しい。「私たちが水をかけるからね、お母さん、ね？　その火は私たちが消す」

ランおばあちゃんが診断を受けた日、僕は白いものが何一つ置かれていない診察室に立っていた。おばあちゃん――後ろから光で照らされた骨格――の体のあちこちを指差しながら説明する医師の声は、水中で聞いているみたいに響いた。

でも、僕の目に見えたのは虚空だった。

レントゲン写真でおばあちゃんの脚と腰の間にある空間を見ると、大腿骨の三分の一と寛骨《かんこつ》臼《きゅう》の一部をがんが侵蝕し、大腿骨の骨頭《こっとう》は完全に失われ、右の腰は骨粗鬆症の状態だった。その画像は僕に、くず鉄置き場で見かけるような、錆びて腐食した薄い金属の板を思い起こさせた。おばあちゃんのその部分がどこに消えたのかを示す証拠は見当たらなかった。僕はレントゲン写真をさらによく見た。かつておばあちゃんの骨を構成していた透明な軟骨、骨髄、ミネラル、塩《えん》、腱はどこへ行ったのか？

その後、看護師たちが僕の周りをうろつく間に、僕は新たに奇妙な怒りを覚え、顎と拳に力が入った。誰がこんなことをしたのか、僕は知りたかった。こんなことをするからには犯人――明確な責任を負うべき存在――がいるはずだ。僕は生まれて初めて、敵を必要としていた。

ステージ4の骨がんというのが公式な診断だった。母さんが車椅子に乗るランおばあちゃんと一緒に廊下で待つ間に、医師は僕にレントゲン写真の入った茶封筒を手渡し、目を合わせることなく簡単にこう言った。「おばあさんを家に連れて帰って、好きなものを食べさせてあげてください。あと二週間か、ひょっとすると三週間の命です」

僕たちはおばあちゃんを家に連れて帰り、タイルの床の涼しい場所にマットを敷いて寝かせ、脚が横にずれないように体に沿っていくつも枕を並べた。母さんも覚えているだろうけど、困ったのは、ランおばあちゃんは自分が末期的な病気にかかっていることを結局最後まで信じなかったことだ。僕たちは診断の結果をおばあちゃんに説明した。腫瘍、細胞、転移の話。それはあまりにも抽象的で、魔法の説明をしているのと何も変わらなかった。

僕たちはおばあちゃんに、もうすぐ死ぬのだと話した。最初は〝あと二週間〟、次に〝あと一週間〟、その後は〝今日明日にでも〟と。「覚悟をしないといけない。覚悟をしないと。何か欲しいものがある？　何か要る？　何か言いたいことはない？」と僕らはしきりに促した。でも、おばあちゃんは信じなかった。「おまえたちは子供だから、まだまだ知らないことがある。もっと年を取れば、世の中のことが分かってくる」と。そしておばあちゃんが人生を出し抜く方略は否認と嘘——物語を語ること——だったから、僕たちにはおばあちゃんを納得させるすべがなかった。

でも、痛みそのものは物語とは違う。最後の二、三日、母さんが葬式の手配をし、棺桶を選んでいる間、ランおばあちゃんは耳をつんざく長い悲鳴を上げ、吠えた。「あたしが何した？」と彼女は天井を見ながら言った。「神様、こんなふうに踏んづけるなんて、あたしが何をしたって言うの？」。僕たちは医師に処方された半合成麻薬のバイコディンとオキシコンチンを祖母に与え、その後はモルヒネを、さらにその後はモルヒネの量を増やした。

おばあちゃんが意識を失ったり、取り戻したりを繰り返す間、僕は紙皿で体を扇いだ。フロリダから一晩中車を運転してきたマイ伯母さんはゾンビみたいにぼうっとした状態で部屋を行き来し、食事を作り、お茶を淹れた。ランおばあちゃんはものを嚙む力もなくなっていたので、わずかに開いた唇にマイ伯母さんがスプーンでオートミールを運んだ。マイ伯母さんが食事を与える間、僕は二人を扇ぎ続けた。母と娘、額を寄せ合う二人の黒髪がユニゾンで揺れた。二、三時間が経ち、母さんとマイ伯母さんがランおばあちゃんを横に向かせて、ゴム手袋をした手で体——排泄をコントロールすることさえできないほど疲れた体——から大便を拭った。母さんが作業する間、おばあちゃんのじっと閉じられている目、宝石のような汗がにじむ顔を僕は扇ぎ続けた。作業が終わると、おばあちゃんはそこに横になったまま、まばたきをした。

僕はおばあちゃんに、何を考えているのかと訊いた。すると、まるで眠れない夢から覚めたみたいに、疲れ切った単調な声でこう答えた。「あたしも昔は若かったんだ、リトル・ドッグ。知ってるかい？」
「うん、おばあちゃん、知ってるよ――」。でもおばあちゃんは僕の言葉を聞いていなかった。「あたしは昔、髪に花を挿して、太陽の当たる外を歩いた。大雨が降った後、太陽が出ると外を歩いた。耳の上に花を挿してね。濡れてひんやりした花を」。おばあちゃんの視線は僕から逸れた。「馬鹿みたいだよねえ」。おばあちゃんは首を横に振った。「馬鹿みたいだ。女の子なんて」。しばらくして、おばあちゃんは僕がいることを思い出したみたいに急に僕の方を向いた。「ご飯はもう食べたのかい？」

僕たちは命を保持しようとする――もう体が持ちこたえそうにないと分かっているときも。僕たちはそれに食事を与え、体勢を楽にし、体を洗い、薬を飲ませ、背中をさすり、時には歌を聴かせる。僕たちがそういう基本的な部分で世話をするのは、勇気があるからでも献身的だからでもなく、それが呼吸のように、人類の根幹にある行動だからだ。時がそれを見捨てるまで、体を支えること。

僕が今考えているのはデュシャンのことだ。悪名高い彼の〝彫刻作品〟。彼は小便器――一定の目的のために恒久的に使える実用品――をひっくり返すことでものに対する人の受け止め方を根本から変えた。さらにそれを「噴水」と名付けることでその物体から意図されたアイデンティティーを奪い、認識されざる新たな形態に変えた。

だから僕はデュシャンが憎い。物の存在はただひっくり返して新しい側面を見せるだけで変えられることを証明した彼が憎い。単なる重力──僕たちをこの地球に縛り付けている力そのもの──だけで完遂できる行為。

その指摘は正しいから、余計に彼が憎い。

だって、今ランおばあちゃんに起きているのはまさにその現象だから。がんはただおばあちゃんの顔つきを変えただけではなく、その存在の軌跡をも変えた。ランおばあちゃんはひっくり返されてしまえば、ただの土だ──死ぬ《ダイイング》という単語が死《デス》とは似ていないように。ランおばあちゃんが病気になる前、僕はそういう融通性が美しいと思っていた。物や人をひっくり返した途端、元の特異な自我以上のものに化けるのは素敵だ、と。そんな進化の作用──今も昔もクイアな黄色い同性愛者である自分を誇らしく思わせてくれた作用──が今、僕を裏切る。

ランおばあちゃんの横に座っていると、不意に横滑りした僕の意識がトレヴァーに向かう。そのちょうど七か月前に亡くなったトレヴァー。僕らが初めてセックスしたときのことを思い出す。普段みたいに彼のペニスを僕が手で握ったときでなく、本当にしたときのことを。それは僕が農場で働きだしてから二シーズン目の九月だった。

納屋の梁の隅から隅まで吊されたたばこの葉は、既にしなびていた。かつて畑で青々としていた葉が、今では古い制服のような色合いにくすんでいた。そろそろ炭火で乾燥を早める頃合いだった。そのためには誰かが納屋で一晩中、番をしなければならない。床に三メートルほどの間隔でブリキのパイ皿を置き、そこに練炭を積んで燃やすのだ。トレヴァーは一晩、火の番をすることになったから、一緒に付き合ってくれと僕に言った。僕らの周りのあちこちで炭の山が燃え、隙間風が吹き込むたびに赤い光がちらついた。熱気が天井に上るにつれ、甘い香りが納屋の中に広がった。

僕らが床に横になる頃には真夜中を過ぎていた。オイルランプが放つ金色の光の暈《かさ》が僕らの周りの闇を遠ざけていた。トレヴァーが僕の方へ身を乗り出した。僕は期待を抱いて唇を開いたが、彼は今回、口には近づかず、もっと下に来て、最後は彼の歯が僕の首の下の皮膚をこすった。それは、彼がその年、どこまで関係を深める気なのかを僕が知る前のことだった。当時の僕は、この少年が体の中にどれだけの熱——拳を固めたアメリカ人の怒り——を抱えているのか知らなかった。コロナビールを三本空けた後、ラジオから流れるペイトリオッツの試合の中継を聞きながら、横にディーン・クーンツの『何ものも恐れるな』のハードカバー版を置いて、玄関先で涙を流す父親のことも知らなかった。暴風雨の中、シボレーの荷台で気を失っているトレヴァーを父親が見つけたのより前のこと。父親は、血中をヘロインが流れるトレヴァーの体を引きずって救急車に乗せ、病院に担ぎ込んだのだった。そしてトレヴァーは丸三か月、体をクリーンにして退院した後、また薬をやった。

夏の最後の熱気でねっとりとした風が納屋の中を吹き抜けた。僕は日に焼けた彼の肌——昼の畑のぬくもりが残る肌——に体を寄せた。象牙色で虫歯のない彼の歯が僕の胸、乳首、みぞおちをかじった。僕は抵抗しなかった。だって既にすべてを手放している僕には、何も奪われるものなどないから。僕たちの服は、包帯のようにほどけた。

「やってみようぜ」。彼は僕の上に乗り、ボクサーパンツを脱ぎ捨てながら、緊張した声で言った。

僕はうなずいた。

「ゆっくりやるから、な?」。彼の口からは若さがあふれていた。「優しくするから」

僕は床に顔を向け——どきどきしながら、ためらいがちに——腕の上に額を置き、待った。パンツは足首のところまで下ろしてあった。トレヴァーが僕の背後に体を構えると、恥骨が僕の尻に当たった。彼は何度か手のひらにつばを吐き、すべてが滑らかかつ不可避になるまで僕の股の間にそれをこすりつけた。

僕はまた頭を下げた。納屋の床から漂う土のにおい、こぼれたビールと鉄分の多い土のにおいを嗅ぐ間、ペニスの先から根元まで念入りにつばを付ける音が聞こえた。

彼が突いてきたとき、僕は自分が叫ぶのを感じた——でも、声は出なかった。僕の口は悲鳴の代わりにしょっぱい肌で満たされ、次いでさらに深く腕を噛むにつれ、その下の骨でいっぱいになった。まだ途中までしか入っていないのにトレヴァーの動きが止まった。彼は体を起こして「大丈夫か」と訊いた。

「分からない」と僕はあえぐように、床に向かって言った。

「もう泣くなよ。次は泣くんじゃないぞ」。彼はまた大量につばを出して、先から根元まで濡らした。「もう一回だ。これでうまくいかなかったら、今後もやめておこう」

「オーケー」

彼は突いた。今回はより深く。そしてさらに体重をかけて、僕の中に滑り込んだ。後頭部で痛みが白い閃光となった。僕が腕に嚙み付くと、手首の骨が歯の先に触れた。

「入った。入ったぞ、ちびすけ」。彼の声は、望んだ通りのものを手に入れた子供みたいな、恐怖の混じったささやき声／叫び声に変わった。「入った」と彼は驚いたように言った。「感じる。すげえ。おお、すげえ」

僕は彼に、「姿勢を変えて構え直すからじっとしてて」と言った。痛みが股間から突き上げた。「続けようぜ」と彼は言った。「続けないと駄目だ。ここでやめたくない」

僕が返事をする前に、再びピストン運動が始まっていた。僕の頭の両側に置かれた手は、脈動のような熱を発していた。彼は金の十字架を四六時中外すことなく首に掛けていたので、それが何度も僕の頰に当たった。だから僕はそれを口にくわえて、揺れを止めた。錆と塩とトレヴァーの味がした。頭の中の閃光は突かれるたびに花開いた。しばらくすると痛みは溶けるようにして奇妙な鈍痛に変わった。より暖かい新たな季節のように体に広がる、重みのない無感覚。愛撫のような優しさによってではなく、痛みの感覚を鈍らせてそれを仕方なく受け入れることで体中にもたらされる、ありえないほどの快感。尻でファックされるのを気持ちいいと感じるのは痛みを乗り越えたときだ、と僕は知った。

シモーヌ・ヴェイユはこう言った。**完璧な喜びは、うれしいという感覚さえ排除する。**なぜなら、対象によって満たされた魂には、〝私〟という部分さえ残されてはいないからだ。

僕は彼に乗られた状態で無意識に、自分がまだそこに存在していること、僕がまだ僕であることを確認するため、背後に手を伸ばした。ところが僕の手が触れたのは自分の体ではなく、トレヴァーだった——まるで、体の中に入ることで彼が新たに僕の一部になったかのように。セックスは大昔に引き裂かれた二つの体が一つになろうとする試みだと、ギリシア人はかつて考えていた。僕はその話を信じているわけではないけれど、感覚としてはそれに似ていた。僕たちは二人で一つの体を採掘し、最後には〝僕〟という部分も残されないところまで一つに溶け合うのだ。

そして約十分ほどが経って、トレヴァーの動きが速くなり、二人の肌が汗まみれになった頃、何かが起きた。あるにおいが僕の頭まで上ってきた。土のような強く深いにおいだけれども、はっきりと失敗を感じさせるにおい。すぐにその正体を察した僕はパニックを起こした。僕は興奮の中で何も考えていなかった。当時はまだ、どんな準備が必要かも知らなかった。僕が観ていたポルノビデオには、そこにいたるまでの段階がなかった。ただそれをするだけ——すぐに、あっという間にそうなり、何の問題も起きない。誰もやり方を教えてくれなかった。深入りの仕方——奥まで壊される方法——は誰も教えてくれなかった。

僕は恥ずかしくなって、手首に額を押し付けたまま、トレヴァーの動きに身を任せていた。彼は動きが遅くなり、やがて止まった。

完全な静寂。

僕たちの上で、たばこの葉の間を蛾が飛んでいた。蛾は食料を求めてたばこにたかりに来たのだが、葉に口を付けた途端、そこに残っている殺虫剤で死に、僕らの周りに落ちてきた。納屋の床で断末魔の苦しみにもだえる羽。

「畜生」。トレヴァーは信じられないという顔で立ち上がった。

僕は顔を背けた。そして「ごめん」と本能的に言った。

僕の中の暗黒に先が触れた彼のペニスは明かりの下で脈動しながら柔らかくなった。僕はその瞬間、服を脱いでいる以上に裸の状態——体の内と外が入れ替わった状態——だった。僕たちは最も恐れていたものになった。

彼は僕の上で荒い息をしていた。トレヴァーはアメリカ的な男性性の枠組みと構造のなかで育てられた男だったので、僕は来るべき反応を恐れた。それは僕のミスだった。僕は男色行為によって彼を汚してしまった。体のコントロールが充分にできなかった僕のせいで、二人の行為の不潔性が浮き彫りになった。

彼は僕の方へ一歩踏み出した。僕は膝立ちになって、身を守るように顔を半分隠した。

「舐め取れ《リック・イット・アップ》」

僕はひるんだ。

彼の額で汗が光った。

蛾が息苦しそうに僕の右膝のところで暴れた。僕の肌の上では、最終的で巨大な一つの死は単なる振動でしかなかった。風で外の闇が動いた。車が畑の中の道を進んだ。

彼は僕の肩をつかんだ。彼がこんなふうに反応すると僕が前もって知っていたのはどうしてだろう？

　僕は彼と目を合わせようと、後ろを振り返った。

「立ち上がれ《ゲット・アップ》って言ったんだ」

「え？」。僕は彼の目を探した。

　最初の言葉は僕の聞き間違いだった。

「ほら」と彼は再び言った。「さっさと立て」

　トレヴァーは僕の腕を引いて、立たせてくれた。僕らがオイルランプの金色の円から出ると、明かりの照らす範囲は空っぽになり、再び完璧な円になった。彼は僕の手をしっかり握ったまま、前に立って納屋の中を進んだ。蛾が僕らの間を何度も横切った。一匹が額に当たって僕が立ち止まると、彼が腕を引っ張り、僕はもたもたとまた後に続いた。僕らは納屋の反対側にある扉をくぐり、外の夜闇に出た。風はひんやりして、星は見えなかった。突然あたりが暗くなったせいで、僕には彼の白い背中しか見えず、それは光のない中では灰青色に見えた。数メートル進むと、水の音が聞こえた。川の流れは穏やかだったが、彼の太ももの周りは白く泡立っていた。コオロギの声に活気が出て、やかましくなった。川の向こうで大きな影を作っている木々が、見えないところでざわめいた。そのとき、トレヴァーが僕の手を放し、水に潜って、すぐにまた出てきた。しずくが顎を伝い、体の周囲で小さな音を立てた。

「おまえも体を洗え」と彼は言った。ほとんど消え入りそうな、奇妙に優しい声だった。僕は鼻をつまみ、寒さにあえぎながら水に潜った。その一時間後に、僕は濡れた髪のままで、家の薄暗いキッチンに立っているだろう。ランおばあちゃんはコンロの上の常夜灯の光の方へすり足で近づいてくるだろう。**おまえが海に行ってたことは、あたしは黙っておいてあげるからね、リトル・ドッグ。**おばあちゃんは唇に指を当ててうなずく。**こうすれば、海賊の幽霊もおまえを追いかけてこないよ。**おばあちゃんは布巾で僕の髪、首を拭き、キスマークのところ——その頃には顎の下で乾いた血の色に変わっている——で手を止めた。**遠くに行ってたんだね。でも、ここはもう家だ。体も乾いた。**床板が僕らの体重できしむのを聞きながら、おばあちゃんはそう言うだろう。

僕はバランスを取るために腕を大きく振りながら、胸まで水に浸かった。トレヴァーが僕の肩に腕を回し、僕らは少しの間、何も言わずにそこに立ち、黒い鏡のような川面の上でうつむいていた。

彼は言った。「気にするな。聞こえたか?」

水が僕の周りで動き、股の間を流れた。

「おい」。彼はいつもと同じしぐさで握った拳を僕の顎に当て、目が合うように顔を上げさせた。僕から笑みを引き出すしぐさだ。「聞こえたか?」

僕はただうなずいた。そして川岸の方へ歩きだした。でも二、三歩しか進んでいないところで、彼の手のひらが肩の間を強く押すのを感じた。僕は前のめりになって、本能的に手で膝を守った。そして振り返る前に、彼の無精髭を感じた。最初は太ももの間、次にもっと上で。彼は川の浅瀬で泥に膝を埋めるようにひざまずいていた。僕は震えた——彼の舌は冷たい水に比べて、ありえないほど温かかった。納屋での僕の失敗を慰めるために突然始まった、無言の行為。こんなふうに再び求められることは、二度目のチャンスとして恐ろしく感じられた。

農場の向こうに見えるスズカケノキの木立を抜けた先に古い農家があって、二階の窓の一つにだけともっている明かりが暗闇の中でちらついた。その上では、数少ないまばらな星が、空に広がるミルク色の霞をかじっていた。彼は僕の太ももを両手でつかみ、さらに明確に意図を証明するため、僕を強く引き寄せた。僕は息を止めて、痙攣する水面を見つめた。股の間に目をやると、彼の顎が動き、その行為をいつもと同じもの――一種の慈しみ――に変えるのが見えた。再びきれいになるために。再びいいものにするために。僕らが互いにとって何者であるかは、相手に何をしたかで決まるのではないだろうか？　彼がそんなことをしたのはこれが初めてではなかったけれども、その行為が新たに衝撃的な力を持ったのはこのときだけだった。僕はトレヴァーという一人の人間によってむさぼられるというより、欲望そのものに食い尽くされているみたいに感じた。欲望による救済、純粋なる欲求による洗礼。それがそのときの僕だった。

彼は行為が終わると、腕で口を拭い、髪をくしゃくしゃにしてから、岸へ向かった。「相変わらず気持ちいい」と彼は後ろを振り向いて言った。

「相変わらず」。僕は質問に答えるようにそう繰り返してから、納屋へ向かった。納屋では、弱まっていくオイルランプの光の下で、蛾が死に続けていた。

朝食の後、十時頃、玄関先に座って本を読んでいると、マイ伯母さんが僕の腕をつかむ。「急いで」と彼女が言う。僕はまばたきをする。「息を引き取りそう」。僕らがリビングに駆け込むと母さんは既にランおばあちゃんの脇でひざまずいている。おばあちゃんは目を覚まし、何かを言っている。半分閉じたまぶたの下で目が動く。母さんは戸棚に置かれたアスピリンとイブプロフェンを取りに行く。まるで、この段階でイブプロフェンにまだ何らかの意味があるかのように。でも、母さんにとって薬はどれも同じだ――以前、効いたことのある薬なら、今だって効いてもおかしくないという発想。

母さんは結局、空《から》のままの手を膝に置いて、おばあちゃんの横に座る。マイ伯母さんはランおばあちゃんのつま先を指差す。そして不気味な冷静さで、「紫色に変わってる」と言う。「足が最初――だから紫色になった。あと三十分。長くても」。僕はランおばあちゃんの体から潮のように命が引いていくのを見る。〝紫色〟とマイ伯母さんは言った。でも、ランおばあちゃんの足は、僕には紫色に見えなかった。足は黒かった。つま先はつやのある茶色。他はすべて石のような黒色。足の爪だけは不透明な黄色だ。骨そのもののように。でも、〝紫色〟という言葉――そしてそれとともに、あの豪華で深い色彩――が僕の頭いっぱいに広がる。だから、ランおばあちゃんの黒い足――すみれ色の斑点に囲まれた緑色――から血液が引いていくのを見つめる僕の目には、紫色が見える。そしてその言葉によって、僕は一つの記憶へと導かれる。何年も前、僕が六歳か七歳の頃、チャーチ通りのそばの高速道路沿いにある未舗装道路をランおばあちゃんと一緒に歩いていたとき、おばあちゃんが急に立ち止まって、大声を上げたことがあった。車の音がうるさくて何と言ったのか聞き取れなかった。おばあちゃんは目を丸くして、歩道を州間高速道路から隔てる金網フェンスを指差した。「見なさい、リトル・ドッグ！」。僕はしゃがんでフェンスを見た。

「分からないよ、おばあちゃん。どこがおかしいの？」

「違うよ」とおばあちゃんはいらついて言った。「しゃがまなくていい。フェンスの向こうさ——あそこ——紫色の花」

フェンスのすぐ向こう側、高速道路の脇に紫色の野花が咲いていた。一つ一つの花は親指の爪ほどの大きさで、中心は小さなクリーム色だった。ランおばあちゃんはしゃがんで僕と視線の高さを同じにして、僕の肩をつかみ、真剣な口調で言った。「フェンスに登ってくれないかい、リトル・ドッグ？」。おばあちゃんは〝できるかな〟と言いたげに目を細めて待った。僕は〝もちろん〟と言わんばかりに、積極的にうなずいた。おばあちゃんは僕が誘いに乗ることを知っていた。

「あたしが下から支えてやるから、花を取ったらすぐに戻るんだよ、いいかい？」。フェンスに登る僕の尻をおばあちゃんは押した。僕は少しためらった後、いちばん上まで登り、フェンスにまたがった。下を見ると急に気分が悪くなった。花は緑を背景にしてなぜか、小さな筆で弱々しく描かれた模様に見えた。車からの風が僕の髪を揺らした。「無理かもしれない！」。僕は泣きだしそうになりながらそう叫んだ。ランおばあちゃんは僕のふくらはぎをぎゅっと握った。「あたしが付いてる。何も起きやしないよ」とおばあちゃんは車の音に負けない声で言った。「もしもおまえが転んだら、あたしがフェンスを歯で破って助けてやる」

僕はおばあちゃんを信じて飛び降り、一回転しながら着地して立ち上がり、埃を払った。「両手を使って、根っこから抜いておくれ」。おばあちゃんは顔をしかめてフェンスに張り付いた。「さっさとしないと面倒なことになるよ」。僕が次々に草を引っこ抜くと、埃が灰色の雲になって飛び散った。抜いた草はフェンス越しに投げた。車が一台通り過ぎるたびに強い風が吹いて、僕は転びそうになった。僕は草を次々に抜き、ランおばあちゃんはそれを全部、セブンイレブンのポリ袋に詰めた。

「オーケー。オーケー！　もう充分だ」。おばあちゃんは僕を呼び戻すように手を振った。僕はフェンスに飛びついた。ランおばあちゃんが上に手を伸ばし、抱きかかえるように僕を下ろした。おばあちゃんは震え始めた。僕は地面に下ろされたとき初めて、おばあちゃんがゲラゲラと笑っていることに気付いた。「やったねえ、リトル・ドッグ！　おまえは花摘み名人だ。アメリカ一の花摘み名人だよ！」。おばあちゃんは黄土色の粉っぽい光の中で草を一本掲げた。「これはうちの窓辺に置いたら完璧だ」

美しいものには命をかける価値がある、と僕は学んだ。その夜、帰宅した母さんは、茶色く薄汚れた窓辺に置かれ、ダイニングテーブルにレースのような蔓を伸ばしている泡のような花を指差して、「どこで手に入れたの？」と驚いたように訊いた。ランおばあちゃんはどうってことはないというしぐさをしながら、花屋の脇に捨てられているのを見つけたのだと言った。おもちゃの兵隊で遊んでいた僕が横目で見ると、反対を向いてコートを脱いでいる母さんの後ろで、ランおばあちゃんは唇に指を当ててウィンクをした。その目は微笑んでいた。

その花の名を僕が知ることはない。ランおばあちゃんは結局、花の名前を口にしなかったから。僕は今日でも、小さな紫色の花を見かけるたびに、それがあの日摘んだ花だと思う。でも、名前を持たないものは簡単に迷子になってしまう。とはいえ、映像は鮮明に覚えている。鮮明な紫色。僕らの前でランおばあちゃんのすねを覆いつつある色。僕たちはそれがおばあちゃんを完全に覆うのを待っている。母さんはおばあちゃんのすぐそばにいて、やせこけた顔に貼り付いた髪を払う。

「お母さん、何か欲しいものがある？」と母さんは耳元で尋ねる。「何か要らない？　何でもいいのよ」

窓の外に広がる空は、僕らをあざけるように青い。

「ご飯」とランおばあちゃんが言ったのを僕は覚えている。その声は体の奥の方から聞こえる。「スプーン一杯のご飯」。おばあちゃんはつばを飲み、一呼吸置く。「ゴーコンの米」

僕たちは互いに視線を交わす――無理な注文だ。でも、マイ伯母さんは立ち上がり、キッチンにつながるビーズのカーテンの向こうに消える。

三十分後、伯母さんは湯気の立つご飯茶碗を手に、おばあちゃんの脇にひざまずく。伯母さんは歯のないランおばあちゃんの口元にスプーンを近づけ、冷静な口調で「ほら、お母さん」と言う。「ゴーコンの米よ。先週刈り入れたばかり」

ランおばあちゃんがご飯を嚙み、のみ込むと、安堵のような表情が口元に浮かぶ。「おいしいねえ」。たった一口のご飯を食べた後、おばあちゃんはそう言う。「とっても甘い。これがうちのご飯だよ――とっても甘い」。おばあちゃんは遠くにある何かを顎で指した後、また眠る。

二時間後、おばあちゃんは体を揺さぶって目を覚ます。僕たちはおばあちゃんの周りに集まり、肺に一つ大きく息が吸い込まれる音を聞く。まるで今から水の中に飛び込もうとしているかのようだ。それでおしまい。息が吐かれることはない。おばあちゃんはただじっとしている。まるで映画を見ている途中で、誰かが一時停止ボタンを押したかのように。

そこにじっと座っている僕の周りで、母さんとマイ伯母さんは動かなくなったおばあちゃんの体の上で腕を振り回しながらせわしなく動く。僕は知っているただ一つのことをする。膝を抱えて、おばあちゃんの紫色の足の指を数え始める。一二三四五一二三四五一二三四五。僕は数を数えながら体を揺らす。母さんの手は決まった作業をする看護師のように機械的に遺体の上を漂う。気が付くと僕は、語彙や本や知識をたくさん持っているはずなのに、部屋の反対側の壁際で小さくなっている。僕の目の前では、二人の娘が重力に似た慣性で母親の世話をしている。いろいろな理論、比喩、方程式、シェイクスピア、ミルトン、バルト、杜甫、ホメロスなど死の巨人たちを知っていても、死んだ身内にどう手を触れたらいいのか、結局、誰も僕に教えてはくれない。

ランおばあちゃんの体をきれいにして服を着替えさせ、シーツを取り替えて、床と遺体――言葉の決まりとして、もうそれは〝おばあちゃん〟ではなく〝遺体〟だから――から体液を拭った後、僕たちは再びランおばあちゃんの周りに集まる。母さんが全部の指を使って硬い顎をこじ開け、マイ伯母さんが反対側から入れ歯を中に入れようとする。でも、死後硬直が既に始まっていて、うまく収まる前に顎が閉じ、入れ歯が飛び出て、硬質な音とともに床に落ちる。母さんは悲鳴を上げるが、すぐに口に手を当てて黙る。そして珍しく英語で「畜生《ファック》」と言う。「畜生《ファック》、畜生《ファック》、畜生《ファック》」。二度目の挑戦で入れ歯はうまく収まり、母さんは亡くなった母親の横で、疲れたように壁にもたれる。

　ダンプカーがやかましい音とともに行き来する音が外から聞こえる。葉の散った木々の枝で数羽の鳩が鳴く。そんな音の中、母さんは床に座り、マイ伯母さんは母さんの肩に頭を預け、おばあちゃんの体はその一メートルほど先で冷たくなっていく。その後、母さんの顎に桃の種みたいなしわが寄り、母さんはゆっくりと両手に顔を埋める。

　ランおばあちゃんが亡くなってから五か月。その間ずっと、骨壺は母さんのベッドサイドテーブルの上に置かれていた。でも僕たちは今日、ベトナムにいる。ティエンジャン省ゴーコン。季節は夏。周囲に果てしなく広がる田んぼは、海のような緑色をしている。

　葬儀の後――サフラン色の衣装を着た僧侶たちが磨かれた花崗岩の墓石の周りで経を唱え、歌を歌った後――食料を盛った盆を頭の上に載せて村からやって来た隣人たち、三十年近く前のランおばあちゃんを知っている白髪の人たちが思い出話をし、お悔やみを言う。田んぼの向こうに太陽が沈み、白い菊が供えられて、周囲の土がまだ湿っている墓の周りから人影が消えると、僕はバージニアに住むポールおじいちゃんに電話をする。

おじいちゃんは「おばあちゃんを見せてほしい」と、僕が思ってもいなかったリクエストをする。僕はノートパソコンを持って、墓の方へ一メートルほど近づく。そこは家に近いので、Ｗｉ‐Ｆｉの受信状態を示すアンテナは三本表示されている。

僕はパソコンを体の前に持って立ち上がり、ポールの顔をランおばあちゃんの墓と向き合わせる。墓には、二人が初めて出会った頃に近い、二十八歳のときの写真が飾られている。僕は画面の背後で、埋葬されたばかりのベトナム人元妻とアメリカ人元兵士とがスカイプで言葉を交わすのを待つ。しばらくして、電波が途切れたのかと僕が思い始めた頃合いに、ポールおじいちゃんが洟をかむ音が聞こえる。おじいちゃんの言葉は、必死に別れを告げようとする途中で途切れる。ごめんな、とおじいちゃんは墓の上で微笑む顔に向かって言う。一九七一年に、母が病気だという知らせを受け取った後、バージニアに戻ったことは申し訳なかった、と。あれは全部、私をアメリカに呼び戻すための策略だったんだ。母は結核のふりを続け、それが数週間から数か月へと延び、しまいに戦争は終結に近づき、ニクソンが派兵を取りやめて、アメリカ軍は撤収を始めた。ランおばあちゃんからの手紙はすべて、兄が隠していた。そしてサイゴン陥落から数か月が経ったある日、帰還したばかりの一人の兵士が家にやって来て、ランおばあちゃんからの手紙を手渡した。サイゴン陥落後、ランおばあちゃんと二人の娘が首都を離れたこと、そしてまた手紙を書くということが、そこには綴られていた。長らく時間がかかって申し訳なかった、とおじいちゃんは言った。救世軍から電話があって、「あなたの名前が書かれた結婚証明書を持った女性がフィリピンの難民収容所であなたのことを探している」と告げられたときには、もう一九九〇年になっていた。その頃にはもう、別の女性と結婚して八年以上が経っていた。おじいちゃんはこのすべてをベトナム語——戦争のときに覚え、結婚生活の中で使っていた——で訥々《とつとつ》と語っていたが、最後には泣きじゃくったせいで、ほとんど意味が分からなくなった。

　村の子供が何人か、墓の周りに集まり、好奇心に満ちた不思議そうなまなざしを僕たちに向けていた。墓の前に白人の頭の映像を掲げている僕の姿は、きっと奇妙に見えただろう。

　優しい物言いのポール——他人から祖父、祖父から家族に変わったこの人——の顔を画面で見ていると、僕はいかに自分が自分たちのことを知らないかを悟った。自分の国のことも、どの国のことも。僕はその四十年近く前に、母さんを抱き、M-16の銃口を向けられながらランおばあちゃんが立っていたのと似ていなくもない未舗装の道路に立ち、おじいちゃん——引退した教員で菜食主義者《ヴィーガン》、マリファナ栽培者で地図とカミュの愛好者——の声が初恋の相手に最後の言葉を贈るのを待ってから、パソコンの画面を閉じる。

　僕が育ち、母さんが年老いていくハートフォードでは、互いに「こんにちは」や「元気？」ではなく、顎を突き出すようにして「いいことあった？」《ワッツ・グッド》と言って挨拶をする。アメリカの他の地方でも同じ言葉を聞いたことがあるけれど、ハートフォードでは多くの人がそう言う。中は空っぽにされて板でふさがれた建物や、人工物には見えないほどに錆びて蔓のようにねじ曲がった有刺鉄線のフェンスで囲われた公園に囲まれた街で、僕たちは自らの語彙を作った。経済的敗者によって用いられる表現は、イーストハートフォードでも、ニューブリテンでも聞かれる。そういう場所では、白人の家族――〝トレーラートラッシュ〟と呼ばれる人々――がトレーラーパークや低所得者用住宅に集まり、壊れかけのポーチに群がっている。オキシコンチンでやつれ、たばこの煙の陰に隠れている彼らの顔が、玄関灯の代わりに釣り糸で吊された懐中電灯で浮かび上がる。そしてそのそばを人が通りかかると、彼らは大きな声で、「いいことあった《ワッツ・グッド》？」と尋ねる。

　僕のハートフォードでは父親というものが、僕の父と同様に、子供の生活に時折顔を出すだけの幻だ。そしてそこでは祖母、アブエラ、アバ、ナナ、ババ、バーゴアイ［いずれも「祖母」を意味する言葉］が王様。難破船から救い出された間に合わせの誇りと、頑固に使い続けられた言語が王冠だ。祖母たちは皆、光熱費補助金をもらうためにきしむ膝とむくんだ足で社会福祉事務所の前に並び、安物の香水とペパーミント味のハードキャンディーの匂いを漂わせている。そして冬の街で縮こまる彼女たちが身にまとっている、グッドウィルで手に入れたサイズ違いの茶色のコートにはうっすらと新雪が積もる。その息子たち、娘たちは仕事に出かけ、あるいは刑務所に入り、あるいは薬物を過剰摂取し、あるいは薬物から足を洗って新たな生活を始めようとグレーハウンドの長距離バスで遠くへ旅立ち、残された一家の間で伝説の人物となる。

　僕のハートフォードでは、インターネットの登場以来、僕らの住む場所を大都会にしていた保険会社がすべてよそへ移り、優秀な人たちはニューヨークかボストンへ出て行った。そしてそこでは誰もが、自分の又従兄弟《またいとこ》はラテンキングズ［ヒスパニック系のギャング集団］に所属していると言う。バスターミナルでは、二十年前にこの街を捨ててキャロライナ・ハリケーンズになったハートフォード・ホエーラーズのジャージが売られている。マーク・トウェインの、ウォレス・スティーヴンズの、ハリエット・ビーチャー・ストウのハートフォード［三人とも一時期この街に暮らした］。彼らの巨大な想像力をもってしても、肉体の形あるいはインクの形で、僕らのような体を保つことはできなかった。ブッシュネル劇場、ワズワース・アテネウム美術館（アメリカで初のピカソ回顧展を開いた）を訪れるのは大半が郊外の住人で、彼らは建物の前に車で乗り付けて駐車係に鍵を預け、ハロゲンランプのともる暖かい講堂に急ぎ足で入り、用が終わると、ピア・ワン・インポーツとホールフーズ・マーケット［前者はインテリアショップ、後者は食料品店でともに米国内にたくさんの店を持っている］で買った品物のあふれる眠たい町へと戻っていく。他のベトナム人移民はカリフォルニアやヒューストンに逃げていったのに、僕たちはハートフォードに残った。そして次々に訪れる野蛮な冬——北西風が一晩でうちの車をのみ込んだ——を必死にやり過ごし、何とか生活をした。午前二時の銃声。午後二時の銃声。Cタウンのレジで働く妻や恋人の黒い瞳とひび割れた唇。彼女たちは顎を突き出し、まるで〝私のことは放っておいて〟と言うかのような視線を返す。

　誰もが痛い目に遭っているというのは既に了解されていて——当然の事実で——それはいわば皮膚のようなものだった。だから、「いいこと《ワッツ・グッド》あった？」と訊くのは、そこから喜びへと一歩踏み出す行為だった。避けられないもののことは脇へ置き、例外的なものに手を伸ばすのだ。すごくもない、上々でもない、素晴らしくもない。ただ〝いい〟だけ。だってしばしば、物事は〝いい〟で充分だから。〝いい〟は僕たちが互いから求め、互いからそして互いのために得る貴重な火花だから。

この街では、側溝の蓋に一ドル札が引っかかっているのを見つけるのは〝いい〟。子供の誕生日に母親が映画を借りられるだけのお金を持っていて、ついでにイージーフランクの店で五ドルのピザと、溶けたチーズとペパロニの上に挿す八本のろうそくがあると〝いい〟。発砲事件があっても、自分の弟は家に帰っていて、あるいは既に横にいて、マカロニ・アンド・チーズを頰張っていれば〝いい〟。

あの夜、川から出た後にトレヴァーは僕にそう言った。僕らの髪と指先からは黒いしずくがしたたっていた。彼は僕の震える肩に腕を回し、耳元で言った。「おまえはいい。聞こえたか、リトル・ドッグ？　おまえはいい、本当だ。おまえはいい」

ランおばあちゃんの骨壺を地中に埋め、ワックスとヒマシ油に浸した布きれで最後にもう一度墓石を磨いた後、母さんと僕はサイゴンのホテルに戻る。調子の悪いエアコンの付いた薄汚い部屋に入った途端、母さんはすべての明かりを消す。突然真っ暗になった中でどうすればいいのか分からず、僕は足を踏み出す途中で固まる。まだ午後の早い時間なので、外の通りでクラクションを鳴らしたり、エンジンを吹かしたりするバイクの音が聞こえる。ベッドがきしむことで、母さんが腰を下ろしたのが分かる。

「ここはどこ？」と母さんは言う。「私はどこにいるの？」

僕は他に何と言えばいいのか分からず、母さんの名前を口にする。

「ローズ」と僕は言う。その花、その色。「ホン」と僕は繰り返す。花は生涯の終わり近くになってようやく姿を見せる。咲いたばかりの花は既に、褐色紙に変わろうとしている。そしてひょっとすると、すべての名前は幻なのかもしれない。そのものが取る形態の中で最も儚《はかな》い状態になんで何かを名付けることがいかに多いか？　薔薇《ばら》の木、雨、蝶、カミツキガメ、銃殺部隊、子供時代、死、母語、僕、母さん。

僕は〝ローズ〟という語を口にしたとき初めて、それが〝立つ《ライズ》〟の過去形でもあると気付く。僕が母さんの名前を呼ぶとき、同時に母さんに立ち上がれと言っているのだ、と。まるでそれが母さんの質問に対する唯一の答えであるかのように、僕はそう言う——まるで名前の音の中に人がいるかのように。ここはどこ？　私はどこにいるの？　母さん、あなたはローズだ。あなたは立ち上がった。

僕はトレヴァーが川で見せてくれたのと同じ優しさであなたの肩に触れる。無骨《ワイルド》だったけど、仔牛肉——牛の子供——は決して食べようとしなかったトレヴァー。僕は今、その子供たちのことを考える。母親のもとから連れ去られ、体と同じサイズの箱に詰められて、柔らかい肉になるべく、餌を与えられ太らされる子供たち。僕は再び自由について考える。檻《おり》が開けられ、肉にするためトラックまで導かれる間、仔牛たちは最も自由なのだ、と。すべての自由は相対的だ。母さんはそれを知りすぎなくらい知っている。そして時には、自由だと思っていたものがまったく自由ではなくて、ただ柵の位置が遠くなっただけのこともある。格子は距離とともに具体性を失うけれど、やはりそこにある。〝野生〟動物を自然保護区に放すとき、やはりより大きな境界の内側に閉じ込めているだけなのと同じこと。でも僕は、とにかくそれを受け入れた。広がった檻を。だって時には、檻が近くに見えないだけでも充分だから。

トレヴァーと僕が納屋でファックしたあの短く甘美な時間、僕を囲う檻は見えなくなった——それがなくなることは決してないと分かっていたけれども。内なる自分を制御しそこなったとき、高揚が罠となったこと。排泄物、大便、過剰は生命をつなぎ止めるものであると同時に、常にそこに存在し、死にも付きまとっていること。仔牛がついに肉にされるとき、体の中のものを出すのがしばしば最後の行為となる。突然訪れた終末の速度にショックを受ける内臓。

僕は母さんの手首を握り、母さんの名前を口にする。

真っ暗な中で母さんを見ると、そこにトレヴァーの目が見える。僕の頭の中で既にぼやけ始めたトレヴァーの顔。川から上がって、震えながら無言で服を着るとき、納屋の明かりの下で燃えていたトレヴァーの目。ランおばあちゃんの最後の数時間の目が見える。貴重な水のしずくみたいな目。体の中で唯一動かすことができた目。掛け金が外されて、檻から飛び出していく——首に巻くハーネスを持って待ち構える男の方へ——仔牛の、大きく広がった瞳。

「ここはどこ、リトル・ドッグ?」。あなたはローズ。あなたはラン。あなたはトレヴァー。まるで名前がいくつものものになれるかのように。深く広い夜闇の縁に一台のトラックが停車していて、あなたはいつでも檻を出て、僕が待っている場所に来られるかのように。星々の下、大昔に死んだ物体が放つ光の中で、僕らは互いをどう変えたかをついに目の当たりにして、それを〝いい〟と言う。

僕はそのテーブルを覚えている。母さんの口から与えられた単語《ワード》でできたテーブルを覚えている。僕は部屋が燃えていたのを覚えている。部屋が燃えていたのは、ランおばあちゃんが火事の話をしたからだ。ハートフォードのアパートで、救世軍で手に入れた毛布にくるまり、床の上でみんなで横になりながら、語られた火事を覚えている。救世軍の男性が父にケンタッキーフライドチキンのクーポンを束で渡したのを僕は覚えている。当時の僕たちはケンタッキーのことをおじいちゃんチキンと呼んでいた（赤いバケツ形の容器には必ずカーネル・サンダースの顔が印刷されていた）。サクサクした鶏肉と脂に、それがまるで聖人からの贈り物であるかのように、かぶりついたのを覚えている。聖人というのは、記録に値する苦しみを味わい、苦しんだことが記録されている人のことだと学んだのを覚えている。僕は母さんとランおばあちゃんは聖人と認められるべきだと思ったのを覚えている。

「忘れたらいけないよ」。母さんはコネチカットの冷たい空気の中に踏み出す前に、毎朝そう言った。「人目を引くようなことはしたら駄目。おまえは何もしなくてもベトナム人なんだから」

八月一日、バージニア州中央部の空は晴れ渡り、あたりは夏の緑で青々としている。僕たちはポールおじいちゃんの家を訪れ、その春に僕が大学を卒業したのを祝う。皆、庭に出ている。木製のフェンスが最初に日暮れの色に染まり、次に何もかもが琥珀《こはく》色に変わる。まるで紅茶を満たしたスノードームの内側にいるみたいだ。母さんは僕の前で、遠いフェンスの方へ向かって歩いている。光の加減でピンク色のシャツの色が変わる。それは一瞬、燃え上がった後、オークの木の下で影を失う。

僕は父を覚えている。というのはつまり、父を組み立てているということだ。一つの部屋の中で父を組み立てる。だって、部屋はあったに違いないから。短い期間、人生が展開する四角いスペースがあったに違いない。それに喜びが伴っていようと、いるまいと。僕は喜びの場面を覚えている。茶色い紙袋の中で鳴っていた硬貨の音。コートランドの中国人向け市場で魚のうろこ取りをした日給だ。硬貨が床にこぼれたのを僕は覚えている。僕たちは冷たい硬貨の感触を指で確かめ、希望に満ちた銅の匂いを嗅いだ。そして、自分たちは金持ちだと思った。金持ちだと思うと、幸せな気がした。

僕はそのテーブルを覚えている。テーブルは単語《ワード》でなく、木《ウッド》でできていたに違いない。

庭は青々として、弱い光の中でも脈打っているように見える。地面はびっしりと植物に覆われて、トマトの蔓も太いので、実際には金網にもたれかかっているのに、それさえ見えない。カヌーほどの大きさの亜鉛めっきされた特大プランターの中では、シバムギとケールがひしめき合っていた。今では花の名前も覚えている——モクレン、シオン、ケシ、マリゴールド、カスミソウ。そのすべてが、夕日のせいで同じ色になる。

僕たちは光によって示される通りのものじゃないなら何ものなのか？

母さんのピンク色のシャツが僕の前で光る。足元の地面にある何かをよく見ようとして、背中を丸めてしゃがむ。じっとして髪を耳に掛け、さらによく見る。僕たちの間で動くものは秒を刻む時間だけだ。

羽虫の群れ。そのベールの向こうに人の顔はない。ここにあるすべてのものは、たった今、あふれることをやめたようだ。そして泡を吐く夏の口からこぼれ、疲れ果てて、休んでいるよう。

僕は母さんの方へ歩み寄る。

僕は父の給料を持った母さんと食料品屋まで歩いたのを覚えている。その頃はまだ、父が母さんを殴ったことは二回しかなかった——だから、前回みたいなことは二度とないという可能性が残っていた。両手いっぱいに食パン《ワンダーブレッド》と瓶入りのマヨネーズを抱えて帰ったのを覚えている。母さんはマヨネーズをバターだと思い込んでいた。サイゴンでは、白いパンとバターを食べるのは、執事がいて、鋼鉄のゲートで守られているようなお屋敷の人間だけだった。アパートに戻ると、マヨネーズサンドイッチをひび割れた口元に運び、みんなで笑顔を浮かべていたのを僕は覚えている。僕らが暮らしているのは一種のお屋敷なのだと思ったのを覚えている。

窓に雪が打ち付け、夜が来たとき、これがアメリカンドリームなのだと思ったことを僕は覚えている。僕たちはパンと〝バター〟でお腹をいっぱいにして、外で響くサイレンの音を聞きながら、手足を絡めて床で横になった。


家の中のキッチンでは、ポールおじいちゃんがボウルでペストを作っている。つやつやした分厚いバジルの葉、鉈《なた》で潰したにんにくの塊、松の実、タマネギを混ぜ、金色のペーストの縁が黒くなり、レモンの皮のような爽やかな香りが出るまでタマネギをローストする。関節炎のある自由の利かない手でそのペーストの上に湯気の立つパスタを移そうとしてボウルの上に身を乗り出すと、おじいちゃんの眼鏡が曇る。木のスプーン二本で何度か優しく混ぜると、蝶ネクタイみたいなパスタがモスグリーンのソースにすっかり浸る。

キッチンの窓ガラスに露が付き、庭の風景が真っ白な映画スクリーンに変わる。男の子とその母親を呼び入れる頃合いだ。でも、ポールおじいちゃんは少しの間そのまま、真っ白なキャンバスを見ている。ようやく手が空いた男が、すべてが始まるのを待っている。

僕はそのテーブルを覚えている。それはつまり、テーブルを組み立てているということだ。だって、誰かがかつて口を開き、言葉で物を作って、僕が今自分の手を見て〝テーブル〟あるいは〝始まり〟と思うたびに、同じことをしているのだから。僕はテーブルの縁を指でなぞり、心の中で作ったボルトとワッシャーを調べたのを覚えている。僕はテーブルの下に潜って、食べ終わったガムが貼り付けられていないか、恋人たちの名前が刻まれていないか、確かめたのを覚えている。結局、見つかったのは乾いたわずかな血痕と、木っ端だけだった。まだ僕のものとなっていなかった言語で組み立てられたこの四本足の獣のことを僕は覚えている。

夕日に染まった蝶が草の葉に止まり、また飛び立つ。草の葉は一度揺れ、静かになる。蝶は庭の端までのたうつように飛ぶ。その羽は、かつてニューヨークで何度もしおり代わりに三角に折ったせいで、ある朝ちぎれ、冬の街の濡れた路面にはらはらと落ちていったトニ・モリソンの『スーラ』のページの切れ端のようだ。それはエヴァが薬物中毒の息子にガソリンをかけ、愛と慈悲の行為としてマッチで火を点ける場面。僕も同じだけの愛と慈悲を持ちたい――同じことをしたいとは思わないけれども。

僕は目を細める。それはオオカバマダラではない――最初の霜とともに死んでいく、ただの弱々しい蝶。でも、オオカバマダラが近くにいるのを僕は知っている。オレンジと黒の羽を畳み、体の埃を払い、日に焼かれて、南へ逃げる用意を調えた蝶たち。黄昏《たそがれ》の光が一針一針、僕たちの縁を紅《くれない》に綴じる。

ランおばあちゃんを埋葬した二日後の夜、サイゴンで、ホテルのバルコニーから小さな音楽の音と、子供のはしゃぐ声が聞こえた。時刻は深夜二時になろうとしていた。母さんは僕の横のマットレスで眠っていた。僕は立ち上がってサンダルを履き、外へ出た。ホテルは小路を入ったところにあった。壁沿いに並ぶ蛍光灯の光に目が慣れると、僕は音楽が聞こえる方へ向かって歩きだした。

僕の目の前で夜が燃え上がった。突然、周りに人があふれた。万華鏡のような色彩、衣装、手足、宝石やスパンコールの輝き。新鮮なココナッツ、切ったマンゴー、バナナの葉にくるまれて、大きな金属の器の中で湯気を上げている甘い餅などが屋台で売られていた。一人の男の子は今、隅を切り取った三角形のビニール袋に入れて売られているサトウキビジュースを持ち、うれしそうな顔でそれを飲んでいた。日焼けで腕が真っ黒な男が通りに座り込んでいた。男は手のひらサイズのまな板の上で包丁を巧みに使い、一撃でローストチキンを半分に切り、待っている子供たちに脂ののった肉を取り分けた。

道の両側のバルコニーから紐で低く吊った電球の間から、間に合わせで作った舞台が見えた。舞台の上では、手の込んだ衣装を着た女の集団がそよ風の中でくるくると回り、カラオケを歌っていた。振り回している腕は、カラフルな旗のようだった。女たちの声が静まり、通りの先へと漂っていった。近くでは、白いダイニングテーブルの上に置かれた小さなテレビの画面に、一九八〇年代のベトナムのポップソングの歌詞が映し出されていた。

おまえは何もしなくてもベトナム人なんだから。

僕は寝ぼけ眼のままで舞台に近づいた。まるで街が時刻を忘れてしまった――いや、むしろ、時間というもの自体を忘れた――みたいだった。僕の知る限りでは、祝日や祭日ということではなかった。実際、すぐ先の通り――そこから幹線道路が始まっている――には人影はなく、その時刻にふさわしく静まりかえっていた。にぎやかなのはこの一街区だけ。笑い声を上げ、歌う人々。体を揺らす大人たちの間を駆け回る子供の中には、五歳くらいの子もいた。ペーズリー柄や花柄のパジャマを着たおばあちゃんたちが玄関先でプラスチック製の足載せ台《フットスツール》に腰掛けて、爪楊枝を噛んでいた。そして爪楊枝の先を音楽に合わせて上下させながら、時々周りの子供たちに向かって大きな声で呼びかけた。

土の中にいるおばあちゃんは**何もしなくてもベトナム人**だ。

充分に舞台のそばまで近づいて、尖ってしっかりした顎、低く突き出した額などの顔立ちが見えたときようやく、歌い手たちが女装《ドラァグ》した男だと分かった。スパンコールの付いた原色の派手な衣装が放つ光は強烈で、まるで小さくした本物の星を身にまとっているようだった。

僕は父を覚えている。それはつまり、言葉という小さな手錠を父の腕に掛けているということだ。僕は後ろ手に手錠を掛けられた父を母さんに見せる。頭を下げてパトカーに乗せられる父。

だって、テーブルと同じように、それが僕に見せられた光景だったから。本の中の言葉を決して発音することのない口を通じて。

舞台上手に、他の皆に背中を向けた人が四人いる。その四人だけが頭を垂れたまま、まるで目に見えない部屋に閉じ込められたかのように、体を動かしていない。彼らは目の前にあるプラスチック製の長テーブルに置かれた何かをじっと見ている。頭をとても低くしているせいで、まるで首から上がないように見える。しばらくすると、一人――銀色の髪の女――が右にいる若い男の肩に頭をもたせかけ、泣き始める。

僕は刑務所にいる父からの手紙を受け取ったことを覚えている。封筒にはしわが寄り、端は破れていた。僕は看守の検閲によって文面のあちこちが白く塗りつぶされた一枚の紙を手にしたのを覚えている。そして父と僕との間に立ちはだかる白い皮膜を削ったのを覚えている。その言葉。テーブルを組み立てるナットとボルト。誰もいない部屋に置かれたテーブル。

さらに舞台に近づくと、テーブルの上に、白いシーツに覆われた遺体――形ではっきりそれと分かる――が安置されているのが見えた。それはありえないほどじっとしていた。四人の会葬者が皆、公然と泣く一方、舞台の上では、歌い手の裏声《ファルセット》がその疲れたすすり泣きを切り裂いた。

吐き気を覚えた僕は、星のない空に目をやった。飛行機が赤くまばたき、次いで白く光り、それから雲の帯の陰に隠れた。

僕は父の手紙を詳しく調べ、小さな黒い点が散らばっているのを見たことを覚えている。手つかずで残された句点《ピリオド》。沈黙の言葉。僕が今までに愛した人は全員が白いページの上に記された黒い点だと思ったのを覚えている。そして一つ一つの点に名前を書き添え、点同士を線で結んで家系図を描いたら、それが有刺鉄線のフェンスみたいに見えたのを覚えている。僕はそれを破り、細かい紙切れにしたのを覚えている。

そうした風景はサイゴンの夜で珍しくはないと、後になって僕は知った。市の検視官は、予算不足のせいで、二十四時間働いているわけではない。夜中に人が亡くなったら、その遺体は制度的な辺土《リンボ》に置かれてしまう。その結果、共同体の癒やしとなる草の根運動が生まれたのだ。突然の不幸を知った近所の人たちが、死から一時間もしないうちにお金を集め、いわゆる〝悲嘆遅延〟のために女装《ドラァグ》パフォーマーの集団を雇う。

サイゴンでは、夜遅くに音楽や子供の声が聞こえるのは死のしるしだ。あるいはむしろ、共同体が癒やしを試みているしるし。

女装《ドラァグ》パフォーマーたちの爆発的な衣装としぐさ、大げさな顔と声、タブーとされているジェンダーの侵犯を通じて――法外な見世物によって――救済が明らかになる。クイアがいまだに罪とされる社会における重要な仕事として女装《ドラァグ》クイーンたちが役に立ち、報酬を受け取り、力を与えられているのは、死者が宙ぶらりんの状態にある間、彼らが他者のパフォーマンスとして機能するからだ。会葬者にとって必要なのは、誰もが知っている信頼の置ける欺瞞が目の前で演じられること。だって悲しみというのは、最悪の場合、非現実的なものだから。そしてそれには超現実的な反応が必要とされるから。クイーンは――その意味で――一角獣《ユニコーン》なんだ。

墓地で足踏みをする一角獣《ユニコーン》。

僕はテーブルを覚えている。炎がその縁を舐め始めたときのことを。

僕は初めての感謝祭を覚えている。ジュニアの家で祝った。ランおばあちゃんは揚げ春巻き《フライド・エッグロール》を作って僕に持たせてくれた。家には二十人以上が集まっていた。笑いながらテーブルを叩く人たち。みんなが僕の皿に料理を載せてくれたのを覚えている。マッシュポテト、七面鳥、コーンブレッド、モツ煮込み、野菜、スイートポテトパイ、そして揚げ春巻き《フライド・エッグロール》。誰もがランおばあちゃんの春巻きにグレービーソースを付けながら褒めた。僕もグレービーソースを付けた。

ジュニアのお母さんが円形の黒いプラスチック板を木製の機械に載せたのを僕は覚えている。すると円板がぐるぐると回り、音楽が聞こえた。女の人が泣き叫ぶ音楽。まるで秘密のメッセージを聴き取ろうとするかのように、皆が目を閉じて耳を傾けた。僕は以前その曲を聴いたことがあるのを思い出した。母さんとおばあちゃんから。そう。子宮の中にいたときにも聴いたことがあった。それはベトナムの子守歌だった。子守歌はどれも、泣き叫ぶ声で始まる。まるでそれ以外には、苦痛を体から追い出す方法がないかのように。僕は機械から響くおばあちゃんの声に合わせて体を揺らしたのを覚えている。ジュニアのお父さんが僕の肩を叩いた。「おまえさんもエタ・ジェイムズを知ってるのか?」。僕は幸福だったのを覚えている。

僕はアメリカの学校に通い始めた最初の年を覚えている。農場見学の遠足。その後、ザッパディア先生が白黒模様の牛の絵を一人一人に配った。「今日見た通りに色を塗りなさい」と先生は言った。僕は農場の牛たちがとても悲しそうだったのを覚えている。牛は電気の流れる柵の向こうで大きな頭を揺すっていた。僕はそのとき六歳だったから、色は一種の幸福だと信じていたのを覚えている――だから、クレヨンの箱の中でいちばん明るい色を手に取り、悲しそうな牛を紫、オレンジ、赤、鳶色《とび》、深紅、白目色《ピューター》、赤紫、銀色、青緑で塗った。

僕はザッパディア先生が僕の頭の上で髭を震わせて大きな声を上げたのを覚えている。先生の毛深い手が僕の虹色の牛をつかみ、くしゃくしゃに丸めた。「見た通りに色を塗りなさいと言っただろう」。僕は色を塗り直したのを覚えている。牛には色を塗らず、窓の外をじっと見ていたのを覚えている。空は青く、無慈悲だった。僕は同級生と一緒にそこに座っていた――現実感を失ったまま。

その街角で――じっとしているのになぜか生きている人よりも生気に満ちた死者の横、常に漂っている下水とどぶの臭いの中で――僕の視界はぼやけ、まぶたの下に色彩が溜まった。通行人たちは僕を遺族の一人だと思って、同情するようにうなずいた。僕が涙を拭っていると、一人の中年男が僕の首をつかんだ。ベトナム人の父親やおじさんが人を励まそうとして、しばしばやるように。「あの人にはまた会える。うん、うん」。男の声はしわがれ、息は酒臭かった。「また会えるさ」。彼は僕の首の後ろを叩いた。「泣くな。泣くんじゃない」

この男。この白人男性。木でできた庭のゲートを開ける――金属の掛け金が背後でカチャカチャと音を立てる——このポールは僕と血でつながった祖父ではなく、行動によってつながった祖父だ。

　徴兵逃れでカナダへ向かった青年も多かった中で、どうして彼はベトナム戦争に志願したのか？　おじいちゃんが母さんにそれを話したことがないのを僕は知っている——そのためには、流暢ではない言語で、トランペットに対する抽象的でなだめがたい愛情を説明しなければならないからだ。本人いわく、トウモロコシ畑しかないバージニアのど田舎から出た〝白人のマイルス・デイヴィス〟になりたかったらしい。子供の頃は、二階建ての農家の中で、トランペットの太い音色が響いていた。父親が怒りにまかせて部屋に飛び込んで家族をおびえさせ、おかげで扉がどれもきれいに外れてしまった家の中で。ポールおじいちゃんとその父親との唯一の結び付きは金属にあった。父親の頭の中にはオマハビーチ［ノルマンディ侵攻の上陸地の一つ］に襲撃をかけたときの砲弾の破片が残っていた。それはポールが音楽を奏でるときに口元へ持っていくのと同じ真鍮だった。

　僕はテーブルを覚えている。僕はそれを母さんに渡そうとした。母さんは両腕で僕を抱いて、髪をときながら言った。「よしよし。大丈夫。大丈夫だから」。でもそれは嘘だ。

　より正確にはこうだ。僕は母さんにテーブルを渡した——それはつまり、ザッパディア先生が目を逸らした隙にゴミ箱から救い出した虹色の牛を母さんに渡したということ。母さんの手の中で、色彩が動き、カサカサと言った。僕は母さんに説明をしようとしたけれど、母さんに通じる言葉を持っていなかった。分かってもらえるだろうか？　僕はアメリカの真ん中で口を開いた傷口だった。そして母さんは僕の中で尋ねていた。**ここはどこ？　ねえ、ここはどこなの？**

僕は母さんを長い間見ていたのを覚えている。僕はまだ六歳だったから、一生懸命に見つめていれば、自然に頭から頭に思いが伝わると思っていた。僕は怒りで泣いたのを覚えている。母さんには事情がまったく分かっていなかった。母さんはわけも分からず僕のシャツの下に手を入れて、さすってくれた。僕はそうして落ち着いた後、眠ったのを覚えている――ナイトテーブルの上で、カラフルな爆弾みたいにスローモーションでほぐれていく、くしゃくしゃの牛。

ポールおじいちゃんは逃げるために音楽を奏でた――音楽学校の願書を父親が破いたとき、ポールおじいちゃんは募兵事務所まで赴くという、さらに大胆な手に出た。そして十九歳で東南アジアにいた。

物事が起こるのにはすべて理由がある、と人は言う――でも、死者の方が常に生者よりも数が多い理由は僕には分からない。

オオカバマダラの中には、南へ向かう途中で突然飛ぶのをやめる個体がいる理由も、僕には分からない。一部の蝶は急に羽が重くなったみたいに――自分の体重だけではなくなったみたいに――落伍して、物語の中から姿を消す。

サイゴンのあの街角でシーツに覆われた遺体を前に、女装《ドラァグ》シンガーの歌ではなく、僕の喉から出る歌が聞こえたのはなぜなのか、僕には分からない。「どいつもこいつも、どいつもこいつも。**俺が死ぬのを望んでる**」。街は脈打ち、ちぎれた色彩を僕の周りで振り回した。

その喧騒の中で、僕は遺体が動くのを見た。首が横を向いて、それと一緒にシーツがずれて、うなじがあらわになった――既に青白くなったうなじが。そしてその耳からぶら下がる爪の先ほどの小さな翡翠《ひすい》のイヤリングが揺れ、止まった。「ああ、俺はもう泣かない。もう空を見上げたりもしない。どうか俺に慈悲を。目に血が入って、前が見えない」

僕は母さんに肩をつかまれたのを覚えている。外は大雨、あるいは大雪、あるいは街に水があふれ、あるいは空が打ち身の色に変わっていた。母さんは歩道にひざまずき、淡青色の僕の靴の紐を結びながら言った。「忘れたらいけないよ。忘れたらいけない。おまえは何もしなくて《オールレディー》もベトナム人なんだから」。おまえは何もしなくても《オールレディー》。おまえはすっかり準備《オールレディー》ができている。既《オールレディー》に去った。

僕はその歩道を覚えている。錆びたカートを押しながら、ニューブリテン通りの教会で開かれている無料食堂《スープキッチン》まで行ったこと。僕はその歩道を覚えている。途中で血痕が見えてきたことを。僕はカートの下に見える小さな赤いしずく。前方には血の跡。後方にも。前の晩に誰かが撃たれたか、刺されたに違いない。僕たちは歩き続けた。母さんは言った。「下を見るんじゃないよ。下を見ちゃ駄目」。教会は遠かった。尖塔は空に刺さる針のように見えた。「下を見るんじゃないよ。下を見ちゃ駄目」

僕は赤を覚えている。赤。赤。赤。母さんは汗ばんだ手で僕の手を握った。赤。赤。赤。赤。母さんの熱い手。僕の手を握る母さんの手。僕は母さんがこう言ったのを覚えている。「リトル・ドッグ、顔を上げてごらん。上を見て。見える？　木の枝に鳥がいるのが見える？」。それは二月だったのを覚えている。どんよりした空を背景に、木々は黒く、裸だった。でも母さんはしゃべり続けた。「ほら！　鳥だ。カラフルだねえ。青い鳥。赤い鳥。深紅の鳥。きらきらした鳥」。母さんはねじれた枝を指差した。「あそこの巣に黄色い雛がいるのが見えない？　緑色の母鳥が雛に虫をやってるよ」

そのとき母さんの目が大きく見開かれたのを覚えている。僕は母さんの指の先をじっと見たのを覚えている。するとようやく、エメラルド色の染みが現実の存在に変わり、僕にも見えた。鳥の姿が。すべて。果物のように華やかな鳥たちの姿を見ながら、母さんの口は開いたり閉じたりを繰り返し、木々を色付け続けた。僕は血を見たことを忘れたのを覚えている。僕はもう下を見なかったことを覚えている。

そう、かつて戦争があった。そう、僕たちはその震源からやって来た。その戦争の中で、一人の女が自分に新しい名前――ラン――を与え、そう名付けることによって自分は美しいのだと主張し、その美を守るべきものに変えた。そこから娘が生まれ、さらにその娘から息子が生まれた。

僕は昔からずっと、僕たちは戦争から生まれたのだと自分に言い聞かせてきた――でも、母さん、それは間違いだ。僕たちは美から生まれた。

僕たちは決して、暴力が生んだ果実じゃない――むしろ美の果実はその暴力にも耐えたんだ。

ポールおじいちゃんは門のそばで僕の後ろに立ち、ペストに添えるミントの葉をたくさん摘んでいる。植木ばさみが茎をパチンと切る。一匹のリスが近くのスズカケノキを駆け下りてきて、根元で立ち止まり、風の匂いを嗅いで、また引き返し、枝の間に消える。僕は目の前にいる母さんに近づく。僕の影が母さんのかかとに触れる。「リトル・ドッグ」と母さんは後ろを振り返らずに言う。日は傾き、しばらく前から庭は既に陰になっている。「こっちに来て、これを見てごらん」。母さんはささやき声／叫び声でそう言って、足元の地面を指差す。「おかしいと思わない？」

僕はその部屋を覚えている。ランおばあちゃんが娘たちの前で火事の歌を歌ったから、その様子を。煙が立ち上り、部屋の隅に集まる。部屋の真ん中に置かれたテーブルが真っ赤に燃え上がる。容赦のない言葉に、女たちは目を閉じる。壁は動くスクリーンのように一つ一つの言葉と一緒に光る。日当たりのいい街の十字路は、もはやそこにはない。名前のない街。黒い髪の娘を腕に抱えた白人の男が戦車の脇に立っている。爆弾でできた穴で眠る家族。テーブルの下に隠れる家族。分かる？　僕が与えられたのはテーブルだけ。家代わりのテーブルだけ。歴史代わりのテーブル。「サイゴンに家があった」と母さんは僕に言った。「ある夜、おまえの父さんが酔っ払って家に帰ってきて、キッチンテーブルの前で初めて私を殴った。おまえはまだ生まれてなかった」

でも僕は、とにかくそのテーブルを覚えている。それは存在していると同時に、存在していない。ただ口で組み立てられたものを受け継いだだけ。それと名詞。そして灰。僕はそのテーブルを、脳に埋め込まれた破片として覚えている。中にはそれを砲弾の破片と呼ぶ人もいる。そして、中にはそれを芸術と呼ぶ人も。

　僕は母さんの横に立つ。母さんはつま先に近い地面を指差す。土がむき出しになったその一角ではアリが群れを作っている。アニメのように動く黒い洪水は、姿を見せない人間の影のようだ。一匹一匹のアリは見分けられない——アリの体は絶え間のない波の中で隣のアリとつながり、黄昏の光の中、六本足の文字が濃紺に浮かび上がる。古ぼけたアルファベットの次元分裂図形《フラクタル》。いいや、これはオオカバマダラとは違う。アリは冬が来てもこの土地に残り、自らの肉体を種子に変え、さらに深く穴を掘る。そして暖かな春にはまた腹を減らして、壌土《ローム》から顔を出す。

　燃え上がる炎の中で、壁がキャンバスのように反ったのを僕は覚えている。黒い煙が天井を覆う。僕はテーブルに向かって這ったのを覚えている。すすだらけのテーブルに指先で触れる。僕の国で爪が真っ黒になる。僕の国が舌の上で溶ける。僕は灰を集め、部屋にいる三人の女の額に**生きろ**《リブ》、**生きろ**《リブ》、**生きろ**《リブ》と書いたのを覚えている。灰は最後に、真っ白なページの上でインクに変わった。だから今見ているこのページの上にあるのは灰だ。みんなに行き渡るだけの、たくさんの灰がある。

　母さんは腰を伸ばし、ズボンの埃を払う。夜が庭からすべての色を奪う。影をなくした僕たちは家に向かう。家に入ると、笠のあるランプの明かりの下で、袖をまくって手を洗う。僕たちはあまり長い間互いと目を合わせないように注意しながら話をする——そして、交わす言葉がなくなると、食事の用意をする。

僕は夢の中でそれを聞く。そして目を開けるが、再びそれが聞こえる——破壊し尽くされた野原の向こうから低く響く、泣き叫ぶような声。動物だ。苦痛をこれほどはっきり声にするのはいつも動物。僕は納屋の冷たい土間に横になっている。上の梁にはたばこの葉が吊され、時折吹く風に揺られて、隣の葉と触れ合っている——それはつまり、今が八月の第三週ということだ。壁の羽根板から朝日が差している。周りは既に、夏の熱気に満ちている。また音が聞こえ、僕はやっと体を起こす。僕は彼の姿を見て、自分が十五歳だと改めて知る。トレヴァーは僕の横で眠っている。自分の腕を枕にして横を向いている彼は、眠っているというより、考え事をしているように見える。くつろいでゆっくりとしたその息には、数時間前に飲んだビールの臭いが混じっている。頭の上のベンチにはその空き瓶が並べられている。一メートルほど離れたところには金属製の軍用ヘルメットが転がり、淡青色の朝の光がその内側に集められている。

僕はパンツ姿のまま、広大なもやの中に出る。再び咆哮《ほうこう》が聞こえる。まるでそこが壁で囲まれた部屋——身を隠せる場所——であるかのようにその声は深く、空虚に響く。動物はきっとけがをしている。人が中に入れるような声を出すのは、苦しむ生き物だけだ。

僕は裸にされた畑を見渡す。茶色に変色した土の上をもやが流れる。何もいない。きっと隣の畑から聞こえているのだろう。僕は歩く。湿気が増し、新たにかいた汗でこめかみがかゆい。

隣の畑には最後のたばこの葉——一週間後に刈り取る深緑色の太った葉——が残っている。なぜか普通よりも背が高く、先は僕の頭よりも少し上まである。そしてそこには、僕たちが二週間後にシボレーを鉄くずに変えるオークの木がある。コオロギはまだ目を覚ましておらず、ねっとりとした空気を揺らしてはいない。うなり声がより大きく、より近くに聞こえるたびに立ち止まりながら僕は畑の中を進む。

前の晩、僕たちは梁の下で静かに息をしながら横になっていた。使いすぎた唇はひりついていた。二人の間にある暗闇は静かだった。僕はトレヴァーに、前の週にランおばあちゃんに訊かれたのと同じ質問をした。

「ディスカバリーチャンネルでやってたけど、ああいうバッファローのことを考えたことある？っていうか、次々に崖から落ちていくバッファロー」

彼が僕の方を向くと、口髭が僕の腕に触れた。「バッファローのこと」「バッファローって？」

「うん。バッファローは前を走っている仲間が崖から落ちても走り続けるんだ。当然、立ち止まると思うだろ。そこで引き返すとか」

畑仕事で日に焼けた彼の手は、腹の上に置かれると、驚くほど黒く見えた。「ああ。大自然ドキュメンタリーで見たことがある。次々とレンガの塊みたいに落ちていくんだよな。そのまんま」。彼はうんざりしたように舌を鳴らしたが、声には元気がなかった。「阿呆だ」

僕たちは頭の中で数百頭のバッファローが静かに崖から落ちていく場面を思い浮かべながら、じっとしていた。隣の畑のどこかでピックアップトラックが停まった。タイヤが砂利を踏む音。ヘッドライトが納屋に当たり、僕らの鼻、彼の閉じた目の前を舞う埃を照らした。その頃にはもう彼の目が灰色ではなく、トレヴァー色であることを僕は知っていた。ドアがバタンと音を立て、誰かが帰宅し、低い声が聞こえた。「どうだった?」か「お腹空いた?」みたいな短く陽気な言葉。平明で欠かすことができないけれども、おまけみたいな優しい言葉。線路沿いの電話ボックスの上にある小さな屋根──家と同じ屋根板で葺かれているけれども、使われている板はたった四枚──のような言葉。電話が濡れないようにするための最小限の屋根。ひょっとすると僕はそれが欲しかっただけなのかもしれない。何かを尋ねられたとき、その下に隠れるための言葉。自分と同じだけの幅しかない屋根のような言葉。

「あいつらに選ぶ余地はない」とトレヴァーは言った。

「何の話?」

「バッファローだよ」。彼はベルトの金属製のバックルを触った。「あいつらは自分がどこに向かうかを選べない。すべては母なる自然が決める。バッファローは自然が命じるままに崖から飛び降りるんだ。やつらに選ぶ余地はない。自然の法則ってやつさ」

「法則」。僕は小声でそう繰り返した。「ただ愛する人の後を追っているだけ、家族が走ってるから自分も付いていくだけ、みたいな?」

「ああ、そんな感じ」と彼は眠そうに言った。「家族みたいか。家族なんて糞だけどな」

そのとき急に、彼に対する優しい気持ちが湧いてきた。それは当時めったにない感情だったから、まるで自分が自分でなくなったようだった。ところがそのとき、トレヴァーが僕を現実に引き戻した。

「なあ」と彼は夢うつつで言った。「俺に会う前のおまえはどんな存在だった？」

「溺れかけてたと思う」

沈黙。

「じゃあ、今のおまえは何なんだ？」と彼は眠りに沈みながら言った。

僕は一瞬考えた。「水」

「けっ」。彼は僕の腕を拳で小突いた。「いいから寝ろ、リトル・ドッグ」。そして彼は静かになった。

その後の、彼のまつげ。それが考え事をしているのが僕には聞こえた。

僕はどうしてその傷ついた生き物の声を追ったのか分からない。でも、まるで今までに抱いたことのない疑問に対する答えがそこにあると思ったみたいに、僕はそれに惹かれた。何かがとても欲しいと思うと、最後にはそれを神様のようにあがめることになる、と人は言う。でも、母さん、もしも僕が今までに望んだのが自分の人生だけだったとしたらどうなんだろう？

僕は再び、美について考えている。美しいとみんなが思っているせいで、狩りの対象になるものもある。もしも地球の歴史に比べて一人一人の人生がこれほど短いもの――人がよく言うように、まばたきするような一瞬のこと――であるなら、たとえ生まれた日から死ぬまできらめいて生きたとしても、それはつかの間、きらめくにすぎない。例えば今、ニレの木立の向こう側に太陽が見えても、それが朝日なのか夕日なのか分からないのと同じように。真っ赤に染まる世界はどちらも、僕には同じに見える――そして東も西も分からなくなる。今朝の空の色は、既に少しずつ消えつつある。僕はトレヴァーと一緒に道具小屋の屋根に座り、太陽が沈むのを見たときのことを覚えている。僕はその効果――わずか数分のうちに、夕日によって、僕ら自身を含めたものの見方が変わること――に驚いたというより、自分がそれを目にできたことに驚いていた。だって夕日は、生存と同じく、自身の消失と隣り合わせでしか存在できないから。きらめいて生きるためには、まず見られなければならない。でも見られれば、当然、狩りの対象にもなる。

再び叫び声が聞こえる。僕はそれが雌牛だと確信を抱く。牧場主はしばしば仔牛を夜のうちに売り、母牛が小屋で眠っている間にトラックで運び出す。母牛が目を覚まして、子供を返せと叫びだすと面倒だから。中には必死に叫んだせいで喉が腫れて気道が詰まり、筋肉を緩めるために首に風船を入れて膨らまさなければならないこともある。

僕はさらに近づく。たばこの背丈は高い。再び響いた鳴き声がたばこの茎と葉を震わせる。少し開けた場所に出ると、それはそこにいる。葉の先で、泡が青く光っている。巨大な肺が空気を吸う音――風のように柔らかいけれどもはっきりと――が聞こえる。僕は生い茂るたばこの葉を掻き分け、一歩前に出る。

「お母さん？　お話をもう一回聞かせて」

「疲れてるの、坊や。また明日ね。もう一回寝なさい」

「さっきも寝てなかったんだ」

時刻は十時過ぎ。母さんはネイルサロンから戻ったところだ。髪にタオルを巻き、シャワーを浴びたばかりでまだ肌がほてっている。

「お願い。短くていいから。お猿さんの話」

母さんはため息をつき、毛布に入る。「分かった。でも、たばこを一本取ってちょうだい」

僕はナイトテーブルの上の箱からたばこを取り、母さんにくわえさせて火を点ける。母さんは煙を一回、二回吸う。僕は母さんの口からたばこを取り、母さんを見る。

「分かった、ちょっと待って。昔々、あるところに猿の王様がいました――」

「違うよ、お母さん。本当の話。ね。本当にあったお話を聞かせて」

僕はたばこを母さんの口に戻し、母さんに吸わせる。

「オーケー」。母さんの目が部屋の中を探る。「昔々――もっとこっちに来なさい。話を聞きたいの、聞きたくないの？　昔々、古い国に、猿の脳みそを食べる男たちがいました」

「母さんは申年生まれ。だから、母さんは猿だね」

「うん、そうね」と母さんはささやき、遠くを見る。「私は猿」

母さんの指の間でたばこがくすぶる。

僕がたばこ畑の中を進む間、温かな大地からもやが立ち上る。空が開け、たばこの葉がなくなり、神様の親指の跡ほどの円が現れる。

でも、そこには何もない。雌牛も、音も。コオロギの声も遠ざかり、朝の空気の中にたばこのにおいが漂うだけ。僕はその場に立ったまま、僕を本物に変えてくれる音を待つ。

何の音もしない。

雌牛、農場、少年、残骸、戦争——それは全部、僕が夢の中で作り上げ、目を覚ましたら肌と溶け合っていたということなのだろうか？

母さん、あなたがここまで手紙を読んでくれたかどうか、僕には分からない。そもそも手紙を読んでくれたかどうかさえ。母さんはいつも、文字を読むことを覚えるには遅すぎると言う。肝臓も弱っているし、骨もくたびれているし、今までもいろんなことがあったんだから、とにかくもう休ませてほしい、と。母さんは文字を読むという特権を僕に与えてくれた——母さんが失ったものと引き換えに。母さんが生まれ変わりを信じていることを僕は知っている。僕は自分が生まれ変わりを信じているかどうか分からないけれども、本当だったらいいなと思う。だって、もしも本当なら、また母さんはここに戻ってくることができるから。ひょっとすると母さんはまた女の子として生まれ、また同じローズという名前を与えられて、戦争とは無縁の国で両親に寝物語を聞かせてもらい、たくさん本のある部屋を持つことになるかもしれない。もしもそうなったら、母さんはその人生、その未来でこの本を見つけ、僕たちに何があったかを知るだろう。そして僕のことを思い出す。ひょっとしたらそうなるかもしれない。

僕は何の理由もなく走りだす。畑の中の開けたところを抜け、たばこの葉が生い茂る中へ。僕が走ると、足はぼやけ、小さな風になる。当時はまだ、僕の知っている人は誰も死んでいなかった。トレヴァーも、ランおばあちゃんも。友人たちの静脈も無傷で、スピードやヘロインはまだ身近になかった。農場もまだ高級マンション建設のために売られていなかった。納屋もまだ解体されておらず、その木材が工芸家具に変えられたり、ブルックリンのおしゃれなカフェの壁を飾るのに使われたりもしていなかった。でも、僕は走る。

僕はすべてを出し抜こうと思って走る。何かを変えようとする僕の意志は、生きていく恐怖よりも強い。僕の胸は濡れ、葉に引っ掻かれる。朝日が地平線でくすぶり始める。僕はスピードを増し、ついに自分の殻を破り、体を脱ぎ捨てたと感じる。でも僕がそこで、息を切らしている少年の方を振り返り、いいやつになろうとしてなれなかったことを許してやろうとすると、そこには誰もいない――農場の際《きわ》に生えている大きなニレが風のない中に立っているだけだ。僕はそのとき、何の理由もなしに走り続ける。そしてどこかにいるバッファローのことを考える。ひょっとするとノースダコタかモンタナのどこか。崖に向かって走るバッファローの肩がスローモーションで波打つ。無数の茶色い体が狭い断崖に集中する。オイルブラックの目、埃をかぶったビロードのような角《つの》。彼らは無我夢中で仲間と走る――そしてやがてヘラジカになる。枝角を持った巨大なヘラジカになって濡れた鼻先でいななく。そして犬になり、崖の際に前脚を伸ばし、日なたで舌を出す。そして最後にアカゲザルになる。アカゲザルの群れに。頭頂部を切られ、脳を空っぽにされて宙に浮く。手足の毛は羽毛のように細く柔らかい。そして最初の一頭が崖から空中に——下に広がる永遠の虚無に——踏み出すとき、彼らは発火し、黄土色と赤色の火花みたいなオオカバマダラに変わる。数千のオオカバマダラが崖からあふれ、白い空気の中へと羽ばたく。水の中に流れ込む血しぶきのように。まるでこの物語の中に崖は登場しなかったかのように僕は畑を走る。まるで僕の体には、名前に含まれる単語ほどの重さもないかのように。そして僕は、言葉と同じようにこの世界では重さを持たないけれど、自分の人生を背負う。そして人生を前方に投げる。そうしているうちに、後ろに残したものが、前にあるものと同じになる——まるで僕が家族になったみたいに。

「じゃあ、どうして母さんはやつらに食べられなかったの?」。僕はマルボロをまた母さんにくわえさせる。

母さんは僕の手をそのまましばらくつかみ、一つ息をしてから、指で優しく握る。「ああ、リトル・ドッグ」と母さんはため息をつく。「リトル・ドッグ、リトル・ドッグ」

猿、ヘラジカ、牛、犬、蝶、バッファロー。人間の物語を語るのに動物の悲劇を使ってどうしようと言うのだろう——私たちの人生自体が動物の物語なのに。

「私がどうして食べられなかったかって? それはね、私が素早かったからよ。猿の中には素早いものもいる。素早い猿は幽霊に似てるの、分かる? そういう猿はこう——パッと」。母さんは手を広げて小さな爆発みたいなしぐさをし、〝消えた〟ことを表現する。そして頭を動かすことなく僕の方を見る。母親が何かを見るときにするあの目つきで——あまりにも長い間。

それから何の理由もなく、母さんは笑いだす。

〝歌う（sing）〟の過去形は〝焦げた（singed）〟ではない。

［sing の正しい過去形は sang で、誤って singed と綴ると、〝焦がす（singe）〟の過去形に見える］

――ホア・グエン

［ベトナム系アメリカ人詩人（一九六七年生まれ）］

謝辞

八頁の「自由というのは要するに、狩人《ハンター》と獲物との間にある距離でしかないから」は北島《ペイダオ》の詩「共犯者」(『白日夢』所収)からの引用。

四三頁の「二つの言語は互いを打ち消し合い、第三の言語を呼び込む」はロラン・バルト『ロラン・バルト』にある言葉を言い換えたもの。

二一九頁の「あまりに度を超えた喜びは、決まって、それを手放さないよう必死になることで失われてしまう」は、悦びと無常性をめぐる禅宗の教えに影響を受けた言葉で、マックス・リトボが二〇一六年にダイヴダッパー(Divedapper.com)のインタビューで使った表現を受けている。


この世界で僕と僕の作品を可能にしてくれた人々に、順不同で感謝を述べたい。

僕はジャーナリストとしてのトム・キャラハンの仕事から恩恵を受けている。『ESPN・ザ・マガジン』『ゴルフ・ダイジェスト』に掲載された彼の詳細な記事は、タイガー・ウッズと、ゴルフとアメリカ文化に対する彼の消し去りがたい貢献を多面的に理解する手助けとなった。この問題の複雑性を知的、精密、明晰に扱ったエレイン・スカーリーとその著作『美と正義について』にも感謝する。

常に正しい道を見定めて（導いて）くれた先生方にも感謝。ロニ・ネイトフとジェリー・デルーカ（ブルックリンカレッジ）、ジェン・バーヴィン（詩人の家《ポエッツ・ハウス》）、シャロン・オールズ（ニューヨーク大学）、そしてハイスクール時代の詩の先生ティモシー・サンダーソン（ハートフォード郡）。

ベン・ラーナーがいなければ、僕が作家として存在し、これほどものを考えることもなかっただろう。規則は単なる傾向で、真実ではないし、ジャンルの境界も僕らのささやかな想像力が及ぶ範囲でしかリアルではないといつも思い出させてくれてありがとうございます。先生の大いなる優しさに感謝しています。二〇〇九年の冬に僕が住む場所を失ったとき、緊急資金を与えてくれたブルックリンカレッジの英文科にも感謝。

境界線を越え、インクに染まった野蛮な継ぎ目において、よりはっきりと世界を見る方法を教えてくれたユセフ・コムニャカアに感謝。二〇〇八年の秋にたまたまある雨の夜、ウェストヴィレッジの映画館で隣の席になったときに僕がオタク的に振る舞ったことを許した上に、ありとあらゆるおしゃべりに付き合ってくださいました。何の映画だったかは覚えていませんが、あなたの笑い声は覚えています。僕の先生でいてくれてありがとうございます。

この本を書いている間、何度も頼りにしてきた以下のアーティスト、ミュージシャンにも感謝。

ジェイムズ・ボールドウィン、ロラン・バルト、チャールズ・ブラッドレー、ティ・ビュイ、アン・カーソン、テリーザ、ハク・キョン・チャ、アレクサンダー・チー、ガス・ダパートン、マイルス・デイヴィス、ナタリー・ディアス、ジョーン・ディディオン、マルグリット・デュラス、パフューム・ジーニアス、ティク・ナット・ハン、ホイットニー・ヒューストン、金恵順、エタ・ジェイムズ、マキシーン・ホン・キングストン、キング・クルール、リョート・マチダ、MGMT、邱妙津《きゅうみょうしん》、ミツキ、ヴィエト・タン・ウェン、フランク・オーシャン、ジェニー・オフィル、フランク・オハラ、レックス・オレンジ・カウンティー、リチャード・サイケン、ニーナ・シモン、スフィアン・スティーヴンス、そしてC・D・ライト。

僕以前に現れたすべてのアジア系アメリカ人アーティストに感謝。

この本を原稿の形で読んでくれて、親切で啓発的なコメントと洞察をくれた、ピーター・ビエンコフスキー、ローラ・クレステ、ベン・ラーナー（再び）、サリー・ウェン・マオ、そしてタニヤ・オルソン。

友情、そしてこの芸術と空気を共有してくれた、マホガニー・ブラウン、シヴァン・バトラー＝ロソルズ、エデュアルド・C・コーラル、シーラ・アーリックマン、ピーター・ジッツィ、ティファニー・ホアン、マリ・レスペランス、ロマ（別名クリストファー・ソト）、ローレンス・ミン＝ブイ・デイヴィス、エンジェル・ネイフィス、ジヒュン・ユン。

ダグ・アーギューが力強い率直さと勇気を与えてくれたのは僕が真実を語る助けになったし、いろいろな意味でこの本が可能になったのは彼のおかげです。

鋭い目、疲れを知らない信念と忍耐を持ち、何よりも僕をアーティストとして尊敬してくれる、恐れを知らぬ素晴らしい代理人フランシス・コーディー（コーディー隊長！）には、何も生まれていないときに僕を見つけ、信じてくれたことに感謝。

編集者のアン・ゴドフには、このささやかな本に対する素朴な熱情、作品に対する完璧な理解、深い心遣いに感謝。彼女はあらゆる点で作者の視点を支えてくれた。そしてペンギン・プレスの素晴らしいチームにも感謝。マット・ボイド、ケーシー・デニス、ブライアン・エトリング、ジュリアナ・キヤン、シーナ・パテル、そしてソーナ・ヴォーゲル。

チヴィテッラ・ラニエリ財団のダナ・プレスコットとディエゴ・メンカローニにもお礼を申し上げます。この本は、イタリアのウンブリアにある同財団の芸術家村が暴風雨で停電になったときに、手で書き始めたものです。そして本書を仕上げたサルトンストール芸術財団の芸術家村とレスリー・ウィリアムソンにも感謝。ラナン財団、ホワイティング財団、マサチューセッツ大学アマースト校による寛大な支援にも感謝します。

そしてピーターにも。常に感謝。

母さんにも、感謝《カムオン》。

訳者あとがき

オーシャン・ヴォンは一九八八年にベトナムのホーチミンに生まれ、幼い頃に家族とともにアメリカに移住したベトナム系アメリカ人である。

私がこの作家を初めて知ったとき、まず印象に残ったのがオーシャンという名前と、それについて作家自身が語る由来だった。彼の母は読み書きができず、本書の出版直後に亡くなるまで英語が得意ではなかった。ある夏の日、彼女が勤め先のネイルサロンで「砂浜《ビーチ》に行きたい」と客に話すと、「あなたの発音だと〝売女《ビッチ》〟に聞こえるから、代わりに〝海《オーシャン》〟を使った方がいい」と勧められた。彼女は祖国と米国をつなぐ大洋を意味するこの語が気に入って、息子の名前をオーシャンに変えたのだという。

オーシャン・ヴォンは二〇二一年現在まだ三十二歳の若さだが、詩人として高い評価を得ている。二〇一七年にT・S・エリオット賞（近年の受賞者にはデレク・ウォルコット、シェイマス・ヒーニーらが並ぶ）を受賞、二〇一九年には俗に天才賞とも呼ばれるマッカーサー奨学金

（古くは小説家のウィリアム・ギャディス、トマス・ピンチョン、リチャード・パワーズ、新しいところではジュノ・ディアス、詩人・作家のベン・ラーナーらが受給）を与えられ、既に押しも押されもしない高い評価を得ている。ちなみにオーシャン・ヴオンは大学時代に、小説『10：04』の翻訳が日本でも刊行されているベン・ラーナーの指導を受け、詩人になるにあたって決定的な影響を受けたと言う。片やラーナーはヴオンについて、「大学には時々、詩人になろうと手探りしているのではなく、既に詩人になっている学生がいる。オーシャンがそうだった」と回顧し、「彼はいつも褒められようとするのではなく、試練に挑もうとしていた」と述べている。

そんな優れた若き詩人が、母に宛てた手紙という形式の自伝的な小説を発表したのは二〇一九年のことだった。語り手である主人公はヴオンとよく似た境遇のベトナム系アメリカ人青年。ここに綴られるのは、英語が話せず学校でいじめられ、家では母から暴力を振るわれた子供時代、自分の中にある性的指向に気づき、たばこ農場で知り合った青年に恋をしたハイスクール時代、そして詩人となった現在までのさまざまな出来事だ。生々しい場面あるいはごく日常的な場面の一つ一つが魔法のようなヴオンの筆で恐ろしいほどの輝きを放つ。この小説デビュー作はあっという間に大評判を呼び、ＰＥＮ／フォークナー賞やディラン・トマス賞などの最終候補にもなった。

アメリカで活躍しているベトナム系作家には、『シンパサイザー』でピュリッツァー賞を受賞したヴィエト・タン・ウェンの他にも、『モンキーブリッジ』、『蓮と嵐』の邦訳があるラン・カオがいるし、グラフィックノベルの分野ではＧＢ・トラン、映像芸術ではヴェト・レやディン・

Q・レが注目を集めている。もちろんそのように徐々に影響力を持ち始めた「ベトナム系作家」という角度からオーシャン・ヴオンの詩や小説にアプローチすることもできるだろう（近年のベトナム系アメリカ文化についての最も丁寧な紹介としては麻生享志『リトルサイゴン――ベトナム系アメリカ文化の現在』〈彩流社〉が参考になる）。あるいはヴオンを、近年目立ってきたLGBT系の作家の一人と見なすこともちろん間違いではない。実際、この小説は同性愛指向を持った青年が主人公だし、原題にあるgorgeous（「絢爛豪華、壮麗」）という語にもキャンプ的（日本語に訳すと少しずれる気がするが、いわば〝オネエ的〟）な響きが感じられる。しかし本作はそうした「〇〇系」という具体的な少数派カテゴリーに属する作家によって書かれていながら（いや、そうだからこそ）、同時に多くの人に共通する普遍的な要素――社会における息苦しさ、適切な言葉が見つからないもどかしさ、あらゆる意味での貧しさ、力のなさ、喪失感、希望と失望など――を見事に美しい言語で表現している。この驚くべき傑作はできるだけ多くの読者に味わっていただきたいと心から思う。

二〇二〇年一月の文芸時評で小野正嗣は、英米の読書界で話題のヴオンのことを取り上げ、「いまやサイゴン生まれの若きゲイ詩人が〈偉大なるアメリカ小説〉を書くのは当たり前だと思える」というイギリスの実力派若手作家による讃辞を紹介している（『朝日新聞』一月二十九日朝刊）が、確かにその評価は正しい。

なおこの作品は、既に触れたように（そして冒頭をお読みになればすぐに分かるように）母に宛てた手紙という体裁で書かれているので、原文では基本的に母親を「あなた（you）」と呼んでいる。しかし日本語で母親に手紙を記す場合、母に「あなた」と呼びかけることはあまり一般的ではないだろう。それに加え、語り手の母親は文字が読めないので、原文も母親が現実にはこの文章を読まない想定（語彙的にも、内容的にも）で書かれていて、全般的な文体もやはり、手紙というより、エッセイに近いものとなっている。数通りの部分試訳を手元で作成、比較検討したが、いかにも手紙らしい「です／ます」調で訳すと、せっかくの研ぎ澄まされた文体がやや間延びしてしまう。しかも途中には、明らかに母子を客観視して描く部分も混じるし、「あなた」が指しているのが母親ではないと思われるところもある。したがって最終的には、微妙な箇所については訳者の判断で訳し分けながら、大半の「あなた」は「母さん」として、文体もご覧のような形にした。

『地上で僕らはつかの間きらめく』は一応、自伝的な小説という体裁を取っているが、読み進むうちに感じていただけるように、詩的なリズムやイメージ、豊かな比喩が随所で用いられている。それは決して難解ということではない。まずはたとえば、冒頭で剝製として登場し、その後もところどころに姿を現す鹿の姿、語り手がどこか自分を重ねているように思われるタイガー・ウッズの話題、ホバリングするハチドリと米軍ヘリコプター、オオカバマダラの渡りと崖から落ちるバッファローのイメージ、生きたまま脳を食われるアカゲザルと申年《さるどし》生まれの母親と（白人がアジア人をさげすむときのイメージとしての）猿など、目立つモチーフの反復と重ね合わせでそのリズムを楽しんでいただきたい。少しそうした技巧に慣れると、作中にちりばめられた他の仕掛けも見えてくるはずだ。

作者はあるトークショーでこの作品の大まかな構成を説明するのに、日本人にはなじみの深い「起承転結」という言葉を持ち出したことがある。作品が全三章から構成されていることを考えれば、これはやや妙な説明に思われるかもしれない。

第一章では主に語り手の子供時代が語られ、第二章では青年時代の恋愛が赤裸々に綴られ、第三章では成人後の出来事が記される（これはあくまで大雑把な流れであって、実際にはかなり自由にフラッシュバックやフラッシュフォワードが挟まっている）という時系列に沿った三段階の構成のどこが起承転結なのか？　ポイントは第二章末から第三章冒頭にかけての部分だ。そこではさまざまな時点での出来事やイメージがシャッフルされ、まるで自由連想のように短い断章のまま提示され、形式的にも詩のように書かれている。そしてその前後では、語り手にとってとても重要な人物が二人亡くなる。ここここそがおそらく物語の「転」にあたる。すなわち、「場面を転換するが、人の意表に出るような奇抜さが必要であり、一つの見どころとなる」（小学館『日本大百科全書』「起承転結」の項）部分だ。ここはその「奇抜さ」ゆえに少し読者を面食らわせるかもしれないが、あまり難しく考えず、物語が「結」で収束する（訳者が受けた印象では、「収束」というより「飛翔」だ）前に数々の思い出とイメージを奔放に羽ばたかせている詩的な流れを楽しんでいただきたい。

ちなみにヴオンはこの小説に先立って同じタイトルの詩を二〇一四年に発表しており、そこでも暴力と無力、飛翔と墜落、存在と不在という対比的イメージの中で性愛が描かれている。

二〇二〇年度後期に大阪大学大学院言語文化研究科の授業で本書をともに読み、解釈や感想を分かち合ってくれた石倉綾乃さん、王立珺さん、小倉永慈君、桒原辰哉君に感謝します。ありがとうございました。企画・編集にあたっては新潮社の田畑茂樹さんにお世話になりました。ありがとうございました。そしていつものことながら、訳者の日常を支えてくれるFさん、Iさん、S君にも感謝します。ありがとう。

木原善彦

二〇二一年七月

On Earth We're Briefly Gorgeous
Ocean Vuong

地上《ちじょう》で僕《ぼく》らはつかの間《ま》きらめく

著 者
オーシャン・ヴオン
訳 者
木原善彦
発 行
2021年8月25日

発行者　佐藤隆信
発行所　株式会社新潮社
〒162-8711 東京都新宿区矢来町71
電話 編集部 03-3266-5411
読者係 03-3266-5111
https://www.shinchosha.co.jp

印刷所
株式会社精興社
製本所
大口製本印刷株式会社

乱丁・落丁本は、ご面倒ですが小社読者係宛お送り下さい。
送料小社負担にてお取替えいたします。
価格はカバーに表示してあります。

©Yoshihiko Kihara 2021, Printed in Japan

ISBN978-4-10-590173-8 C0397

わたしのいるところ

Dove mi trovo
Jhumpa Lahiri

ジュンパ・ラヒリ
中嶋浩郎訳

通りで、本屋で、バールで、仕事場で……。ローマと思しき町に暮らす独身女性のなじみの場所にちりばめられた孤独、彼女の旅立ちの物語。ラヒリのイタリア語初長篇。